LOCUS

LOCUS

LOCUS

LOCUS

MYTH

MYTH 06　碧奴

作者：蘇童
責任編輯：江怡瑩
封面設計：謝富智
校對：呂佳真、詹宜蓁
法律顧問：全理法律事務所董安丹律師
出版者：大塊文化出版股份有限公司
台北市105南京東路四段25號11樓
www.locuspublishing.com
讀者服務專線：0800-006689
TEL：(02) 87123898　FAX：(02) 87123897
郵撥帳號：18955675　　戶名：大塊文化出版股份有限公司

總經銷：大和書報圖書股份有限公司　地址：台北縣五股工業區五工五路2號
TEL：(02) 89902588 (代表號)　　FAX：(02)22901658
排版：天翼電腦排版印刷股份有限公司　　製版：源耕印刷事業有限公司
初版一刷：2007年10月
初版 2 刷：2007年11月

定價：新台幣250元
Printed in Taiwan

碧奴

蘇童◎著

目次

自序

很高興《碧奴》能與世界各國讀者見面！

孟姜女哭長城的故事已在中國流傳了二千年，神話流傳的方式是從民間到民間，我的這次「重述」應該是這故事的又一次流傳，也還是從民間到民間，但幸運的是已經跨出國門了。

從某種意義上說，神話是飛翔的現實，沉重的現實飛翔起來，也許仍然沉重。但人們籍此短暫地脫離現實，卻是一次愉快的解脫，我們都需要這種解脫。

最瑰麗最奔放的想像力往往來自民間。我寫這部書，很大程度上是在重溫一種來自民間的情感生活，這種情感生活的結晶，在我看來恰好形成一種民間哲學，我的寫作過程也是探討這種民間哲學的過程。

人類所有的狂想都是遵循其情感方式的，自由、平等和公正，在生活之中，也在生活之外，神話教會我們一種特別的思維：在生活之中，盡情地跳到生活之外，我們的生存因此便也獲得了一種奇異的理由。在神話的創造者那裡，世界呈現出一種簡潔而溫暖的線條，人的生死來去有率性而粗陋的答案，因此所有嚴酷冷峻的現實問題都可以得到快捷的解決。

在「孟姜女哭長城」的故事裡，一個女子的眼淚最後哭倒了長城，與其說這是一個悲傷的故事，不如說是一個樂觀的故事；與其說是一個女子以眼淚結束了她漫長的尋夫之旅，不如說她用眼淚解決了一個巨大的人的困境。

如何說一個家喻戶曉的故事，永遠是橫在寫作者面前的一道難題。每個人心中都有一個孟姜女，我對孟姜女的認識其實也是對一個性別的認識，對一顆純樸的心的認識，對一種久違的情感的認識，我對孟姜女命運的認識其實是對苦難和生存的認識，孟姜女的故事是傳奇，但也許那不是一個底層女子的傳奇，而是屬於一個階級的傳奇。

我去過長城，也到過孟姜女廟，但我沒見過孟姜女。誰見過她呢？在小說中，我試圖遞給那女子一根繩子，讓那繩子穿越二千年時空，讓那女子牽著我走，我和她一樣，我也要到長城去！

北山

人們已經不記得信桃君隱居北山時的模樣了，他的草廬早就被火焚毀，留下幾根發黑的木樁，堆在一片荒蕪的菜地裡。起初有人偷偷地跑到北山上去，向那幾根木樁跪拜，後來時間一長，那幾根結實的木樁也被人拖下山去，不知是當柴火劈了，還是壘了誰家的房子。信桃君的墳塋雖然是個空墳，四季裡倒是風姿綽約，冬天的時候坑裡結一層亮晶晶的薄冰，登高一看，像一面碩大的白銀鏡子扔在坡上，映照出雲和鳥的影子。春暖花開的時候，那坑裡也開花，一大片粉色的辣蓼和白色的野百合花隨風搖擺，有蝴蝶飛來飛去的。夏秋之際山上的雨水多了，墳就躲起來了，雨水順著山勢湧進信桃君的空墳，懷著莫名的熱情，把一個墳塋喬裝改扮成一個池塘，經常有離群的鵝在這個水塘裡孤獨地游弋，向信桃君的幽魂傾訴鵝的心事，而遠近的牧羊人到北山上放羊，會把羊群趕到塘邊飲水，他們自己無論多麼口渴，也不敢喝那塘裡的水。在北山一帶，什麼泉水能喝，什麼野果能吃，是柴村的女巫說了算。人們所有的知識都來自於柴村的女巫，他們說那水塘裡的水喝不得，誰也不敢喝，誰敢喝淚泉之水呢？柴村的女巫曾經帶著牛頭碗和龜甲上山，研究過那水半苦半甜的滋味，她們認定那是一潭淚泉，泛甜的是表面的雨水，而池塘底部貯藏著好多年前三百個哭靈人的眼淚。

北山下的人們至今仍然不敢哭泣。哭靈人的後裔如今散居在桃村、柴村、磨盤莊一帶，即使是孩子也知道自己獨特的血緣。倖存的老人都已白髮蒼蒼，他們懷著教誨後代的心情，手指北山，用整個餘生回憶好多年前的一場劫難。孩子，別人的祖先都安頓在地下，我們祖先的魂靈還在北山上遊蕩，那些白蝴蝶為什麼在山頂飛來飛去？那些金龜蟲為什麼在山路上來來往往？都是祖先的冤魂，他們還在北山上找自己的墳地呢！孩子，別人的祖先不是餓死就是病死，不是老死就是戰死，我們的祖先死得冤。猜，孩子你猜，他們為什麼而死？你永遠猜不到的，他們為自己的眼睛而死，他們死於自己的眼淚！

好多年前的一場葬禮出現在無數孩子的夜夢中。老人的回憶冗長而哀傷，就像一匹粗壯的黑帛被耐心地鋪展開來，一寸一寸地鋪開，孩子們在最傷心處剪斷它，於是無數惡夢的花朵得以盡情綻放。老人說信桃君的葬禮驚動了國王，國王派來了數以千計的捕吏和郡兵，他們守在半山腰，監視著從山上下來的弔唁者，有的人從半山腰順利地通過，有的卻被攔住了，被攔住的那些人，他們的面頰和眼睛受到了苛刻的檢查，結果三百個淚痕未乾的村民被扣留在半山腰上。捕吏按照村民的性別讓他們站成兩個巨大的人圈，男的站在上坡，女的都趕到下坡的小圈裡。中間的一條山道，供忙碌的郡兵們通行。開始沒人知道是眼淚惹的禍，被扣留在半山腰的多為成年人，對這次突如其來的羈押有點迷茫，但是那麼多人坡上坡下地站著，人圈裡還有一些德高望重的人，他們便打消了各自的疑慮。誰不知道官府下鄉查案的招數呢？偷雞賊查他手上的雞屎味，盜牛賊聞他身上的牛糞味，殺人犯查他身上的血跡，通姦的男女剝個精光，查看他們的羞處。他們不知道自己的眼睛和面頰會留下什麼罪狀，所以起初他們並不那麼恐慌。有的夫婦隔著山路在商量家事，有的人惦記家裡豬的食糧，催促自己的孩子快去河邊割豬草；有人故意攤開他的手給捕吏看，暗示他的手是乾淨的，沒有做過什麼偷雞摸狗的勾當。有一個婦人乾脆在下面的人圈裡，為自己的性生活做出了種種激烈的聲明，她的聲明引來了其他婦女的冷嘲熱諷，可捕吏們嘴角上露出會意的微笑，目光卻冷峻地瞪著她們的臉。後來一聲令下，不准下面的婦人吵吵嚷嚷，也不准上面的男人交頭接耳了。在令人窒息的安靜中，他們迎來了一捲從未見過的繩索，那繩子捲疊起來，像一只磨盤，但比磨盤還要大，幾個郡兵喊著號子把它推上了山。磨盤般滾動的繩捲滾到村民們腳下，他們終於知道郡兵們在忙什麼了。有人發覺形勢不對，企圖從人圈裡鑽出去，已經來不及了，捕吏們的槍纓對準了所有違抗命令的哭靈人，他們給一些身強體壯的年輕人戴上了木枷，大多數人都被那條歎為觀止的長繩串了起來，捕吏把一隻隻人手編在繩結裡，繞一下，抻一下，再繞一下，編得很快也很順利，一會兒工夫哭靈者們便像一片片桑葉一樣，整齊地排列在繩子兩側了。一個捕吏拉住繩頭，毫不費力地把那些人拉下山，一直拉到囚車旁邊。老人們說可憐的哭靈者看見囚車才幡然醒悟：是信桃君的葬禮，是眼淚給自己惹來了殺身之禍！於是好多人在驚恐中看著四處奔逃的路人的臉，大叫道，他也是去哭靈的，她也是去哭靈的，爲什麼不抓他們？還有好幾百人呢，大家都哭了！

國王不容許爲信桃君哭靈，那是一條未頒布的法令，達官貴人自然知道，關注時局的引車賣漿之徒也知道，可是北山下的人們一點都不知道，他們一年四季只是談耕論桑，別的什麼都不知道。青雲郡與北方的都城遠隔重山，鴻雁難以傳信。人們事後才聽說，信桃君是被國王放逐到北山的，他的後背上刺了國王的賜死金印，國王讓他死於大寒，可信桃君拖延了自己的死期，直到清明那天才把白絹掛到了草廬的房梁上。北山下的人們思想簡單而又偏執，他們只知道信桃君是國王的親叔叔，出於對高貴血統天然的敬意，他們對那隱居者也充滿了景仰之情，至於王公貴族之間仇恨的暗流，無論多麼洶湧，他們也是聽不見的。

信桃君隱居北山的日子裡，山下的村民聽得見從山頂草廬裡傳來的笛聲，牧羊人經常循著笛聲上山，看見信桃君孤獨的身影在草廬內外遊移不定，像一朵雲。有人曾經聽信桃君預告過他的死期，他說草廬旁邊的野百合一開花，他就要走了，他們聽不懂野百合花期的奧祕，反問道，野百合開了花，大人你要去哪裡呢？葬禮過後，好多人都仰望著北山扼腕長歎，主要是後悔，後悔信桃君在溪邊沐浴的時候，只顧窺視了他的私處，卻沒有問一問他後背上爲什麼刻了字。好幾個人在夏天看見過信桃君裸露的身體，那貴族男子的身體因爲過分的白皙和細膩而顯得神祕，更神祕的是後背上的一個圓形金印，金印裡應該是字，字能夠簡短地表達深刻的仇恨，也能夠平靜地告知喜訊或者噩耗，可他們偏偏不認識字。他們守在溪邊，隔水談論著信桃君狀如孩童的生殖器官，躲在岩石後面的牧羊人說王公貴族就是不一樣，連那東西也長得那麼精緻文雅，灌木叢裡的樵夫則懷疑那樣的器官是否能夠傳宗接代。然後，他們就跳到水裡去了，專心撿拾信桃君故意散落在溪水裡的一枚枚刀幣。那隱居的貴族在北山的溪邊樹下散盡千金，後來開始把遲到的人領進他的草廬，山下桃村的村民接受了他最後的恩惠，一頭羊，一塊麻，一碗米。有的人拿了信桃君書案上的竹簡，把竹簡上的字洗去，拆了，做成一把筷子。老人們的回憶是瑣碎而精確的，他們說那三百個哭靈人都死於一顆感恩之心，但有的死於溪水裡刀幣的誘惑，有的死於一羊之恩，有的卻死得冤枉，是被一根筷子送了命。

桃村的倖存者肅德老人年輕時是個牧羊人，曾經在信桃君的水缸裡飲過一瓢水，後來他坦率地承認他的一條命是撿回來的。他說葬禮那天山頂上白幡飄揚，喪鼓齊鳴，那麼好的一個大人物死了，他也想哭。肅德說他正要哭出來，胳膊肘被什麼頂了一下，回頭一看是他的堂兄抱著一頭豬崽站在後面，是豬崽用鼻子頂了他的胳膊，他的堂兄張著大嘴已經哭聲震天了。他不僅自己哭，還去打豬崽，讓牠也哭幾聲表示哀悼，豬崽就掙扎著頂到了肅德的胳膊。肅德說謝天謝地還不如謝那頭豬崽，他認識堂兄手裡的豬崽，是信桃君送給他的，他看見那豬崽突然覺得信桃君是個不講公平的人，他堂兄家裡有了三頭豬，他肅德只有羊，一頭豬也沒有，信桃君偏偏送豬給堂兄，不送給他！肅德一生氣，眼淚就消失了，後來他說，那頭小豬崽拱的不是我的胳膊，是我的眼淚，牠把我的眼淚拱回去，救了我一條命！

倖存的訣竅之一是有一個像肅德一樣狹窄的心胸。肅德和所有的哭靈者一樣，是被一群蜂擁而來的郡兵轟下山的，郡兵們有的揮舞著鋤頭鐵鎬驅趕村民，有的逕直奔向信桃君的棺木揮鋤砸棺，村民們大驚失色，他們一邊跑一邊威脅砸棺人，你們知道死人是誰？國王的親叔叔呀，你們吃了豹子膽了？敢砸信桃君的棺木，小心國王把你們生剮活剁九族連坐！郡兵們都指著袖手旁觀的一個黃袍宮吏，說，看見那車大人了？不是我們要砸他的棺，是長壽宮裡來的車大人，他讓我們砸的！有個穿了盔甲的縣尉驕矜地站在一邊，對著村民們冷笑，車大人也不敢砸信桃君的棺材，是國王下的令，砸的就是他親叔叔！村民們在一片驚悸聲中匆匆跑下山，對死者的哀悼之情像驚鳥般地飛走，一粟之恩也在意外中提前報答完畢。他們的心情不那麼悲傷了，有人偷偷地繞到溪邊去看了看，有人還順便把自家的羊趕到信桃君的菜園裡，啃了點蘿蔔秧子。肅德老人跟隨人流跑到半山腰上，發現國王的人馬像一片肅殺的樹林站在坡上，人流被堵住了。他看見捕吏在檢查村民的面孔，一時鬧不清楚他們要抓流淚的人，還是要抓不流淚的人，也許是那種殘存的嫉妒不平的情緒幫了他，他快快地對捕吏說，我什麼也沒拿到，我就喝到了他缸裡的一瓢水！那捕吏掃了他一眼就把他推開了，說，你不哭靈上來湊什麼熱鬧？沒你的事了，你往河邊走，別往路上走，否則抓到車上別怪我。肅德老人說他一路狂奔跑到河邊，遇見了他堂兄的豬，豬在水邊啃水草，堂兄不見了。他從河邊向大路上張望，看見大路上已經停滿了帶大木籠的鐵輪囚車，囚車是嶄新的，看上去威嚴而奢華，剛剛被投進去的人坐得還算悠閒，可惜從山上趕下來的哭靈者越來越多，木籠一下就被人塞滿了，七八輛囚車裡堆了那麼多的人，人像牲口壓著牲口，人的呼叫聲也像屠刀下的牲畜，叫得淒厲而茫然。囚車走到大路上，車軸斷了，捕吏們打開籠子，一些人像水一樣從裡面濺出來了。肅德說他看見那些人像水一樣濺出來，一看就是斷了氣，他向後代們強調說，你們別聽外面人瞎傳，那三百人中好多人是被壓死的，不是砍頭，也不是活埋，好多人在山下的大路上就已經被壓死啦。

哭泣

北山下的人們至今不能哭泣。

在桃村和磨盤莊，哭泣的權限大致以年齡為界，孩子一旦學會走路就不再允許哭泣了。一些天性愛哭的孩子鑽了這寬容的漏洞，為了獲得哭泣的特權，情願放棄站立的快樂，他們對學步的牴觸使他們看上去更像一群小豬小羊，好大的孩子，還撅著屁股在地上爬，嚴厲的父母會拿著笤帚追打自己不成器的孩子，用笤帚逼迫他們站起來，遇到那些寵溺孩子的大人，那情景就不成體統了，做父母的坦然看著孩子在村裡爬來爬去，還向別人辯解道，我家孩子是沒得吃，骨頭長不好，才在地上爬的！又說，我家孩子雖說不肯走路，也不怎麼哭的！河那邊的柴村汲取了鄰村的教訓，乾脆取消了孩子哭泣的特權，甚至嬰兒，也不容許哭泣，柴村人的榮辱與兒女們的淚腺息息相關，那裡的婦女在一種狂熱的攀比中紛紛投靠了神巫，大多心靈手巧的婦女掌握了止哭的巫術，她們用母乳、枸杞和桑椹調成汁餵食嬰兒，嬰兒喝下那種暗紅色的汁液，會沉溺於安靜漫長的睡眠中。冬天他們用冰消除嬰兒的寒冷，夏天則用火苗轉移嬰兒對炎熱氣候的不適感。偶爾會有一些倔強的嬰兒，無論如何不能制止其哭聲，那樣的嬰兒往往令柴村的母親們煩惱不堪。她們解決煩惱的方式是祕密的，也是令人浮想連翩的。鄰村的人們有時候隔河眺望對岸的柴村，會議論柴村的安詳和寧靜，還有村裡日益稀少的人口，他們說主要是那些啼哭的嬰兒不見了，那些啼哭的嬰兒，怎麼一個個都不見了呢。

貧苦的北山生生不息，就像奔騰的磨盤河的河水，去向不明，但每一滴水都有源頭，他們從天空和大地中尋訪兒女們的源頭。男嬰的來歷都與天空有關，男孩們降生的時候，驕傲的父親抬頭看天，看見日月星辰，看見飛鳥遊雲，看見什麼兒子就是什麼，所以北山下的男孩，有的是太陽和星星，有的是蒼鷹和山雀，有的是雨，最不濟的也是一片雲，而女孩子臨盆的時候，所有的地屋茅棚都死氣沉沉，做父親的必須離開家門三十三步，以此逃避血光之災。他們向著東方低頭疾走三十三步，地上有什麼，那女兒就是什麼，雖然父親們的三十三步有意避開了豬圈雞舍，腿長的能穿越村子走到田邊野地，但女兒家的來歷仍然顯得低賤而卑下，她們大多數可以歸於野蔬瓜果一類，是蘑菇，是地衣，是乾草，是野菊花，或者是一枚螺獅殼，一個水窪，一根鵝毛，這類女孩子尚屬命運工整，另一些牛糞、蚯蚓、甲蟲變的女孩，其未來的命運就讓人莫名地揪心了。

來自天空的男孩本來就是遼闊而剛強的，禁止哭泣的戒條對男孩們來說比較容易堅持，好男兒淚往心裡流，是天經地義的約束，即使遇到一些不守哭戒的男孩，哭泣也容易補救，他們從小就被告知，羞恥的淚水可以從小雞雞裡流走。所以做父母的看見兒子的眼睛出現某種哭泣的預兆時，便慌忙把他們推到外面，說，尿尿去，趕緊尿尿去！最容易冒犯哭戒的往往是來自地上的女孩子們，這是命中注定的，從地上來的雜草，風一吹就傷心，從水邊來的菖蒲，雨一打就渾身是淚，因此有關哭泣的故事也總是與女孩子有關。

北山下的人們養育男孩的方式異曲同工，可說到如何養育女兒，各個村莊有著各自的女兒經。磨盤莊的女兒經聽起來是粗陋的，也有點消極，由於一味地強調堅強，那邊的女孩子從小到大與男孩一起廝混，哭泣與解手緊密結合，待字閨中的黃花閨女，也沒有什麼羞恥之心，什麼時候要哭就撩開花袍蹲到地上去了，地上潮了一大片，她們的悲傷也就消散了，別人懷著惡意說磨盤莊女孩子的閒話：說她們那麼大了，都快嫁人了，還往地上蹲；說磨盤莊的女孩打扮得再漂亮也沒用，那袍角上總飄著一絲臊臭！

柴村的女兒經其實是一部巫經，神祕而陰沉。一個女巫的村莊，炊煙終日筆直地刺入天空。村裡的女孩子從不哭泣，也從不微笑，她們到河邊蒐集死魚和牲畜的遺骨，一舉一動都照搬母親的儀式，從少女到老婦，柴村的女子有著同樣空洞而蒼老的眼神，由於長期用牛骨龜甲探索他人的命運，反而把自己的命運徹底地遺忘了，即使是在喪子失夫的時候，她們也習慣用烏鴉的糞便摻和了鍋灰，均勻地塗抹在眼角周圍，無論再深再濃的哀傷，她們也能找到一種陰鬱的物品去遮蔽它，精密的算計和玄妙的巫術大量地消耗了她們的精神，這使柴村女子的面容普遍枯瘦無光，從河邊走過的人看見柴村的女子，都會感到莫名的沮喪，說那些柴村的女子怎麼就沒有青春，無論是豆蔻年華的少女，還是蓬頭垢面的婦女，看上去都像遊蕩的鬼魂。

幾個村莊中，只有桃村的女兒經哺育出了燦爛如花的女孩子。有人說桃村的女兒經深不可測，也有人質疑其荒誕的傳奇色彩，懷疑桃村女兒經是否存在，別人說來說去，說了這麼多年，越說越是個謎了。桃村的女兒經有很大一部分是關於如何消滅眼淚的，母親們與眼淚抗爭多年，在長期的煎熬中探索了一些奇特的排淚祕方。除了眼睛，她們根據各自的生理特點，動用了各種人體器官引導眼淚，眼淚便獨闢蹊徑，流向別處去了。母親們的祕方百花齊放，女孩子排淚的方法也就變得五花八門，聽上去有點神奇。耳朵大的女孩從母親那裡學會了用耳朵哭泣的方法，那眼睛和耳朵之間的祕密通道被豁然打開，眼淚便流到耳朵裡去了：大耳朵是容納眼淚天然的容器，即使有女孩耳孔淺，溢出的淚也是滴到脖頸上，脖頸雖然潮了，臉上卻是乾的。厚嘴唇的女孩大多學的是用嘴唇排淚的方法，那樣的女孩子嘴上經常濕漉漉的，紅潤的嘴唇就像雨後的屋簷，再多的水都滴到地上去了，不會在面頰上留下一絲淚痕。別人會帶著一半羨慕一半嘲笑的口氣調侃她們，妳們哭得多麼巧，飲水也方便了，自己的嘴就是一口水井嘛！最神祕的是一些豐乳女子，她們竟然用乳房哭泣，乳房離眼睛那麼遙遠，外鄉人無論如何也不能相信，桃村女子的眼淚能從眼睛走到乳房，走那麼遠的路！相信也罷不相信也罷，桃村女子從來都不張揚她們乳房的事情，是那些做丈夫的說出來的。桃村女子用乳房哭泣的祕法，也許只有那些丈夫容易驗證——淚水藏在女兒家的袍子深處，一個懸念也藏起來了，別人好奇，越好奇越流傳，自然也成爲桃村女兒經中的精華部分了。

這就說到了桃村的碧奴。碧奴燦爛如花，一張清秀端莊的臉，眼淚注定會積聚在那雙烏黑的大眼睛裡，幸而她有一頭濃密的長髮，她母親活著的時候給女兒梳了個雙鳳髻，教她把眼淚藏在頭髮裡。可是母親死得早，傳授的祕方也就半途而廢。碧奴的少女時代是用頭髮哭泣的，可是哭得不加掩飾，她的頭髮整天濕漉漉的，雙鳳髻也梳得七扭八歪，走過別人面前時，人們覺得是一朵雨雲從身前過去了，一些水珠子會隨風飄到別人的臉上。誰都知道那是碧奴的淚，他們厭煩地撣去臉上的水珠，說，碧奴哪來這麼多的淚？誰都在受苦，就她流那麼多淚，淚從頭髮裡出來，頭髮天天又酸又臭的，怎麼也梳不好的，看她以後怎麼找得到好夫家！

說碧奴的淚比別人多，那是偏見，可桃村那麼多女孩，碧奴的哭泣方法確實是有點愚笨，她不如別的女孩聰明，也就學不會更聰明的哭泣方法，所以別的女孩子後來嫁了商人、地主，再不濟也嫁了木工或鐵匠，只有碧奴嫁了孤兒豈粱，得到的所有財產就是豈粱這個人，還有九棵桑樹。

豈粱雖然英俊善良，可他是個孤兒，是鰥夫三多從一棵桑樹下撿來的。村裡的男孩說他們來自天空，是太陽和星星，是飛鳥，是彩虹。他們問豈梁，豈梁你是什麼？豈梁不知道，回家問三多，三多告訴他，你不是從天上來的，你是從桑樹下抱來的，大概是一棵桑樹吧。後來別的男孩都嘲笑豈梁是棵桑樹，豈梁知道自己是桑樹了，就天天守著三多的九棵桑樹，做了第十棵桑樹。桑樹不說話，豈梁也不說話，別人說，豈梁你個活啞巴，不肯出去學手藝，只知道伺弄那九棵桑樹，什麼錢也不會掙，你以後砍下桑樹去做聘禮呀？看哪個女孩子肯嫁你？桃村這麼多女孩，也只有碧奴肯嫁你了，碧奴是葫蘆變的，葫蘆正好掛在桑樹上！

所以碧奴嫁給了豈梁，聽起來是葫蘆的命運，也是桑樹的命運。

可是眾所周知，桃村那麼多男子客死他鄉，只有豈梁之死，死得七郡十八縣人人皆知，桃村這麼多善哭的女子，只有碧奴的哭泣流傳到了山外，她的哭泣是青雲郡歷史上最大的祕密之一，更是桃村女子哭泣史上最大的祕密。

豈梁失蹤的那天中午，碧奴還只會用頭髮哭泣。她站在路上眺望北方，髮髻上的淚雨點般地落下來，打濕了青色羅裙。她看見啇英的妻子祁娘和樹的妻子錦衣也站在路上，面向北方，緊緊地咬著牙齒，攥著拳頭，她們的丈夫也失蹤了。祁娘用她的耳朵哭，她的耳朵在陽光下發出了一片淚光，而錦衣仍然在用少女的祕法哭泣，由於她不久前產下了一個男嬰，正在哺乳期，她的淚水混雜著乳汁流下來，羅裙盡濕，人就像從溝裡爬上來的。豈梁失蹤的那天下午，好多桃村男子都不見了，留下他們的妻兒老小在村裡瑟瑟發抖。有人告訴碧奴，豈梁早晨打下的半擔桑葉還扔在桑園裡。她失魂落魄地來到九棵桑樹下，果然看見了那半擔桑葉，她坐在那裡數桑葉，怎麼也數不清，手過之處，桑樹葉上滾落下許多晶瑩的水珠來，她發現她的手掌在哭泣。她帶著那筐桑葉往蠶室走，通往蠶室的小路在太陽底下水花四濺，她不知道是哪來的水，脫下草履，突然發現她的腳趾在哭泣，她的腳趾也學會了哭泣。

豈梁不在，蠶室便顯得空空蕩蕩，碧奴把半筐桑葉倒在蠶匾裡，蠶匾濕了，沒有上山的蠶從桑葉上倔犟地爬過去，不吃帶淚的桑葉。豈梁昨天紮好的草把，一夜之間已經有好多蠶爬了上去，牠們停止了結絲，悵然地俯瞰主人採摘的最後一匾桑葉，懷念著春天匾裡的生活。碧奴把空筐子掛在木梁上，木梁上沁出水珠來，她看見豈梁的小襖也搭在木梁上，散發著微微的汗味，豈梁的一隻草鞋落在蠶室門口，另一隻卻怎麼也找不見了。

碧奴一步一步地離開了蠶室，去找豈梁的另一隻草鞋，從黃昏找到黑夜，不見它的蹤影。碧奴不聽旁人的勸阻，她堅信是暮色把另一隻草鞋藏起來了。第二天早晨她在九棵桑樹下低頭徘徊，從路對面冷家的桑園裡扔過來一隻草鞋。冷家的媳婦在那邊憐憫地看著她，說，妳別找了，這不是豈梁的草鞋嗎？碧奴拾起草鞋，看一眼就扔回去了，說，這是誰的爛草鞋？不是我家豈梁的！冷家的媳婦對她翻白眼，氣呼呼地說，妳個不知好歹的女子，男人離了家，魂就不在身上了？人都走了，手不在，腳不在，襠裡的東西也不在，妳要兩隻草鞋有什麼用？碧奴讓她說得羞紅了臉，從九棵桑樹下跑到了路上，跑到路上她還是低頭找，找豈梁的另一隻草鞋，可是那另一隻草鞋躲避著滿地的陽光，不讓她看見。碧奴不甘心，天天在桑園通往官道的路上走，一路走一路尋，村裡人都知道她在找草鞋，他們遠遠地指著碧奴的身影，說碧奴的魂被豈梁帶到北方去了。路上的雞犬不明底細，碧奴一來，雞飛狗跳，紛紛躲避那女子執拗的不斷重複的腳步，而路邊的雜草已經清晰地辨認出那女子悲傷的足跡，碧奴所經之處，漫過一地看不見的淚水的風暴，茂密的萱草和菖蒲虔誠地倒伏下來，向碧奴袒露自己的領地，沒有草鞋，沒有草鞋！

碧奴去找豈梁的另一隻草鞋，從夏天一直找到秋天，還是沒有找到。秋天的時候她在河邊遇到了一個浣紗的女子，那女子說天就要冷了，孩子們的冬衣還沒有著落，她恨不能長出三隻手來，一隻手浣紗，一隻手織布，一隻手縫衣。碧奴下到水裡幫那女子的忙，水已經冷了，紗線在水裡柔軟地漂浮開來，碧奴雙手握滿溫暖的白紗，看見的是豈梁在秋風中光裸的脊梁。她說，天說冷就冷了，聽說大燕嶺那邊管人吃飯，不知道管不管人穿衣？我家豈梁夏天就走了，走的時候還光著脊梁呢！

浣紗浣出了碧奴最大的心事，入秋以後路上便看不見碧奴的身影了。桃村的人們聽說碧奴不再尋找草鞋，他們以爲一顆出走的靈魂又回到了桃村的生活圈內。女人們來到碧奴的地屋內，一方面是要與碧奴交流獨守空房的心得，另一方面也是探聽虛實，她們火眼金睛，看得出碧奴灑在灶邊鋪上的淚痕，她們的鼻子聞到了滿屋子淚水苦澀的氣味。從草稭屋頂上落下來一顆豆大的水珠子，打在一個女人的臉上，那女人抹了抹臉，驚歎道，我的娘，碧奴的淚飛到房頂上去啦！一個女人到灶邊揭開鍋蓋，看見冷鍋裡有半只南瓜，那女子嚐了嚐南瓜的味道，皺起眉頭說，南瓜湯裡也有淚水，又苦又澀！碧奴妳用南瓜煮淚水呀？妳這是什麼吃法？碧奴站在自己的淚光裡，正在收拾一只巨大的包裹，包裹裡有一套手工精美鑲有五彩大紋的冬袍，還有腰帶，還有兔皮靴。她們都猜到那是給豈梁的包裹，誰不想給匆忙離家的男人準備一只大包裹呢？她們問碧奴那麼好的冬袍要花多少錢，碧奴說不上來是多少錢，她是用桑園裡九棵桑樹加上三匾繭絲跟織房換的。女人們驚叫起來，說碧奴妳把九棵桑樹三匾繭絲換了，以後怎麼過日子？碧奴說，豈梁不在，這日子過也罷，不過也罷。女人們又問碧奴，妳準備了這麼好的包裹，讓誰捎到大燕嶺去呢？碧奴說，沒人捎去，我自己送過去。女人們以爲碧奴糊塗了，不知道大燕嶺在千里之外。碧奴說，有馬騎馬，有驢騎驢，沒有馬沒有驢就走著去，牲畜能走那麼遠的路，人不比牲畜強？怎麼就不能走一千里路呢？

女人們都啞口無言，她們紛紛捣著胸口從碧奴家逃出來，站得遠遠的，回頭看著那地屋裡不停晃動的人影。有的女子感到莫名的沮喪，說，雖說不找豈梁的草鞋了，她的魂還是沒回來！有的女子很嫉妒，又不屑於嫉妒，就陰陽怪氣地說，一千里路送冬衣？天底下就她一個女子知道疼丈夫！有的女子一時說不清楚是受到了情感的打擊，還是被碧奴的哪句話刺痛了心，出來以後就嚷嚷頭痛，爲了驅除精神和身體的雙重不適，那女子帶頭朝碧奴的地屋啐了幾口唾沫，其他人便效仿她，一起對著碧奴的身影呸呸地啐起來。她們的聲音引來了滿村的狗吠，那天夜裡狗都對著碧奴的地屋叫起來，孩子們要從鋪上爬起來，小腦袋被大人們摁回草堆裡。大人們對孩子說，狗不是吠我們家，是吠碧奴家，豈梁一走，碧奴的魂就丟啦！

青蛙

碧奴去板橋雇馬，板橋的牲畜市場卻消失不見了。秋天的河水漫上來，浸沒了馬販子們臨時搭建的船橋。沿河的草棚子裡空空蕩蕩的，所有草料和牲畜的氣味都隨風飄散，只有滿地歪斜的木樁絕望地等待著馬匹的歸來，但看起來所有的馬都一去不返了，牠迷惘地跟隨野蠻的新主人，奔馳在通往北方的路上。

水和雜草聯合收復了河邊的土地，劫掠過後的青雲郡濕潤而淒涼。碧奴站在河邊，記起那些半裸的販馬人是怎樣牽著馬在河邊飲水，一邊對著遠處水田裡的農婦一聲聲地喊，姊姊姊姊，買我的馬吧。碧奴現在要雇一匹馬，可那些來自西域或雲南的馬販子一個也不見了，她只看見被他們遺棄在棚外的一口大甕，缺了口，盛了一半的雨水，一半的草灰，甕口上站了一隻烏鴉。

碧奴提著她的藍底粉花夾袍在河邊走，河邊野菊盛開，一隻青蛙從水裡跳上來，莫名其妙地追隨著她往前跳。碧奴站住了看那隻青蛙，說，你跟著我有什麼用，你又不是馬，也不是一頭驢，去，去，去，回到水裡去！青蛙跳回到水裡去，輕盈地落在河邊的木筏上，那木筏不知被誰砍去了一半，剩下的部分已經腐爛，並且長出了灰綠色的苔蘚，正好做了青蛙的家。碧奴記得夏天的時候一個盲婦人划著那木筏順流而下，她頭戴草笠，身穿山地女子喜愛的玄色上衣，沿途叫喚著什麼人的名字，誰也聽不懂她的北部山地口音，她像一隻黑色的鷺鷥生活在水上，從不上岸。後來那些到河邊採蓮的人先弄清楚了，盲婦人是在沿河尋找她的兒子，沒有人看見過她的兒子，青雲郡幾乎所有成年男丁都被徵往北方了，誰會是她的兒子？有人試圖告訴盲婦人，要找兒子不應溯河而下，應該棄筏北上；還有人告訴她，秋天的第一場洪水快要來了，河上充滿了危險，可是不知是由於語言不通，還是盲婦人無法離開她的木筏，她仍然固執地乘筏而下，對著河兩岸的村莊叫喚她兒子的名字，白天和黑夜，對於盲婦人來說沒有分別，有時三更半夜，那尖厲而淒涼的聲音便在河邊迴盪了。河邊是烏鴉和白鶴的家，那只木筏闖入牠們的家園，烏鴉在樹上心煩意亂，白鶴在河灘上無法入眠。面對不速之客，烏鴉與白鶴難得地結了盟，在月光下牠們從河兩岸衝向水面，一齊對著盲婦人的木筏狂鳴不已，可是群鳥夾河而攻的聲音也不能壓制盲婦人的叫喚，木筏上的呼喚聲聽上去像第三種尖銳的鳥鳴。於是河邊的人們在黎明之前就被驚醒，他們在黑暗中聆聽河上的聲音，感到一種難以言說的不安，那令人驚恐的聲音預示著末日的迫近。果然，秋天的洪水提前下來了，人們說是盲婦人把第一場洪水叫來了，洪水退後河邊的人們看見了那只木筏，木筏只剩下半截，浮在遼闊的河面上。人去筏空，那木筏上的盲婦人，已經像一滴水一樣消失在河中了。

那山地女子留下的半截木筏浮在河邊，看上去像是盲婦人做了半個惡夢，另一半夢留給了青蛙。碧奴沒有料到在板橋等候她的不是馬販子，不是馬，而是一隻青蛙。也許青蛙等候很久了，牠在岸上岸下傾聽碧奴的腳步，後來碧奴離開板橋，青蛙竟然跟著她在通往村莊的路上跳。青蛙的來歷和身分讓碧奴感到害怕，會不會是那個盲婦人變的呢？青雲郡的女子都有各自的前身後世，也有從水邊來的。王結的啞巴母親是一棵菖蒲，臨死前自己往河邊的菖蒲叢裡爬，王結追到河邊，他母親的人影已經不見了，王結分不清哪棵菖蒲是他母親變的，於是每年清明都到河邊，向所有的菖蒲一起拜祭。村西的蘭娘貌如天仙，就是走路蟹行，很難看，大家知道她是一隻螃蟹變的，她難產而死的時候嘴裡吐出好多泡沫，碧奴是親眼看見的，村裡人還說蘭娘捨不下她的嬰兒，變成了一隻螃蟹留在家裡，怕自己的樣子嚇著嬰兒，就天天躲在水缸後。碧奴想，蘭娘變了螃蟹，那沿河尋子的盲婦人，會不會變成了一隻青蛙呢？她回頭仔細地看了看青蛙的眼睛，這一看受了驚，那青蛙的眼睛狀如白色的珠粒，純淨卻沒有光澤，果然是瞎的！

碧奴提著袍子狂奔起來，嘴裡驚叫著：是她，是她，是她變了青蛙！四周空曠無人，除了滿地荒草，沒有人聽見碧奴揭露一隻青蛙詭祕的身分。碧奴奔跑的時候依稀聽見風從河畔追來，帶來了那山地女子沿河叫子的聲音，更奇異的是那含混的聲音突然清晰了好多——豈梁，豈梁！碧奴懷疑自己的耳朵，慌張的腳步慢慢地停頓了，在一棵桑樹下碧奴站住了，她連蘭娘張牙舞爪的蟹魂都不怕，還怕一個可憐的蛙魂嗎？她不怕，她要問一問那山地女子，妳兒子叫什麼名字？青蛙疲憊地跳過來，畢竟是一隻青蛙，牠的盲眼保留了山地女子的悲傷，閉合的嘴巴卻對亡魂的遭遇一言不發。妳兒子叫什麼？他也叫豈粱？我問妳呢，妳兒子到底叫什麼名字？碧奴在桑樹下耐心地等了很久，最終確定青蛙無法回答這個簡單的問題。村裡人說那些長年生活在高山山地的人，連個正經名字也沒有，他們不是叫個二三六什麼的，就是叫個動物的名字，叫個茅草的名字，她兒子不叫豈粱。也許是消除了緊張，碧奴長長地歎了口氣，扠著腰對青蛙說，不說就不說，不說我也知道妳的心思，妳是把我當木筏了，要跟著我去尋兒子！碧奴說，妳倒是消息靈通呀，磨盤莊的人都不知道我要去大燕嶺，妳個青蛙倒知道了，我家豈粱是在那兒修長城，一去千里路，雇不到馬我也去，妳怎麼去？這樣跳著去，小心把妳的腿跳斷了！

她原來想好了的，如果沒有馬，如果她積攢的刀幣雇不起一匹馬，她就雇一頭驢，可是驢也沒有，板橋的牲畜市場只剩下一隻烏鴉，還有這隻不召自來的青蛙，青蛙有什麼用？她又不能騎在青蛙背上去北方。河那邊的柴村有好多女巫自稱神遊過遙遠的北方，有一個女巫宣稱她使用烏鴉的羽毛辨別方向，每天夜裡都在繁華的北方三城旅行；還有一個女巫趁去首都的進貢馬車路過北山，偷偷地把自己的一絲頭髮黏在禮奩上，結果白天都可以看見長壽宮裡的人們飲酒吃肉的情景。碧奴帶著禮物去探訪過柴村女巫，告訴她們北上尋夫的計畫，她急切地想知道，如何趕在冬天以前把寒衣送到豈粱手裡。女巫們巧妙地避開這個話題，她們檢查了碧奴的舌頭，還鉸了她一綹頭髮，用火鉗夾著放在火上燒。猜不出她們看見的是什麼，女巫們跪坐在一張草席上，不停地把一堆雪白的龜甲放進泥罐，放進去再倒出來，嘴裡念著咒語。碧奴從她們枯瘦的臉上看見了一半恐懼一半欣喜的表情，她們說，妳別去，去了妳就回不來了，妳會病死在路上。碧奴說，是死在去的路上，還是回來的路上？女巫們眨巴著眼睛，一邊觀察龜甲的排列圖形，一邊反問碧奴，妳不怕死？妳是要死在回來的路上？碧奴點頭，說，我把寒衣送到豈粱手裡，死也不冤枉了。柴村的女巫們從來沒有遇見過碧奴這樣的女子，她們用一種譴責的目光注視著她，說，什麼男人的冬衣抵得上妳的命？碧奴說，我家豈粱的冬衣抵得上我一條命。女巫們就都沉默了，最後她們又把龜甲放在泥罐裡搖了一氣，龜甲散出來，是一匹馬的形狀，她們說，妳既然不惜命就趕緊上路吧，騎馬去，妳就可以死在馬背上了，記得一定要雇一匹青雲馬，青雲馬可以帶妳回家。

早晨碧奴去板橋的時候路過河邊，遇見了放豬的老豬倌粟德，他驚愕地瞪著碧奴，妳去板橋雇馬？別作夢了，織房的喬家兄弟那麼有錢，也雇不上馬，青雲郡沒剩下幾匹馬了，輪上一萬年也輪不到妳雇！碧奴不信，她的記憶停留在春夏之交，那時候豈粱和她去桂城送繭絲曾經路過板橋，那時候板橋的牲畜市場上有那麼多的馬。正午時分碧奴從板橋空手而歸，在河邊又撞見了粟德和他的豬。粟德看見她就得意地笑，說，我沒騙妳吧，那些馬販子夏天也被抓了丁，現在是人是鬼都難說，哪兒有什麼馬雇給妳？妳不是賣了桑樹賣了蠶繭嗎？有錢不如雇我的豬，我教妳騎豬，乾脆妳來雇我的豬吧。

碧奴沒有搭理饒舌的老豬倌。她一臉愁容，領著青蛙從粟德的豬群裡穿過去，對於板橋之行徒勞的奔波，她只是發出了一聲歎息，豈梁不在了，什麼都不在了！

青雲郡的秋天多雲，脆弱的雲朵也在向北方湧動，雲下面是逶迤的山崗和荒蕪的桑田。碧奴無數次夢見過豈梁從北山上下來的情景，醒來之後她鑽出地屋，在晨曦初露的山崗上，她仍然能看見夢境，銀色的織女星在東北方的天空中爲豈梁指引著回家的路。她對別人埋怨說早晨就看見豈梁從山崗上往下走，怎麼太陽落了山他還在山崗上走，怎麼還沒下來？別人說妳千萬別這麼想了，妳做了惡夢了，豈梁如果早晨從那山上下來，晚上恐怕就人頭落地了。他們說所有從北方逃回來的青雲郡勞役，後來都被拖回北山了。捕吏們在山後挖了一個巨大的土坑，隨時活埋那些逃跑的勞役。他們還說，這麼多的人肥埋下去，明年山坡上的桑樹不知道長得會有多茂盛呢。

豈梁曾經告訴碧奴，翻過那些山崗，一直向北，穿越七郡十八縣，便能走到大燕嶺去，但是他從來沒有告訴過碧奴，一個人翻山越嶺走到大燕嶺，要花多長時間。碧奴沿著河邊往村裡走，一邊走一邊看著遠處的山崗，越看山越遠。她不知道青雲郡爲什麼會有那麼多山，她也不知道看不見山的地方，世界會是什麼樣子。村裡有好多人到過平原地區，他們懷著嫉妒心說起平原地區的繁榮和富庶，並非那裡的人有三頭六臂，一切都是一馬平川帶來的福運。碧奴從來沒見過平原，人們對平原的描述令她感到眩暈，然後她突然想起柴村女巫的預言，雇不到青雲馬，她將如何病死在平原上？誰來帶她回家？她是死在平原的桑田裡還是水渠邊，還是死在車馬轔轔的官道上？平原上的人們種不種桑樹，種不種葫蘆？如果沒有葫蘆，也沒有人帶葫蘆回家，她死後豈不是變成一個孤魂野鬼嗎？

回家的路上碧奴陡生煩惱。在村口她帶著青蛙拐了個彎，往九棵桑樹下走。九棵桑樹都被大水淹了，看上去仍然鎮定自若，像是天生栽在水裡的。看見了嗎？多好的九棵桑樹，被水淹了，還長得那麼好！她對青蛙說，九棵桑樹，餵了多少蠶寶寶的肚子，現在都是別人的了！蹚著水走到一棵最大的桑樹下，碧奴站住了，指著纏繞著桑樹的葫蘆藤，對青蛙說，看見了嗎？我和豈梁，一個是桑樹，一個是葫蘆，還不如妳呢！青蛙有腿，哪兒都能去，我和豈梁，要有地方安頓的，到了北方，也不知道那邊的土長不長桑樹，結不結葫蘆，還不知道有沒有安頓我們的地方呢！

碧奴站在桑樹下，最後一次打量九棵桑樹的枝條，看見桑樹她便看見了豈梁。站在桑樹下，她便可以在日落時分憑空看見清晨洗臉的豈梁，可以在秋天看見冬天的豈梁。她雇不到馬，可她看見豈梁騎著一匹高大的青雲馬從北山下來，穿著她送去的那套嶄新的冬袍，多麼英俊，多麼威武，桃村出去的男人誰會比他穿得更好？東村織匠手製的青布棉袍，來自海陵郡的錦面麻鞋，還有那條用半斗米換來的鳳鳥彩紋腰帶，那腰帶還配了一個鑲玉帶鉤，願意掛什麼就掛什麼。

碧奴從桑樹上摘下了一只葫蘆。摘葫蘆的時候她的手上流出了一灘淚，桑樹枝和葫蘆藤也哭了，濕漉漉地糾纏她的手，葫蘆離開桑樹的懷抱，就像碧奴離開豈梁的懷抱，藤不捨得，樹不捨得，人更不捨得。可是碧奴知道不捨得也要摘了，她必須提前安頓自己的來生。柴村的女巫已經爲碧奴算出了人間最離奇的命運，自己也被那黑暗的卦運嚇得渾身顫抖。妳是葫蘆變的，不該隨便出遠門！她們用驚恐的語調告誡碧奴，天下黃土哪兒都埋人，偏偏沒有妳碧奴的墳！妳如果死在外鄉，魂靈也變成一只葫蘆，扔在路上讓別人撿，撿去剖兩半，一只在東家，一只在西家，扔到水缸裡，做舀水的水瓢！

桃村

桃村滿地泥濘，村莊笨拙的線條半隱半現。儘管洪水一天天地消退了，青雲郡獨有的圓形地屋從水中探出半個腦袋，懷著劫後餘生的喜悅，向高處搜尋它們的主人，但人們還是怕水，不肯離開臨時棲居的坡地。他們在坡地上結廬而居，已經很長時間了，被水折磨的人，臉上漸漸露出水一樣混濁的表情，他們和大量的蠶匾、陶器、農具以及少量的豬羊一齊黑壓壓地站在高處，等待著什麼。其實，他們並不清楚是在等待退水，還是等待時間的流失。時間現在浸在水裡，大水一退，時間會轉移到桑樹的葉子上，轉移到白蠶的身體上，桃村將恢復桃村固有的生活。

坡上的人們看見碧奴抱著一只葫蘆回來了，身後跟著一隻青蛙，看見她回來，他們便哄笑起來，碧奴碧奴，怎麼抱著個葫蘆，妳雇的馬呢？怎麼帶了隻青蛙回家？

碧奴已經習慣了鄉親們的嘲笑，那隻青蛙卻受不了男孩子惡意的態度，牠在許多樹枝的襲擊下，匆匆地逃到水窪裡去了，剩下碧奴一個人，一個人往她的地屋走。碧奴一手提起被水打濕的袍裾，一手懷抱葫蘆，坦然地從坡上走過，就像經過一排愚蠢的桑樹。她感覺到年輕女子們的目光尤其尖刻和惡毒，秋天以後桃村的女人們不再像從前那樣親密無間了，男人們紛紛去了北方，留下一個寂寞空心的村莊。對桃村的女人們來說，她們遭遇了一個艱難時世，白晝短促，黑夜卻一天長於一天，白天黑夜各有各的煎熬，有的可以訴說，有的說不出口，只好埋在心裡。這份煎熬首先改變了她們引以爲驕傲的桃村女子清秀的容顏，秋天以後所有已婚女子都得了奇怪的黑眼圈病，顴骨高聳，眼睛無光，幾個哺乳期女子的乳房裡甚至流出了灰綠色的乳汁，遭到了嬰兒的拒哺，在嬰兒們饑餓的啼哭聲中，頭疼病也悄悄在女人們中蔓延，女人們的美貌像落葉一樣無情地凋零。她們樸素善良的心也改變了，針對他人的咒罵聲在坡地上此起彼伏，無端的嫉恨和敵意瀰漫在桃村的空氣裡。

碧奴習慣了孤立，所有的桃村女人都用一種冰冷的目光審問她，蘑菇變的女子錦衣，鍋灰裡鑽出來的祁娘，她們的丈夫與豈梁同一天被押走，可是她們不願意與她結伴北上，也許她們害怕柴村女巫的預言，害怕死在尋夫的路上，她們害怕早早地變回一顆蘑菇，一撮草灰。碧奴不怕，碧奴從葫蘆架上摘下最後一只葫蘆，帶回家了。她要挑選一個好地方，埋好葫蘆，埋好自己。碧奴的無畏反過來質疑了錦衣和祁娘她們對丈夫的貞潔和愛，無意的質疑惹惱了她們，所以碧奴走過祁娘的棚子時，祁娘追出來，在她身後啐了一口；碧奴走過錦衣身邊時對她笑了笑，錦衣卻凶惡地瞪了她一眼，罵道，瘋女子，誰要妳對我笑？

碧奴顧不上別人的恨，因爲別人的恨無法匹敵她對豈梁的愛。她回到自己的地屋裡，準備清洗葫蘆，打開水缸，缸裡的水瓢不見了，碧奴在地屋裡喊道，誰拿了我的水瓢？外邊有人說，妳的水瓢讓豬倌粟德拿走啦，粟德說反正妳要去大燕嶺了，妳的水瓢給他用，過兩天回地屋去，好多一個水瓢舀水！碧奴說，他倒聰明，怎麼沒把我的水缸也搬走？外面的人又說，妳不是摘了葫蘆回來嗎？剖開來，挖了肉，又是兩個水瓢！碧奴沒有解釋她手裡最後一只葫蘆的用途，解釋也沒用，他們會嘲笑她的，埋了葫蘆妳就得救了？妳還是死無葬身之地！她彎腰檢查水缸後面的南瓜，發現五個南瓜只剩下兩個了，碧奴又叫起來，是誰呀，怎麼把我的南瓜也偷走了？外面的人說，妳別說得那麼難聽，什麼叫偷？反正妳就要走了，吃不了那麼多，帶也帶不走，不如給了別人！碧奴在裡面安靜下來，過了一會兒她把剩下的兩個南瓜也搬到外面來了，說，不如我自己搬出來，省得你們惦記我的東西，這是豈梁種的南瓜，青雲郡最肥最甜的南瓜，誰吃都行，記得是豈梁種的南瓜就行！

碧奴送掉了最後幾個南瓜，開始跪在水缸裡洗葫蘆，她的遠房姪子小琢，一個頭上長滿疥癬的男孩突然闖進來，對著她的背影大吼一聲，瘋女子，妳在幹什麼？碧奴說，我在洗葫蘆。小琢說，我知道妳在洗葫蘆，摘下葫蘆都要剖兩半，扔到水缸裡去做水瓢，妳洗它幹什麼？碧奴說，別的葫蘆都給你們剖兩半了，這只不剖了，這只不做水瓢！小琢叫起來，憑什麼別的葫蘆都剖開，這只不讓剖，它是葫蘆王嗎？碧奴說，小琢你忘了姑姑是葫蘆變的？你沒聽說我這次去北方會死在路上？我要是死了，不想分成兩半漂在人家的水缸裡呀，我得把自己洗乾淨了，埋個囫圇身子在桃村，埋好了我就可以安心走了，也省得以後再讓豈粱費那個心思！

碧奴合理地用光了家裡的最後半缸水，先洗葫蘆，洗好了葫蘆再替小琢洗頭，不管小琢怎麼對待她，碧奴還是忍不住地疼他。她受不了小琢骯髒的腦袋，還有他頭髮上散發的酸臭氣味。小琢的頭髮又髒又長，洗了他的頭髮後水不夠了，她就蘸著剩下的水梳了頭，梳了一半她把玉簪含在嘴裡，跑到外面來看天色，人人都能從碧奴嚴峻的臉上發現某些端倪，她要做一件什麼大事情了。鄰居們後來回憶碧奴在桃村最後的行蹤，說她的冷靜比瘋狂更令人難忘，所有忙亂的足跡掩藏了碧奴罕見的心機，一只葫蘆的落葬儀式，竟然舉行得如此嚴謹，如此隆重。他們看見碧奴的頭髮烏雲似地鋪開來，一路滴著水，她領著小琢在坡上走，手裡抱著那葫蘆，葫蘆鄭重其事地穿戴了一番，上端蒙了一塊半舊的絲絹，下面則繫了一個紅色的線墜子。

小琢注意到了村裡人譏笑的目光，他被碧奴抓著手走，臉上明顯有一種羞恥的表情，一路走一路喊，瘋女子，妳到底要把葫蘆埋在哪裡？

碧奴站在坡上眺望北山，北山上有碧奴父母的墳塋，她對小琢說，我多想把葫蘆埋在父母身邊，可我嫁了豈粱就是豈粱的人，姜家的墳塋我去不了啦。

去不了妳還望著北山幹什麼？走，把妳埋到豈粱家的祖墳裡去！

豈粱是孤兒，跟你一樣，他還不如你，桃村沒有他家的祖墳。

三多家有祖墳，把妳埋到三多家的祖墳裡去！

三多不是個好人，他活著時都不肯給豈粱吃一頓飽飯，他家的祖墳我不去。

這兒不去那兒不去，妳還能去哪裡？小琢不耐煩地叫起來，隨便找個地方吧，反正是埋葫蘆，又不是埋妳！

碧奴說，埋葫蘆就是埋我，我得找個好一點的地方，還得有棵樹，好讓葫蘆藤爬上去。人在地上受苦也罷了，到了地下就不該受委屈了，這坡上地勢好，又高又乾燥，天天見太陽，就是人來人往的不好，遇到個缺德的人，會把葫蘆挖出來做水瓢的。

小琢說，坡上不好，那就埋半坡上去。

碧奴有點猶豫，抱著葫蘆往坡下看了又看，說，半坡也不好，那豬倌粟德最喜歡把豬放到半坡上，萬一豬把葫蘆拱出來，那貪心的老粟德肯定把葫蘆帶回家，剖了做水瓢。

小琢一下就沒耐心了，這兒也不好那兒也不好，他威脅碧奴道，乾脆別埋了，扔誰家水缸裡去，妳沒聽見他們說嗎，葫蘆就應該剖兩半，扔到水缸裡去！

碧奴一賭氣就推開了小琢，小琢還想偷偷把葫蘆上的紅線墜子拽走呢，讓碧奴發現了，打掉了那隻順手牽羊的手。碧奴有點怨，儘管她把小琢看成她在桃村最後一個親人，小琢卻不這麼想。他一直聽信村裡人的謠言，認爲碧奴的魂被豈粱帶走了，他天天來吃碧奴烙的南瓜餅，吃完了就在門口啐三口唾沫，說是怕吃了碧奴的餅瀉肚子，用三口唾沫避邪。

碧奴後來一個人在坡上走，走到老柳樹下她又看見了那隻青蛙。小琢一走青蛙就來了，青蛙膽怯地伏在柳樹下，懷著人的心事。青蛙一來，碧奴便看見那個死於洪水的山地女子憔悴的身影，她穿黑色上衣頭戴草笠，蹲在柳樹下等她，是那個女子的幽魂在等她。碧奴看得見那個幽魂，傷心人最知傷心事，她替那個山地婦人傷心，活著的時候不聽人勸，就知道在木筏上沿河尋子，死了變成青蛙，倒知道一個盲人尋兒不易，要找人結伴往北方去了。碧奴看見青蛙也替自己傷心，村裡那麼多恩愛夫妻呢，丈夫一走，女的都流淚，可她們流幾天淚就開始盤算別的了，盤算自己和孩子的冬衣，盤算口糧。錦衣那麼愛她的丈夫樹呢，可她說，樹是一個大男人，光著就光著，凍不死他的！祁娘平時那麼疼啇英，可是碧奴去動員她同行的時候被她推出了門，祁娘說，啇英巴不得去築長城呢，他一走倒輕鬆了，光吃不做的老爹老娘，還有天下最懶的小姑子，一大家人都丟給我養呀，我還給他送包裹去？送塊屎粑粑去吧！

桃村的婦人像躲避瘟神一樣躲避碧奴的遊說。就是天上的大雁南來北往都排了雁陣飛，趕遠路的人都要找人結伴的，可碧奴從夏天找到秋天，一個同伴也沒有找到，倒是一隻青蛙，打牠也打不跑，一心要與碧奴結伴。

碧奴對青蛙說，妳倒是性急，我還沒埋好葫蘆，怎麼上路？妳是青蛙，還到處跳著找兒子呢，我沒妳命好，死了變葫蘆，我要不把自己埋好了，會讓人撿去剖了做水瓢的！

青蛙仍然伏在樹下，牠在傾聽碧奴焦灼的腳步。碧奴抱著葫蘆圍著柳樹轉，看看東邊，東邊是下坡，坡下還積了一片水，幾棵樹的樹身都浸在水裡，看看西邊，西邊地勢高，坡上有棵老刺柏，樹梢上還有一抹吉祥的晚霞。可不知道是誰把一群羊放在樹下吃草，就算把羊趕走了，那地方也不合適，村裡人一眼就看見她了，看見她就看見了葫蘆墳。這麼大個桃村，埋個葫蘆也不容易！碧奴最終放棄了想像中所有完美的地點，她怏怏地打量著眼前的柳樹，對柳樹說，就你吧，你不是什麼庇蔭祈福的樹，我也不是什麼榮華富貴的命，我們誰也別嫌棄誰！然後她看了看東邊的槐樹，又掃了一眼西邊的老刺柏，說，讓松樹柏樹大槐樹給別人去吧，我不稀罕，我就要這棵柳樹！

而小琢已經爬上了北山，他在高處，看得見碧奴隆重而掩人耳目的葫蘆葬儀，碧奴蹲在柳樹下忙碌了一會兒，等她站起來，手裡的葫蘆不見了。小琢用雙手做個喇叭，對著山下喊，快來看，碧奴下葬啦！他喊了半句聲音就噎住了，是一陣山風吹到他嘴裡，阻止他透露碧奴的祕密。小琢只好打著嗝，低頭去尋止嗝的金錢草。那是小琢最後一次看見他的遠房姑母碧奴。人人都聽說了柴村女巫的預言，碧奴將死於北上的途中，小琢也聽說了。年幼的小琢是個熟練的殯葬者，他幫父親埋葬過祖父，幫母親埋葬過父親，後來獨立自主埋了母親。別的孩子有興趣埋一只葫蘆，他沒有，他埋慣人了。儘管這樣，小琢還是關注了葫蘆的葬儀，他認爲柳樹下面是個好地方，選擇半坡的柳樹埋葬葫蘆，那是小琢印象中碧奴幹的唯一一件聰明事，她終於在出門的前一天葬好了葫蘆，也提前把自己埋葬在故鄉了。

藍草澗

藍草澗一帶的山被過量的人跡所侵蝕，昔日陡峭的山梁變得平坦而單薄，山口人煙稠密，風過處，可以聞到空氣中飄散著炸糕和牛糞的氣味。已經是青雲郡的邊疆地區了，離山口三十里地，就是傳說中的青雲關，出了青雲關就是平羊郡，平羊郡是無邊無際的平原和農田，他們說南下巡視的國王車馬，正在那片平原上神祕地馳騁。

碧奴終於看見了帶輪子的驢車和牛車。馬匹是被徵往北方了，耕牛與毛驢獲得了商賈販卒的重用，牠們戴上了用銅皮敲製的鈴鐺，被人套上了車，聚集在路邊等候重物。牛和驢在藍草澗表現各異：牛離開荒涼的農田，發出了巨大的迷茫的響鼻聲；毛驢由於受到百般寵愛，其叫聲顯得輕佻而傲慢。一條通往山下的紅土路旁搭建了無數的台狀房屋，分不清其主人是貴族還是豪紳，碧奴從來沒見過這樣的房屋。半空中旗幌高懸，大多繪有彩色的漂亮文字。碧奴不認識字，她問一個驢車夫，旗幌上寫著什麼，看得出來那車夫也不認識字，他眨巴著眼睛，過了一會兒他猜出了那個字，輕蔑地斜視著碧奴，說，這字也不認識？是個錢字嘛，不是錢字是什麼？這地方什麼都要用錢的！

蓼藍草猶如黃金點綴了山口地區，在兵荒馬亂的時代，蓼藍依然在此瘋狂地生長，很明顯，藍草澗因爲一種草而繁榮，悄然成爲青雲郡新興的集鎮。碧奴在路上遇見過好多帶著籃筐的婦女和孩子，她以爲他們也是去北方，可他們說，去北方幹什麼，去尋死嗎？我們去藍草澗，採草去，十筐草賣一個刀幣！碧奴極目四望，看見山微微閃著藍色的光，那些蓼藍在陽光下確實是藍色的，而衣衫襤褸的採草人，他們沿著溪流尋找蓼藍草的葉子，分散的人影最後往往聚在一起，即使在山下，也可以看見採草人在山上爭搶蓼藍草的身影，那些閃爍的怒氣沖沖的人影，遠遠看著像一群奪食的野獸。

妳也是來採蓼藍草的吧？怎麼頭上頂著個包裹，妳的筐呢？妳的鐮刀呢？那個驢車夫頭裹青幘，黑髯亂鬚，看不出他的年齡，他斜眼注視別人的目光，一半是邪惡，另一半卻有點溫暖。

我不採草。他們告訴我藍草澗有驢車去北方。碧奴說，大哥，你的驢車去北方嗎？去北方幹什麼，尋死去？車夫惡狠狠地反問，他的手怕冷似的插在懷裡，腳卻光裸著，翹得很高。他斜著眼睛研究碧奴頭上的包裹，沒有得出結論，突然抬起腳來，在碧奴的身上踢了一腳，說，包裹裡什麼東西，打開來看看！

鄉兵讓我打開包裹，縣兵要我打開包裹，大哥你是趕車的，怎麼也要檢查我的包裹呢？碧奴嘀咕著把頭上的包裹取下來，沒什麼東西呀，她潦草地鬆開包裹一角，說，包裹看上去大，沒有值錢東西，就放了我男人的一套冬衣，還有一隻青蛙。

什麼青蛙？妳包裹裡還帶個青蛙？車夫有點驚愕，他的眼睛像燈一樣亮了，把包裹都打開，什麼青蛙，讓我看清楚，妳是黃甸人吧？人家黃甸人出門帶公雞引路，妳怎麼帶了隻青蛙？妳把青蛙藏在包裹裡，牠怎麼給妳引路？

我不是黃甸人，大哥我從桃村來呀，桃村和黃甸，隔著一座北山。我的青蛙也不會引路，牠還要靠我引路呢。

妳還說妳不是黃甸人？聽妳口音就是黃甸人，黃甸人到哪兒都鬼鬼祟祟的，包裹不值錢還頂在頭上？妳那包裹裡一定有鬼！

碧奴一時不知道怎麼證明她從桃村來，倒是包裹的清白容易證明。碧奴就氣呼呼地抖開包裹。青蛙妳出來，出來讓這位大哥看看，我包裹裡有什麼鬼？一隻青蛙沒什麼見不得人！又不是私鹽，私鹽才不讓帶；又不是匕首，匕首才不能放在包裹裡！碧奴鼓勵青蛙跳出來作證，青蛙卻蜷縮在豈梁的鞋子裡，牠似乎習慣了鞋洞的柔軟和黑暗，怎麼也不肯出來。牠是讓嚇壞了，青蛙的膽子小，一路上這個嚇牠那個嚇牠，把牠怕壞了。碧奴替青蛙解釋著，捧出那鞋子給車夫看，大哥，我不騙你，裡面是一隻青蛙，我帶一隻青蛙去大燕嶺，犯什麼法？

犯法不犯法妳說了不算！車夫大聲道，我看妳神神鬼鬼的樣子，一定是黃甸來的！我告訴妳，國王已經到了平羊郡，黃甸人和蛇，統統要被消滅乾淨！

我不是黃甸人，是桃村人呀！這青蛙也不是蛇，大哥你看清楚，鞋裡是青蛙，不是蛇！

還說妳不是黃甸人？黃甸人反朝廷反了三十年了，男男女女都出來做刺客做強盜，不是黃甸的女子，誰一個人滿世界走，誰把青蛙藏在鞋子裡？這青蛙也危險，說不定是蛇變的！我好心才告訴妳，只要你們從這山口下去，過了青雲關，進了平羊郡就有妳的好看了，國王最怕的是蛇，蛇怎麼養也咬人，國王最恨的是黃甸人，黃甸人怎麼管也管不服，天生就要謀殺國王，我給妳提個醒，鹿林郡村村鎮鎮的草都燒過好幾遍了，蛇蛋都要燒乾淨，跑到平羊郡的黃甸人，不管老少統統抓起來了，也是一把火，統統要被燒死！

碧奴嚇了一跳，她不是黃甸人，黃甸和桃村隔了座北山，可碧奴還是讓車夫嚇了一跳。她在慌亂中抱著包裹往路邊賣草籮的攤上走。籮攤上的人都來看碧奴的包裹，碧奴就岔岔地展開豈粱的鞋，大家都看看，這是青蛙還是蛇？明明是一隻青蛙，那大哥非說牠是蛇變的！那些人好奇地圍觀鞋裡的青蛙，嘴裡猜測著碧奴的來歷。有個人說，帶個青蛙和帶一條蛇有什麼區別？這女子，不是個巫婆就是個瘋子！一個穿桃紅色夾袍的女孩子倒是喜歡青蛙，她上來把一根手指伸到鞋裡，邀請青蛙出來亮相，青蛙還是不肯離開鞋子，那女孩便偷偷地拉碧奴的袍袖，問，姊姊妳爲什麼放一隻青蛙在包裹裡？碧奴一五一十地對女孩子說起了北山秋天的大水，說起了那個沿河尋子的山地女子的木筏，當碧奴強調她帶的青蛙是一個尋子婦人的魂靈時，那女孩子面色慘白，呀地叫了一聲，就強拉著她母親的手逃走了。遠遠地碧奴聽見那受驚的女孩子在問她母親，那帶青蛙的女子，是不是個瘋子？做母親的拍著女孩子的背爲她壓驚，說，看她的模樣不是，看她包裹裡那些東西，應該是個瘋子吧！

在繁華的藍草澗，碧奴嘗受著一個人的荒涼。

碧奴不撒謊，可是這裡的人們不相信她。她清白的身世一說出來，別人就聽得疑雲重重，她說她不是黃甸人，是桃村人，兩個地方隔著一座山，口音也完全不一樣。可是藍草澗的人們根本不知道如何辨別桃村和黃甸的口音，他們問，那你們桃村出刺客嗎？碧奴說她是桃村萬豈粱的妻子，各位客倌有誰見過我家豈粱嗎？藍草澗的人一聽都笑了，沒有人認識萬豈粱，聽者懷疑地反問，萬豈粱是誰？他腦門上寫了名字嗎？他們說去修長城的人成千上萬，誰認識妳家萬豈粱？有好多人對她頭上的包裹表現出了反常的興趣，他們不潔的手莽撞地伸進去，肆意捏弄著豈粱的冬衣，他們說，妳千里迢迢去大燕嶺，就爲了給妳丈夫送這些東西？碧奴說，是呀，送冬衣去，不送怎麼行？我家豈粱光著脊粱讓抓走的！多麼平常的話，他們偏偏聽成了瘋話和夢話。穿桃紅袍子的女孩子逃走後，碧奴決定不說話了。說什麼你們都不信，還不如不說話。碧奴嘀咕著，小心地紮好了包裹，她對賣籮的老漢說，不如不說話，我裝啞巴，你們就不會說我是瘋子了，我對你們撒謊你們就相信我了。那老漢斜睨著她，鼻孔裡哼了一聲，說，妳這樣的女子，讓妳撒謊難，讓妳不說話更難！碧奴覺得那老漢看到了她的心裡，卻不肯示弱，她重新把包裹頂在頭上，對那老漢說，裝個啞巴有多難？不說話有多難？這次我下了狠心做啞巴了，誰也別來跟我說話！

那個車夫斜倚在富麗堂皇的驢車上，腿翹在空中，有意無意地擋著碧奴的去路，那半截腿從花面襦中探出來，乾瘦而骯髒，卻比手更具侵略性，很蠻橫也很精確地戳在碧奴的臀部上。走，走哪兒去？他說，我聽見妳那包裹裡有刀幣的聲音，留下買路錢再走。

碧奴羞惱地躲避著，來回推那討厭的腿，她決定不說話了，可是人家用腳來擋她的道，她不能不說話。什麼買路錢？你是攔路的強盜呀，你還總用腳！碧奴用手指在臉上刮了幾下來羞辱他，說，大哥我不想開口罵人，別人的手下流，你那腳比手還下流！

車夫對碧奴冷笑了一會兒，不是要做啞巴嗎，怎麼又開口了？他突然把掖在懷裡的雙手舉了起來，說，手？手有屁用，我摸女人從來不用手，妳看看我的手，看看我的手在哪裡？

碧奴嚇了一跳，她看不見車夫的手，看見的是兩根枯木一樣的手臂，舉在空中。兩根枯木一樣的手臂，炫耀著它的斷裂和枯萎，手指與手掌不知所終。碧奴驚叫了一聲，情急之下用手蒙住了眼睛。她蒙住眼睛，還是忍不住地問，大哥，誰把你的手砍成這樣？

車夫刻意地伸展他的手，先展覽左手再展覽右手，妳又不嫁我做媳婦，問那麼清楚有屁用！他嘿嘿一笑，說，誰砍的？妳猜誰砍的？妳猜一輩子也猜不出來，是我自己！我自己先砍的左手，抓丁的說砍一隻左手沒用，那右手還能去抬石頭，我就讓我爹來幫我對付右手，告訴妳怕嚇著妳，差吏在外面敲門，我在地屋裡砍手，我爹在旁邊幫忙，等他們把門撞開，我的手已經沒有啦！

我知道你的手沒有了。碧奴白著臉從指縫間打量著車夫，她說，大哥你沒有了手，怎麼趕驢車呢？

沒有手我還有腳呢！藍草澗誰不認識我車夫無掌？我的腿腳名震八方，就妳個蠢女子，不知道我腿腳的厲害！車夫無掌的腿充滿表演的欲望，它們緩緩地升起來，雙腳像手掌一樣嚴密地合攏，夾住了車繩，他回頭看著碧奴，告訴妳吧，我是衡明君的門客，我要沒有腳趕驢車的絕技，衡明君怎麼會收我做他的門客？

碧奴不理解車夫自我透露的特殊身分，她的表情仍然是驚恐，沒有絲毫的欽佩或敬重。無掌有點惱，說，妳眼睛瞪那麼大幹什麼？可憐我？我可憐？可憐個屁，我要不是斷了手掌，早就拉去大燕嶺做苦役了。我要是留著兩個手掌，練不了腳趕驢車的絕活，哪有資格去吃衡明君的門客飯！妳別瞪我，看那邊，趕牛車那個駝背，他是駝背都沒用，人家說駝背去長城背石頭正好，不用彎腰，要不是他肯塞錢給差吏，還輪不到他在藍草澗趕牛車！

碧奴轉過臉去看牛車上的駝背男人，那駝背用木耙翻弄著牛車蓼藍草，一邊偷偷地窺視碧奴和車夫無掌，不知爲什麼他歪著嘴笑，嘴角上的笑容有點猥褻。碧奴一看他，他放下木耙，一隻手按著腹部下面，對碧奴眨巴眼睛。碧奴問無掌，他有眼病吧，怎麼眼睛眨個不停呢？無掌只是笑，沒說什麼，那邊的駝背突然放肆起來，一隻手往下面滑過去，做了一個古怪的手勢，嘴裡喊起來，多少錢？碧奴不解地反問，什麼多少錢？我又不賣蓼藍草。駝背乾脆就用幾根手指配合著，做了個更下流的手勢。碧奴羞紅了臉，朝他啐了一口，不解氣，又啐一口。駝背說，妳啐什麼啐，還假正經呢，這年月一個年輕女子在外面亂跑，不幹這個幹哪個？

碧奴氣得彎腰拿起一塊石頭，正要砸過去，發現石頭大了，就去換了塊小的，小的石塊抓在手裡，方向不容易瞄準，沒砸到人，砸到那條牛身上了。牛沒跟碧奴計較，只是甩了下尾巴，駝背車夫叫起來，妳敢砸我的牛，我告訴妳，要是我的牛有個三長兩短，妳賠不起！碧奴轉過身去，氣惱地用手拍打眼睛，一邊說，我要像青蛙一樣瞎了就好了，眼睛看見的都是這種人，要眼睛幹什麼？

旁邊的無掌冷靜地注視著她，妳拍妳拍，把妳的眼睛拍出來！妳沒有眼睛怎麼去大燕嶺？妳沒有眼睛，去了大燕嶺也不知道誰是妳的丈夫！無掌說，妳一個年輕女子走這麼遠的路，還背個貞節牌坊呀，一隻母雞從窩裡跑出來還有公雞追呢，何況妳一個單身女子，妳要眼裡乾淨，除非去做瞎子！

碧奴在氣頭上，對著無掌嚷道，要是滿世界都是下流男人，我情願做瞎子！

車夫們看來也不是好人，一個把她當成刺客，一個把她當成娼妓。碧奴準備走，她要順著山口下去，去那些有錢人的高台下看看，那邊有沒有好人。可就這樣輕易地從一輛驢車一輛牛車旁邊經過，她不甘心。她繞著無掌的驢車走，一隻手留戀地在驢背上撫摸了一下。那是一頭青雲郡特有的長腰白驢，驢掌被釘了馬蹄鐵，驢屁股裡正湧出一堆灰色的糞便，一群蒼蠅圍著驢屁股飛。碧奴好心去揮手趕蒼蠅，長腰白驢卻不肯接受她的善意，驢突然傲慢地跳了一下，回頭向她咴咴地叫著，用屁股對著碧奴，又旁若無人地拉下一堆來。連藍草澗的驢也不尊重碧奴，可是碧奴對驢充滿了難以遏制的愛惜。她打量著驢子灰色的大眼，還有雜亂的纏綁在驢身上的繩轡，她說，這驢打扮得比人還花俏呢，是頭好驢，就是脾氣大。

妳不是要做瞎子麼，車夫說，妳做了瞎子還盯著我的驢看？告訴妳，我的驢不能白看，看一眼付一文錢！

大哥我跟你說正經的呀。碧奴對車夫說，我問你一下，買一頭牛貴還是買一頭驢貴？牛貴，驢也不便宜，比買個人貴，妳肯定買不起。車夫說。

碧奴怯懦地瞥了車夫一眼。我知道現在的牲口貴，買不起就不買了。她試探著問，我有九個刀幣，大哥我能雇你的驢車嗎？

妳是抬舉我呢？要雇我的驢車去北方？車夫無掌瞪著碧奴，突然氣惱起來，妳沒有耳朵的，告訴妳我是衡明君的門客呀，妳沒聽說我，還沒聽說過衡明君？人家是國王的親兄弟！我哪兒有這麼好的驢車？妳給我彎下腰來，看看這車軸，這輪子，是妳用的貨色？看見這車梁上的豹印嗎，這是衡明君的徽印，普天之下蓋著豹印的東西都是衡明君的，連我的人也是他的，妳懂不懂？不懂就轉過來，看看我的襖背，看見沒有，一個豹印！

碧奴轉到驢車那一頭，果然在無掌驕傲的後背上看見了一個圓形的豹徽。我懂，不是你的驢車你不能作主。碧奴陪著笑臉道，大哥你肯不肯帶我去見衡明君，跟他說個情，讓他把驢雇給我，那麼好的車我也不敢用，只要這頭驢，我把九個刀幣都給他。

九個刀幣，九個刀幣，妳以爲懷裡揣九個刀幣就是富人了。無掌掩飾不住他的鄙夷之色，說，妳要是身懷絕技，會飛簷走壁會噴火踩水，我就帶妳去見他，還能得幾個賞錢；妳要是能讓妳的青蛙向衡明君道萬福，我就帶妳去見他，黃甸的公雞會引路，黃甸的青蛙也該會說話，讓妳的青蛙去跟衡明君說話去，讓妳的青蛙給他磕頭道萬福去，我就帶妳進百春台。

碧奴說，大哥你的耳朵長在哪裡呀？我告訴你多少遍了，我從桃村來，不是從黃甸來，這隻青蛙從板橋來，也不是從黃甸來，牠不會磕頭，更不會說話！

不會磕頭不會說話妳就別去了。去了妳雇不成驢，說不定衡明君看上妳，把妳的人也買了。這些年他買了好多女子了，長得水靈俊俏的，屁股大能生養的，手腳麻利的，針線活好的，有的買給他自己，有的買了送給門客。他喜歡什麼就買什麼，就是我們頭上這塊天割碎了賣，他也一定挑大塊的買，我的主人是什麼人，妳現在懂啦？還敢罵我沒耳朵？妳自己的耳朵呢，耷拉在腦門下是喝粥用的？

碧奴先是點頭，然後又搖頭。大哥我沒罵你沒耳朵，你再怎麼說我是黃甸人，我還是不是，不是就不怕。她注視著一架富貴逼人的驢車，越看驢子越高傲，越看車鞏越奢華。她想像著更加富貴的車主人，怎麼想頭腦裡也是空白，就歎口氣放棄了，她說，那人家有錢有勢，驢車打扮得比人還好，我就不雇他家的驢了，大哥你帶我去跟那駝背說說，把他的牛車雇給我。

他個爛駝背怎麼會有那麼好的牛車？無掌突然吼叫起來，他的人，他的牛車，都是喬家織室運蓼藍草的！妳還是個女子呢，喬家織室的百花綾都沒聽說過？青雲郡最好的特產，王公貴族每年都來買喬家的百花綾，國王也用喬家的百花綾。喬家兄弟靠手藝也封了爵啦，封了爵就能買人。那兄弟倆天天坐著，腸子不通，解手要年輕漂亮的女子在一邊替他們通屁股，妳去雇他們的牛，他們興許看上妳，把妳人買去，拿手指通他們的屁股！

碧奴看那車夫的唾沫憤怒地飛濺出來，有點手足無措，她說，大哥，你別出口傷人，雇不上驢就不雇了，我走路也走得到大燕嶺，我就是不明白，路上的人爲什麼都騙我，他們都說藍草澗有大牲口賣的。

那是妳腦子笨，大牲口說的是人，不是牲口！車夫無掌對碧奴喪失了耐心，他用腳夾住一條鞭繩，高高拋出去，竟然在碧奴頭上甩了一個響鞭——閃開閃開，我在這兒接衡明君的新門客呢，馬上人家就下山了，妳別在這兒礙我的事！碧奴慌忙中跳了一下，一跳她頭上的包裹便響起了金屬的撞擊聲。車夫的眼睛炯炯閃亮，他說，妳這個女子倒不騙人，也不怕遇見了小偷和強盜，我聽出來了，妳是有九個刀幣。其實我也沒騙妳，去買大牲口吧，妳自己往山口走，走下去妳就看見人市了，要買也行要賣也行，人市上都是大牲口！

人市

暮色中的人市臨近曲終人散，那群人仍然站在路的兩邊，最引人注目的是一些打扮妖嬈的年輕女子，從她們豔麗繁瑣的服飾來看，應該是來自青雲郡的北部地區，她們統一地在前額、顴骨和嘴唇三處抹了胭脂，穿上藍色、桃色或水綠色的花袍。那些花袍的袖口和衣襬上飾有或大或小的菱形彩紋，腰帶上鑲有瑪瑙粒翡翠片，結成一個蝴蝶垂下來，陪同蝴蝶結垂下來的還有玉玦、銀鎖和香袋。她們盛裝而來，也許是盛裝帶來了自信和優越感，從她們的臉上看不出多少亂世的悲傷。由於天色已晚，慷慨的買主仍然不見人影，她們像群鳥歸林前一樣嘰嘰喳喳地吵嚷著什麼。散落而站的是赤足戴草笠的山地女子，還有幾個素衣玄服的長治郡的中年婦女，後者沉默著，以一種恰如其分的哀傷姿態觀望著路上來往的車馬；而在路的另一側，上了年紀的男人們和未及弱冠的男孩們，懶懶地盤腿坐成一排，有的晨昏顛倒，靠在別人的肩膀上睡著了。一個不安分的男孩爬到了路邊的野棗樹上，他努力地搖樹，但野棗早被人提前採光，搖下來的都是乾枯的樹葉。樹下有人吼起來，別搖樹了，你把野棗樹搖死了，以後遮蔭的地方也沒有，讓你站在太陽地裡賣，讓太陽曬死你。男孩受到威脅後，放棄了搖樹的動作，他在樹杈上坐下來，很快發現一個頭頂包裹的陌生女子正從山口下來，他一下找到了新的目標，一邊從懷裡拉出一個木頭彈弓，一邊緊張地朝樹下喊，又來一頭大牲口啦，給我石子，快給我石子！

他們看見頭頂包裹的碧奴從野棗樹下走過，甚至路那邊的婦女都聽見石子沙沙地打在她的身上，但對碧奴來說，那樣的襲擊是應該承受的。她只是朝樹上的男孩瞥了一眼，說，你用小石子打我也傷不到我，你爬那麼高，小心掉下來，傷著你自己！男孩沒有料及她的反應，那種冷靜善意的反應讓他覺得好笑。他快快地收起彈弓，對樹下的人說，我用彈弓打她她不罵我，還擔心我掉下樹呢，哼，這大牲口的腦袋一定有問題。

碧奴站在土路上，樹下是男人的領地，她不可停留，路那邊倒是一群女子，可她們雍容的裙釵風光在蕭瑟秋風中顯得突兀而曖昧。她不敢輕易過去，於是碧奴就站在路上，茫然地觀察著藍草澗的人市。那些盛裝的女子也在注視她，怎麼把包裹頂在頭上？辛辛苦苦梳出來的鳳髻，也不怕壓壞了？有人說，什麼鳳髻，是個亂髻，她們南邊的女子，不肯好好梳頭的！也有人專注於她的容貌和打扮，嫉妒而無知地說，南邊也出美人呀？妳們看她蛾眉鳳眼楊柳腰的，是個美人嘛。旁邊有人刻薄地補了一句，就是不知道洗臉化妝，拿灰塵當脂粉往臉上抹呢，妳們看看她臉上的土，可以種菜啦。

那群盛裝女子的蜚短流長，碧奴不計較，是她們夾路守候的姿態讓她大膽地走了過去。從桃村到藍草澗，碧奴一直對路邊聚集的女子有一種錯覺，她以爲她們都是等馬車去大燕嶺的，她以爲會遇到來自他鄉的尋夫女子，她們可以結伴去大燕嶺。碧奴先是站到一個盛裝的正在吃餅的綠衣女子身邊，問，妳們是在這裡等馬車嗎？妳們是去大燕嶺嗎？綠衣女子斜著眼睛看碧奴，嘴裡嚼著餅說，什麼大燕嶺？這兒又不是運苦役的驛站，哪兒有馬車去大燕嶺？妳別在這兒轉悠了，趁天還沒黑透，趕妳的路去！碧奴說，那妳們呢，妳們是在等什麼？妳們要去哪裡？綠衣女子從腰帶裡掏出一個荷包來，我們跟妳不一樣！她舉著荷包在碧奴面前晃，看見沒有？是針線，我們不是大牲口，我們都是女織匠，有手藝的，我們等喬家織室的馬車來雇人，妳站在這裡幹什麼？碧奴聽出那女子對她的歧視，她說，大姊妳不可以這麼說話的，大家站在這裡都是沒辦法了，誰是大牲口？會個針線活就嬌貴成那樣了？我們桃村的女子從小種桑養蠶，針線活粗，可妳這荷包上的絲線都是從蠶繭上拉出來的呀，我認得出來的，是我們桃村的蠶繭拉出的絲線！綠衣女子眨著眼睛打量碧奴：我們荷包裡裝的都是妳家的絲線？妳從桃村來？怪不得說話跟打雷似的！她突然得意地笑起來，我知道妳是誰了，他們說桃村有個瘋女子得了相思病，帶著一隻青蛙去北方尋夫，說的就是妳吧！

碧奴又是一驚。她不知道關於她北上的消息傳到藍草澗，已經被路人竄改了，聽起來那確實是一個瘋女子的消息。她發現綠衣女子注視她的目光裡開始有一種憐憫，很明顯是正常人針對瘋子的富於節制的憐憫，碧奴氣惱地拍著頭上的包裹，是誰在背後亂嚼我的舌頭？我是去給自己丈夫送冬衣呀，什麼叫相思病？我才沒病，誰忍心讓自己丈夫光著脊梁過冬，誰才是得病了！

妳沒病，那妳快去送冬衣吧，去大燕嶺那麼遠的路，妳再不趕路，大雪就要下來了，妳丈夫就要凍成雪人啦！綠衣女子嗤地一笑，甩著袖子向其他女織匠那兒擠過去，然後碧奴清晰地聽見了她欣喜的聲音：妳們沒看出來？快來看，她就是桃村那瘋女子呀！

交頭接耳的女織匠們全部回過頭來了，她們都用驚愕而好奇的目光看著碧奴，就是她，就是她！相思病，瘋女子！那青蛙呢？青蛙藏在她頭頂的包裹裡呢。碧奴站在她們針尖一樣的目光裡，臉上身上都感到了說不出來的刺痛。她累得心力交瘁，沒有力氣去和那些女子論理，桃村也一樣，一群女子在一起誰不嘰喳呢？她們都喜歡說她的閒話，碧奴沒有別的辦法對付她們，突然想起桃村的錦衣應對流言的方法，便對著那些女子響亮地吐了一口唾沫。

路邊還有其他女子，幾個山地女子，沉默地站在人市一角，在暮色中就像一排樹的影子。碧奴離開了盛裝的女織匠，朝一個手執草笠的黑衣婦人走過去，那女子的身影讓她想起了木筏上的山地女子，也讓她想起包裹裡的那隻青蛙。她想問那女子從哪兒來，是不是從東北山地來，認不認識一個乘木筏沿河尋子的婦人？但在這個充滿敵意的人市上，碧奴對交流失去了信心，她決定不說話，什麼都不問，我不問你，你也別來問我。碧奴沉默著站在那裡，和山地女子們站在一起，站在一起等過路的車馬。那黑衣婦人放下掩面的草笠，露出一張浮腫的灰暗的面孔，她一說話嘴裡散發出一股魚腥草的氣味。妳不應該站到她們那兒去，老的，醜的，病病歪歪的，沒有手藝的，應該站在我們這兒。那女子神情木然地打量碧奴頭頂上的包裹，說，妳比我們強，頭上還頂個大包裹呢，我們什麼都沒有，只好站在這裡等，我們不等織室的馬車，有人肯把我們買去拉套犁地就好，大牲口說的就是我們呀，可沒人要買我們山地女子，做大牲口都不行，嫌我們醜，嫌我們笨，我們等不到馬車的，我們是在這裡等死呢，妳要是也等死，就跟我們在一起。

藍草澗人市並沒有碧奴的位置，她不能站在女織匠那邊，也不想站在山地女子這邊了，她聽出黑衣女子絕望的話語不是挽留，更多的是拒絕。碧奴爲自己感到心酸，連山地女子這邊也無容身之處，這樣一來她只好站在路的中央了。碧奴惘然地站在路的中央，和其他人一起等，等。他們守望著路過人市的最後的車馬。藍草澗的天空正在慢慢地暗下來，山口吹來的風有點冷了，大路上偶爾會過去一輛車，兩邊的人群便隨之躁動起來，女織匠們撣衣整髮，舉起五顏六色的荷包，儀態還算保持了一點矜持。對面的男孩子乾脆就跑過去拉拽著車轡，他們想直接爬上車去，被趕車人的鞭子打回來了。趕車人說，不買人了，今天不買人！那些自卑的山地女子們在後面怯怯地追上去，大聲問，大牲口要不要？不拿工錢，管飯就行！車上的人回答道，不要不要，不要大牲口，光管飯也不行！

碧奴頂著個包裹在路上躲閃著車馬，她孤單窘迫的身影再次引起了樹下那些男孩的注意，他們朝碧奴頭上的包裹指指戳戳，說，去看看，包裹裡有沒有一隻青蛙？另一個粗啞的聲音聽起來是屬於某個老年男子的：看什麼青蛙，去看看那包裹裡有沒有刀幣？碧奴感到暮色中的這個人市有點險惡，路的中央依然不是她適宜停留的地方，她準備回到路的左邊去。野棗樹沙沙地搖晃了一陣，那個藏彈弓的男孩從樹上跳下來了，還有一個男孩也站了起來，向碧奴追過來。碧奴大叫一聲，說，你們要做強盜？小心官府把你們綁走！男孩們一時怔在那裡，那個老年男子的聲音又陰險地響起來，綁走就綁走，綁到牢裡有飯吃，比在這裡餓死好！他們受到了明確的鼓勵，一個男孩鸚鵡學舌道，綁走就綁走，綁走有飯吃！另一個學著強盜的口氣說，留下買路錢再走！他們像兩頭野獸一樣朝碧奴撞過來。碧奴尖叫起來，她向那邊的盛裝女子們求援道，他們明火執仗呢，妳們就這樣看熱鬧？盛裝女子們漠然地看著碧奴，一個藍衣女子指著路那邊說，孩子他爺爺就坐在那兒呢，他都不肯管，關我們什麼事？碧奴轉而去抓一個山地女子的衣袖，那女子慌忙抽著自己的袖子說，別抓我，妳快跑呀，也怪妳自己，帶著那麼大個包裹還站到人市來！碧奴走投無路地奔逃著，突然就遷怒於包裹裡那隻青蛙了，她一邊奔跑一邊拍打包裹，妳還不出來，還不出來？我要是帶條狗還能幫我，帶了妳妳叫都不叫一聲，帶著妳有什麼用！

青蛙也許是被碧奴從包裹裡拍出來的，也許是自己跳出來的。路兩邊的人們驚愕地看見碧奴頭上銀光一閃，那隻傳說中的青蛙像一個從天而降的神蹟，悄然匍匐在碧奴的頭上，準確地說是伏在那只包裹上。藍草澗一帶暮色濃重，他們本來看不淸楚那包裹上的青蛙，可是令人驚歎的是青蛙雙眼緊閉，眼睛周圍閃爍著一圈銀白色的淚珠，從來沒有人見過青蛙的淚水，那淚水是銀白色的，照亮了自己憂傷的黑綠斑紋，也照亮了牠的主人碧奴蒼白憤怒的臉。

是毒蟾，別去碰牠，會瞎眼睛的！路那邊響起了老年男子驚慌的聲音，別去惹那女子，她一定是個女巫。

碧奴看見了兩個男孩驚駭的眼睛，他們開始後退，帶彈弓的男孩尖聲說，青蛙是瞎的，一隻瞎靑蛙，牠怎麼會哭？另一個拽著他往樹下跑，爺爺說了，那不是青蛙，是一隻毒蟾！帶彈弓的男孩說，這女子爲什麼帶一隻毒蟾？另一個叫起來，爺爺說了，她是女巫，快跑！他們撒腿就往野棗樹下跑去。碧奴悲喜交加，她來不及取下包裹看她的青蛙如何哭泣，對著兩個男孩的背影喊，我就是女巫！我就帶了隻毒蟾！路上遇見你們這些人，我不是女巫怎麼辦，我不帶毒蟾怎麼趕路？

在藍草澗的人市上，碧奴依靠一隻流淚的青蛙獲得了尊嚴，儘管那是一種意外的女巫的尊嚴。碧奴在暮色中拾掇包裹的身影也散發出一絲神祕的氣息，那邊的盛裝女子先向她悄悄地圍過來，然後山地女子們也面露愧疚之色，親熱地站到了碧奴身後。人市上的婦孺老小像一群旱地上的魚游向一口泉眼一樣，游向碧奴，懷著魚對水天然的尊敬。他們是來向她打聽自己的命運來了，碧奴起初有點慌張，她想脫身，可是轉念一想，湧過來的都是窮人，都是可憐人，她的命運也是他們的命運。錦衣玉食的富貴命，碧奴不懂，饑寒交迫的窮命苦命，她是說得清楚的，龍鳳投胎的人，碧奴一個都沒見過，從水裡土裡鑽出來的貧賤之人，碧奴見得多了，預知貧賤的命運有什麼難的？碧奴想到這兒就壯起了膽子，她挑了個乾淨的地方放好豈梁的鞋子，再把青蛙安頓在豈梁的鞋子裡，自己模仿柴村的女巫，在地上畫了一個圈，盤腿在圈裡坐下了。

綠衣女子向碧奴獻出了她沒吃光的半塊餅，屈膝行了禮，說，看不出來妳是個女巫呀，我丈夫也是夏天被拉到大燕嶺去的，一去就沒音訊，妳給我占個卜，問問妳的青蛙，看看他還活著吧？

碧奴瞥了一眼綠衣女子華美的服飾，在她綴滿珍珠瑪瑙的腰帶上抓了一下，說，妳穿得這麼好，妳丈夫光著脊梁，等到北風一起，妳丈夫恐怕就會死的。

他會被凍死？眾女子齊聲叫起來。

碧奴說，不，青蛙說了，他是心酸而死！

綠衣女子驚聲道，那我該怎麼辦？

妳回家去呀，回家把妳丈夫最暖和的冬衣找出來，明天趁著太陽好，放到太陽地裡曬一曬，曬好了就可以送到大燕嶺去啦。

綠衣女子瞥了一眼鞋子裡的青蛙，羞慚地垂下頭，說，哪兒還有他的冬衣？讓我換了一袋穀子啦。我不能跟妳比，妳是女巫，見山翻山，見水蹚水，我走不了那麼遠的路，我身子骨弱，我去一定會死在路上的。

妳怕死在路上，就不怕妳丈夫活活凍死？

綠衣女子被問住了，過了一會兒爲自己申辯道，他的日子苦，我自己的日子也不好過呀，有手藝也沒用，還不是在這兒等死嗎？反正我前世是一隻蝴蝶，等我死了就變回一隻蝴蝶，再飛到大燕嶺去看他吧。

一個白鬍子老漢佝僂著身子過來，獻給碧奴一顆酸棗，他呼呼地喘著粗氣，我兒子下山賣柴的時候被捕吏抓走了，村裡人誣賴我兒子呀，說他偷了人家的羊才被抓的，我到縣上的公堂去，讓人打出來了。衙門裡的人說就是我兒子偷羊，也沒空抓他，女巫大姊給我問問妳的青蛙，我兒子到底犯了什麼事，到底被抓到什麼地方去了？

碧奴告訴他，你兒子什麼事也沒犯，他一定是被抓到大燕嶺去修長城了，修長城是世上最苦最累的活，青雲郡的男子是世上最不怕苦最不怕累的人，所以他們都去了大燕嶺。

那老漢臉上先是露出了一絲欣慰之色，隨後他憂心忡忡地打聽，從藍草澗去大燕嶺，還要走多少天？

碧奴說，青蛙說靠兩隻腳走，大約要走到冬天才能到。

老漢一下就絕望了，他說，那我也去不了啦，走個幾十里我就跟妳一起去了，我一走路就喘呀，那麼遠的路不能走。我要是再年輕個十歲，喘死也要去大燕嶺，去替下我兒子，可我快入土了，只好守在這裡，熬一天是一天。等我兒子從身邊走過，恐怕我已經在墳裡了，兒子從墳上走過，我都看不見！

大燕嶺三個字像燧石一樣擦亮了眾人的眼睛，但所有的火花紛紛隨風熄滅。除了碧奴，沒人要去大燕嶺，即使是青蛙神祕的眼淚也無法說服人們隨她北上。他們情願在路邊等候。除了等候，那些倦怠的人放棄了一切，他們向青蛙打聽的是等候的命運。在山地女子突然爆發的哭泣聲中，山口的風變得淒冷難耐，碧奴清楚地知道在這個絕望的人市上，她是最後一個懷著希望的人，她的孤單也是命中注定的。盛裝的女織匠們問過了各自的命運，每個人的命運都一樣的苦澀，一樣的與思念和牽掛有關，一樣的與幸福安康無關，這使她們面露不悅之色。她們帶著懷疑探討著青蛙的眼淚和碧奴的巫術，吵吵嚷嚷地離開了人市，她們的家就在不遠的山谷裡。流離失所的山地女子們也拖著疲憊的腳步走到了地洞口，那些地洞是匆匆掘出來躲避風雨的，他們揭開洞口的枯樹枝，田鼠一樣地鑽入地下，那個黑衣女子進洞前向碧奴招手，熱情地邀請她去洞裡過夜，碧奴謝絕了她的好意。她們習慣了田鼠般的生活，習慣了地洞，碧奴不習慣，她習慣了走路，白天走，有月亮有星光的黑夜，她也敢走。

碧奴獨自站在風中，她把包裹頂在頭上，守望著通向山下的路，路在黑暗中越來越模糊，她聽見驢鈴的聲音從很遠的地方傳過來，看見一個熟悉的舉腳趕車的人影，是那輛迎客的驢車穿越暮色，從山口那裡衝下來了。碧奴攔車的動作非常突兀，也非常堅定，歸心似箭的車夫無掌用繩鞭打她也趕不走她，只好把驢車停下來了。

車夫說，妳到現在也沒把自己賣掉？今天賣不掉明天再來，不許攔我的車，妳沒見新門客來晚了？我們已經錯過衡明君的酒宴啦。

碧奴不說話，只是固執地攔著驢頭，她的一隻手抬起來，從包裹裡掏出了一個閃亮的刀幣，攤在手上，向車夫的腳遞過來。

妳眞變啞巴了？怎麼不說話，到底要去哪裡？

大哥，我不停還能走，一停下來，腿再也邁不動了。你行行好捎我一段路吧，只要向北走，捎我到哪裡我就到哪裡。

車夫抬起腳，兩根腳趾麻利地夾住了刀幣，另一隻腳也翹起來，上下晃動著。碧奴看懂了那隻腳，遲疑了一下，又掏了一個刀幣放在他的腳趾間。她的手明顯有點發顫，我從來沒花過這麼多錢，她說，豈粱知道了會罵死我的，搭個驢車花這麼多錢，可我走了三天三夜了，今天再也走不動了。

妳還嫌貴？也不看看妳搭的是誰的驢車！車夫回頭看了看後面的門客，說，這位大哥心善，他同意我才能捎妳呀！妳還不趕緊謝過他？兩個刀幣就能坐一回衡明君的驢車，別人沒有妳這麼好的福氣！

碧奴對著車上的人鞠了個躬。她登上驢車，才注意到那個遲到的門客像一塊巨大的岩石，在驢車上投下了一大片陰影，藉著最後一點光線，可以看見那個男子亂髮垂肩，玄巾蒙面，身上隱隱散發出一種冰冷的麝香味道。

大哥你從哪兒來？碧奴怯怯地問了一聲，那門客好像沒聽見，車夫無掌卻回頭喝斥她了，不准多嘴！我車上的客人從哪兒來，到哪兒去，我都不敢問，妳倒敢隨嘴亂問！

那神祕的男子沉默不語。碧奴和他坐在一起，覺得自己是與一塊黑暗的岩石坐在一起。她盡量不讓自己妨礙他，偶爾隨著驢車的搖晃，碧奴的包裹觸及那男子的袍角，那包裹會瑟瑟地顫動，青蛙在裡面咕地叫了一聲，又叫了一聲。碧奴把包裹抱回到膝上，低頭之際，看見那男子袍角靴口布滿了一灘灘污痕，它們坦然地暴露在暮色中，一眼看去分不清是泥印還是血痕。她莫名地想到了黃甸，那個危險而可怕的地方，身體便離他遠了一點。碧奴有點慌，對旅伴的來路不明有些畏懼，也就無從排遣，偶然的匆匆一瞥，她看見玄巾上那人閃閃發亮的眼睛，她分不清那眼睛裡的光芒，是傲慢還是仇恨，是仇恨還是哀傷。

百春台

他們在天黑之前抵達了百春台。

月光下的百春台是一座奢華而明亮的孤島，在秋夜淒涼的青雲郡大地上，這孤島高台飛簷，燭影搖曳，縈繞著弦樂絲竹之聲，看上去像是最後一頭狂歡的巨獸。驢車穿越了一片樹林，來到水邊。車夫勒繮停車，回頭對碧奴說，下去，下去，拿妳兩個刀幣，我帶妳往北走了二十里，妳該下車了！

碧奴沒有聽見車夫的驅逐令，她一路上努力地閃避蒙面客的眼睛，還有他袍下飄起的神祕的麝香和薄荷的氣味。驢車上的二十里路令她筋疲力竭，蒙面客的眼睛在暗夜裡有如一盞燈，掃視著四周，她恰恰是在他燈火般的目光下迷了路。蒙面客冰冷的儀態以及他袍下扶劍的手勢，讓碧奴回憶起她小時候在北山上遇見的一個黃甸人，那人掖著東西在山上走，桃村的孩子追著他打聽，叔叔你袍子裡掖了什麼東西？那人笑了一下，袍子掀開來，是一個血淋淋的人頭！碧奴想起那個人頭，便再也不敢看他的袍子了，在驢車的顛簸之中，她覺得自己和一把劍一起在夜色中飄浮，她迷失了方向。

車夫粗魯地踢了她一腳，妳是聾了還是睡著了？到百春台啦，快給我下去，別讓人看見！

下了驢車，腳下的地面仍然在波動，碧奴發現她有點站不穩，人就蹲下來了，蹲在一個陌生的夢境一樣的地方。水把百春台和樹林隔離開了，一條壕河錦帶似地包圍著百春台，對岸人影閃爍，一排豹徽燈籠迎風飄搖。鐵鏈和轆轤聲交叉地響起來，河上有一片巨大的黑影一閃，一座橋從半空中降落下來，那座半空降落的吊橋把碧奴嚇了一跳。

碧奴倉皇間彎下了腰，頭上的包裹跌落在地上了，她半蹲著拾掇包裹的時候，看見驢車已經上了橋，便跳起來對車夫喊，大哥你不能把我扔在這裡，你拿了我兩個刀幣，怎麼就捎了我二十里地，大哥你得退一個刀幣給我！

車夫和蒙面客都回過頭，沉默的蒙面客仍然沉默著，只有眼睛在夜色中閃閃發光。車夫罵了一聲，說，看妳樣子傻，妳倒是精明，拿妳兩個刀幣，妳還要我帶妳進百春台？也不瞪大眼睛看看，百春台是妳進去的地方？

碧奴屏著呼吸傾聽河那邊的聲音，說，大哥你騙我呢，誰說女子不能過這橋，我聽見女子的聲音啦！

車夫先怒後笑，說道，那是賣笑的女子！妳要去賣笑？看妳的姿色，學點吹拉彈唱的，倒是有本錢，妳再扔一個刀幣過來，我替妳引薦給樂房主事，讓妳進去賣笑去！

碧奴沒來得及說什麼，是那隻青蛙在包裹裡面焦灼地掙扎，青蛙從鞋子裡跳出來，在碧奴的手背上停留了一個瞬間，留下一片反常的滾燙的熱痕，然後牠就跳出去了。從桃村到百春台，青蛙一直羞怯地躲在豈粱的鞋子裡，可現在牠大膽地跳出來了，碧奴驚愕地看見青蛙在月光下跳，跳，跳到了驢車上，從蒙面客躲閃的身體來看，青蛙是跳到他懷裡去了。

別過去，他不是妳兒子！碧奴突然明白了青蛙的心，她驚恐地叫喊起來，快回來，他不認識妳，他不是妳兒子！

碧奴對青蛙尖叫著，可惜她的制止已經遲了，蒙面客捉住了青蛙，她看見他的手輕輕地一揮，一個小小的黑影畫出一道弧線，墜落到水裡去了。

吊橋那面響起一陣急促的鑼聲，是守夜人在催促驢車過橋。車夫的腳舉了起來，甩響鞭繩，碧奴絕望之中去追驢車，她的手在慌亂中順勢一拉，抓住的恰好是蒙面客的腰帶。在月光下，碧奴看清了她手裡的是腰帶，碧奴的手下意識地鬆了一下，鬆了一下又緊緊地抓緊了。慌亂中她對那男子叫了起來，那不是青蛙，是你母親的魂靈呀，你會遭報應的，你把你母親扔到水裡去了！

蒙面客站了起來，袍飛之處冷光一閃，惶然之間，一把短劍已經斷開了碧奴的手和腰帶的糾纏，蒙面客拔劍割斷了自己的腰帶，他仍然像一塊岩石聳立在車上，車夫暴怒的聲音從他身後傳來，什麼母親？什麼魂靈？車夫對碧奴吼道，妳小心讓他一劍穿了心，他是衡明君請來的大刀客，他的刀劍不認人，不認親人，更不認鬼魂！

碧奴跌坐在地上，手裡抓著一小截腰帶，藉著月光可以看見織錦腰帶上的豹子圖紋，一片黑色的痕跡很蹊蹺地黏在上面，碧奴現在肯定了，那是一灘血跡。

驢車過橋後，對岸一陣忙碌，吊橋沉重地升起來，從河上消失了，壕河恢復了它的防範之心，把碧奴一個人隔絕在岸邊。對面的燈影中已經空無一人，唯有煉丹爐裡還閃爍著紅色的火苗，司爐火工偶爾從牆後出來，往爐膛裡填入柴禾。碧奴手執一截蒙面客的腰帶站在河邊，看見對面的百春台浸泡在月光下，像一頭巨獸，夜空中瀰漫著一股神祕的氣味，也許是煉丹的氣味，也許只是巨獸嘴裡的呼吸。

碧奴沿著河邊走，尋找她的青蛙。月光下的壕河水波粼粼，水面上依稀可見一葉浮萍，馱著一個小小的黑影向著百春台游去，留下一串鏈狀的波紋，一定是那隻青蛙。那隻尋子的青蛙，碧奴是再也喊不回來了。河對岸的棚屋裡傳來許多年輕男子的喧嘩聲，他們都可能是那黑衣婦人的兒子，可是誰認得出一個變了青蛙的母親呢，誰願意做一隻青蛙的兒子呢？碧奴在河邊等了一會兒，她知道青蛙不會回頭了，那可憐的亡魂聞到了兒子的氣味，她便失去了唯一的旅伴，剩下的路，她要一個人走了。

青蛙一走，包裹清靜了，豈梁的鞋子也空了。碧奴在水裡把豈梁的鞋子洗乾淨，然後她在水面上照了照自己的面孔，月光下的水面平靜如鏡，可這麼大的鏡面也映不出她的臉，她的臉消失在水光裡了。她看不見自己，剎那間碧奴不記得自己的臉是什麼樣子了。她努力地回憶自己的模樣，結果看見的是木筏上那山地女子憔悴蒼老的臉，那張臉上一片淚光，眼睛充滿了不祥的陰翳。碧奴跪在水邊撫摸自己的眼睛，她記得自己的眼睛是明亮而美麗的，可是她的眼睛不記得她的手指了，它們利用睫毛躲閃著手指的撫摸，她撫摸自己的鼻子，桃村的女子們都羨慕她長了一個小巧玲瓏的蔥鼻，可是鼻子也用冷淡的態度拒絕了她的撫摸，還流出了一點鼻涕，惡作劇地黏在她的手指上。她蘸了一滴河水塗在皴裂的嘴唇上，她記得豈粱最愛她的嘴唇，說她的嘴唇是紅的，也是甜的。可是兩片嘴唇也居然死死地抿緊了，拒絕那滴水的滋潤。它們都在意氣用事，它們在責怪碧奴，爲了一個萬豈粱，妳辜負了一切，甚至辜負了自己的眼睛、鼻子和嘴唇，辜負了自己的美貌。碧奴最後抓住了自己蓬亂的髮髻，髮髻不悲不喜，以一層黏澀的灰土迎接主人的手指，提醒她一路上頭髮裡盛了多少淚，盛了那麼多淚了，碧奴妳該把頭髮洗一洗了。

碧奴不記得自己是否哭過了，摸到了頭髮，她才摸到了淚。她突然想起來離開桃村之後還從沒洗過頭髮，就拔下髻簪，把一頭烏髮浸泡在水裡了。她的臉貼著水，貼得那麼近，還是看不見自己的臉。河裡的小魚都來了，牠們從未遇見在月下梳妝的女子，以爲在水中浮盪的是一叢新鮮的水草，小魚在水下熱情地啄著碧奴的長髮。碧奴知道那是一群小魚，她想看見水下的小魚，但豈粱的臉突然從水面下躍出來了，然後她感覺到了豈粱靈巧的手指，它們藏在水下，耐心地揉搓她的頭髮。她忘記了自己的模樣，但豈梁是不可遺忘的。她記得豈梁的臉在九棵桑樹下面盡是陽光，開朗而熱忱，在黑暗中則酷似一個孩子，稚氣靦腆，帶著一點點預知未來的憂傷。她記得他的手，他的手白天伺弄農具和桑樹，粗糙而有力，夜裡歸來，她的身體便成了那九棵桑樹，更甜蜜的採摘開始了。魯莽時你拍那手，那手會變得靈巧，那手倦怠時你拍打它，它便會復活，更加熱情更加奔放，碧奴思念豈梁的手，也思念豈梁的嘴唇和牙齒，思念他的黏了黃泥的腳拇指，思念他的時而蠻橫時而脆弱的私處，那是她的第二個祕密的太陽，黑夜裡照樣升起，一絲一縷地照亮她荒涼的身體。她記得豈梁的身體在黑夜裡也能散發出灼熱的陽光，這牢固的記憶最終也照亮了異鄉黑暗的天空，照亮了通往北方的路。碧奴最後從水邊站起來，向北面張望，看見的是一片樹林，唯一一條通往北方的路，藏在那片樹林裡。

樹林深處搭滿了零亂的草棚，黑漆漆高高矮矮的一大片，都在風中顫索，夜風吹來了混雜著人畜便溺的臭味，還有什麼人疲憊的鼾聲。只有一座草棚簷下掛了一盞馬燈，碧奴不知道那是不是路人們說的衡明君的馬棚。她藉著馬燈黯淡的光暈朝棚子裡張望，偌大的棚子裡空空蕩蕩的，三匹白馬站在食槽前嚼食著夜草，銀白色的馬鬃在黑暗中閃著高貴的濕潤的光芒。碧奴去推馬棚的柵門，柵門後一個黑影一閃，一個冰涼的鐵物不輕不重地落在她的手上，竟然是一把鐮鉤。驚駭之下，她看清楚是一個赤裸上身的老馬倌，佝僂著腰埋伏在暗處，就是他用鐮鉤壓住了她的手。

告訴過你們了，誰也不准進馬棚，再來把你當偷馬賊論處。老馬倌把鐮鉤放在自己的脖子上比畫了一下，惡聲惡氣地說，偷百春台的白馬，要殺頭的！

碧奴申辯道，我不是偷馬賊，我是從這兒路過的！

這是衡明君的林子，不是官道，誰批准妳從這兒路過的？老馬倌瞪著眼睛說，路過這兒的人，十有八九是刺客，小心官府把妳抓去，抓去殺頭！

我不是刺客，我從桃村來。碧奴藉著馬燈的光竭力辨認著老馬倌的臉，她說，聽口音你老人家是北山人呀，你認識桃村的萬豈粱嗎，我是萬豈粱的妻子！

什麼北山，什麼萬豈粱？套近乎也沒用，我不能讓妳進馬棚，白露節氣到了，這三匹馬要去京城送百春丹的，要是馬有個閃失，我的頭也保不住！老馬倌說著話眼睛裡露出了好奇之色，他的身子從柵門上探出來，用鐮鉤試探了一下碧奴頭上的包裹：諒妳也沒刀沒劍，深更半夜的，妳一個女子跑到樹林裡來幹什麼？

碧奴說，老人家，不是我想往樹林裡跑呀，是你這樹林擋我的路！我要往北去，不穿過這樹林怎麼能往北走呢？

別人都往南走，妳怎麼要往北去？北邊的路，男人都不敢走，妳個婦道人家怎麼敢走？

老馬倌舉起松明火把照著碧奴的臉，懷疑地打量著她。看妳模樣倒是俊俏的，還帶著包裹，也不知道妳是人還是鬼？都說趕夜路的俊俏女子，十有八九是個鬼，我老眼昏花弄不清楚了。他若有所思地嘟囔道，我老了，妳是人是鬼我都不怕！就當妳是人吧，我勸妳趕緊找個地方過夜去，我這馬棚是不留客的，羊舍豬圈妳千萬別去，氣味不好，羊倌豬倌人也下流，女人女鬼都不放過的，妳還是到鹿棚去，鹿棚裡的那些孩子沒爹沒娘，可他們差不多變成鹿了，也不能對妳個女子怎麼樣！

碧奴只好往鹿棚那裡去。鹿棚外面有個起夜的男孩在撒尿。他睡眼惺忪，一邊撒尿一邊抓撓著自己的肚子。碧奴站在暗處，一眼看見那男孩脖子上掛了一只小葫蘆，髮髻上長出兩根奇怪的鹿角，更令她驚訝的是，男孩的夜尿像溪流尋海似地追著她的腳，她往左邊躲不掉，右邊也躲不掉，一道清亮的水流長了眼睛似的，準確地追逐著她的腳。碧奴不敢驚動男孩，就捣著嘴退到了草垛後。可她的影子還是讓男孩發現了，男孩驚叫了一聲，一個女鬼！草垛裡藏了個女鬼！

碧奴躲在草垛後對那男孩說，我不是女鬼，我從桃村來，是人，不是鬼！她沒來得及再表白什麼，鹿棚裡已經湧出來一群男孩子，甚至還有兩頭大膽的母鹿，他們瞪著眼睛觀察草垛的動靜，有個孩子喊起來，拿火把來，鬼最怕火光！另一個孩子說，小心失火，衡明君收拾你，去拿棍子，大家拿棍子打鬼！

男孩們把碧奴逼上了粱山。她頂著包裹從草垛後鑽出來，臉上的笑容中慌亂多於懇切：

你們這些孩子，誰聽說過頂著包裹趕路的鬼呀？我不是鬼，我從桃村來，到大燕嶺去，我是桃村萬豈梁的妻子呀！

一個孩子用一種世故的聲調說，誰是萬豈梁？衡明君的門客我都認識，沒有萬豈梁！另一個孩子貌似聰慧，尖聲問，妳怎麼證明妳不是鬼？我聽見妳走路帶著風聲！

碧奴說，那是我的袍子的聲音，我風餐宿露的，瘦得厲害，我的袍子變得又肥又大，一走路風就灌進來了。

那個頸上掛著小葫蘆的男孩一直好奇地盯著碧奴的包裹，他說，女鬼也有頂著包裹趕路的，包裹裡裝的是死人的骨頭，妳說妳不是鬼，把妳的包裹扔過來，讓我們看看，裡面有沒有死人骨頭！

那個建議獲得了男孩們的一致贊成，他們說，快，快，把包裹扔過來！

碧奴向後退，一邊搖頭，一邊更緊地抱著她的包裹。她慌張的態度引起了男孩們更大的好奇心。一個男孩大叫一聲，搜！搜她的包裹！話音剛落幾條黑影已經跳過來，他們像小鹿一樣跳過來——在他們模仿鹿跳的動作中明顯存在著競爭，看誰的鹿跳更逼眞。碧奴聞到了鹿的氣味，情急之下她高喊了一聲，我的包裹裡有毒蟾！他們停了下來，就像鹿聽見哨音停在那裡，與碧奴對峙著。很明顯他們知道毒蟾的威脅。騙人，妳不是女巫怎麼會養毒蟾？碧奴說，我是女巫！一個男孩帶著受騙的憤怒，對同伴們說，她一會兒是鬼魂，一會兒是良家婦女，一會兒又變成女巫，分明在騙人！另一個男孩仍然要證據，說，妳說妳有毒蟾，就把毒蟾叫出來，我們不怕牠！碧奴說，我不騙你們，我的毒蟾剛剛跑到河裡去了，牠去百春台尋兒子去了。

碧奴迷失在自己的表白裡。她越是誠懇越是慌張，東張西望，前言不搭後語。男孩們識破了她的脆弱，他們突然發出一陣整齊的幽幽的鹿鳴聲，雙手搭在額前兩側，像一群鹿似地向她跳過來，準確地說是向她的包裹跳過來了。儘管是一群瘦弱的男孩，他們還是輕鬆地從碧奴懷裡奪下了包裹。那莊嚴而神祕的包裹被一些小手粗魯地打開後，顯得寒磣而低賤，五個深藏不露的刀幣衝破了冬袍的暗袋，隕石般地散落在泥地上，引起了男孩們的一片狂叫。碧奴看見豈梁的冬袍猶如驚鳥倉皇地飛到半空，又落下來，被好多手輕易地俘獲了，有人在爭搶袖子，有人在爭搶衣角。豈梁的棉幘被一個男孩戴在頭上，馬上又被另一個男孩摘下，戴在了自己的頭上。豈梁的腰帶被一個男孩揮舞著，發出狂亂的噼啪之聲。

碧奴尖叫起來，在淒厲的尖叫聲中，她看見樹梢上的星空在搖晃，除了尖叫，她想不起任何語言了。在尖叫聲中，碧奴的目光追逐著豈梁的冬袍，那袍子在男孩們的手中飛來飛去，她的魂魄也跳出她的身體，追著男孩們的手飛來飛去，而她的身體在下沉，膝蓋不知不覺地跪在泥濘的地上。她向一群孩子下跪，跪了沒用，他們乾脆從她肩膀上從她頭上跳過去了，碧奴撐著膝蓋努力地站了起來，站起來也沒用，她追不到那些鹿一樣善跑的孩子。男孩們光裸的腿在樹林裡跳躍，他們陶醉在一場掠奪的競爭中，充滿了狂歡的喜悅。碧奴用盡力氣去抱住一個男孩的腿，你們不能搶我的包裹，你們會遭天打雷劈的！可是她的聲音被淹沒了，她懷裡的那條腿賣了個關子，讓碧奴抱了一下，然後那男孩嘿嘿一笑，炫耀似地一蹬腿跳了出去，像一頭鹿跳過障礙消失在黑暗中。碧奴看不見她的包裹了，只看見頭頂的星空在搖晃，林子裡的一大片黑暗也在搖晃。她向著那片黑暗俯下身祈求，是向天祈求還是向地祈求，是向孩子們祈求還是向豈梁祈求，她還沒有選擇好——她還沒有聽見自己祈求的聲音，人便輕盈地躺下去了，躺下去了。

鹿人

男孩們把碧奴拖到了羊舍裡，被吵醒的羊倌拿了根木棍來打人，看見地上的碧奴就把棍子扔掉了。他齜著牙齒笑起來，說，我以爲你們抓了頭野鹿呢，沒想到是抓了個人來，還是個年輕標致的小女子！羊倌趕開了幾頭羊，把昏迷的碧奴拖到了避風的草堆上。他還想把男孩們也趕走，可是男孩們堅決不肯離開他們的獵物。他們說，臭羊倌，你的心思我們知道，別想得美，是我們抓來的女鬼，我們還沒審問她呢。

由於碧奴包裹裡的所有東西都已經分贓完畢，他們安靜了許多，對贓物的態度也變得實際而挑剔起來。一個名叫樞密鹿的男孩很快脫下了豈梁的冬袍，嫌袍子太大，不合身，他拿著冬袍要換那只兔皮帽，兔皮帽的新主人慷慨地換給了他，一轉身樞密鹿就意識到自己做了虧本買賣，反悔了，要去討回冬袍，頭上的兔皮帽又不捨得還人，於是樞密鹿就和短刀鹿扭成了一團，剎那間羊舍裡又喧鬧起來。有男孩要將軍鹿過來主持公道，將軍鹿卻拿了一根腰帶躲在暗中，欣賞著自己光裸的肚子上的錦紋腰帶，他說，打，打，誰打贏了東西歸誰！

趁著羊舍一派混亂，羊倌蹲在一邊欣賞著草堆上的女子，他故作神祕地研究了她的頭髮、耳垂和脈搏，自信地說，她有脈跳，耳朵是熱的，這女子是人，不是鬼。一個男孩拖著包裹布失望地走過來，向羊倌披露他內心的疑惑，哪兒有青蛙？哪兒有烏龜骨頭？連公雞骨頭也沒有，她撒謊，她不是女巫！羊倌說，是不是女巫，摸了才知道！趁人不注意，羊倌把手探進碧奴的棉袍裡，其他男孩一下都湧過來了，一邊旁觀一邊譏笑著羊倌。這有什麼大驚小怪的？你們沒見過衡明君替女子驗身？羊倌的手停留在碧奴的秋袍裡，表情看上去很莊嚴，他說，你們什麼都不知道，現在外面好多男人爲了逃役扮成女子，這女子來路不明，我得查一查，她是不是男的！

碧奴在昏迷中輕輕地打著呼嚕，聽上去像是熟睡的鼾聲。她的塵封的秋袍被粗暴地打開，乳房被那羊倌緊緊地抓握著，閃爍著蒼白的疲憊的光暈。羊倌向男孩們介紹著他手裡的乳房，他說，多好的奶子呀，她的奶子像一只碗，衡明君大人說了，沒餵過奶的女子，奶子才像一對碗！你們自己過來看，看看她的奶子，像不像一對碗？男孩們猶豫著向草堆上擠過來，有人反對道，不像碗，像一只饅頭。於是那羊倌受到了什麼啓發，眼睛突然亮了，那你要不要來啃一口？來，來，啃一口！那男孩被按在碧奴的身上，他掙扎起來，耳朵貼在碧奴的乳房上，他的半張臉被一片苦澀的水濡濕了，眼睛感到一陣辛辣的刺痛，然後他聽見了什麼聲音，腦袋抬起來，抓著自己的耳朵搖了搖，又向碧奴的乳房俯下身去，嘴裡驚叫起來，你們快來聽，它在哭，它在流淚！

大多數男孩們看見的是一個昏迷中的女子，女人總是會哭的，但他們不相信一個女子能在昏迷中用她的乳房哭泣，他們起初懷疑那是滲出的乳汁，但根據他們孩提時代對母親乳房的記憶，乳汁是白色黏稠的，不是那麼透明晶瑩的，那應該是汗液？可是這麼個秋寒之夜，人披著麻片都瑟瑟發抖，她裸露著半個身子，怎麼會流這麼多汗呢？在普遍的好奇心驅使下，羊倌帶頭用手指蘸了蘸碧奴的乳房，塞到嘴裡馬上吐出來了，苦的，比樹皮還苦！他說，你們誰嚐過別人的淚？過來嚐一嚐，看看是不是淚水？男孩們一時都愣在那裡，誰也沒有嚐過別人的眼淚。有一個男孩平時哭慣的，是鹿棚裡的哭鼻子大王，這時候被羊倌強行推到碧奴身上，男孩申明他知道自己的眼淚是什麼味道，別人的眼淚，他的舌尖不一定能品嚐出來。他慌慌張張地在碧奴的乳房上蘸了一下，遲遲不肯把手指放到嘴裡，結果手指被別人抓住，塞進了他的嘴巴，善哭的男孩打了幾個噴嚏，鎮靜下來，緊張地咂著舌頭辨別味道，他說，不光苦，還很澀，有點酸，像野山棗的味道。旁邊的男孩嚷嚷起來，你就知道吃，快說，到底是不是眼淚？那男孩被粗暴地推搡著，情急之下忽然想起什麼，然後他便故態復萌，張大嘴哭起來了，他一邊哭一邊指著自己臉頰說，我嚐不出來，我不管了，你們自己來嚐嚐我的淚吧，比一比就知道了，她流的是不是淚！

他們陷入了僵局，也許是那男孩平時哭得過多的緣故，他的淚水味道平淡，僅僅帶著一點點鹹味。他們不能透過這樣廉價的眼淚得到結論，所以那男孩被勒令停止哭泣，而且被推到了一邊。這時候那個頸上掛著小葫蘆的男孩站了出來，他勇敢地伏在草垛上，對著碧奴的乳房舔了一舔，然後他肯定地點了點頭，說，是淚水，是女子的淚水！在別人狐疑猜忌的目光裡，他顯得坦然而自信，並且願意與別人賭咒發誓，那是女子的特殊的眼淚。他告訴羊倌，離家前的那一夜他母親抱著他哭，她的眼淚淌到了他的嘴裡，就是這種又苦又澀的味道。

羊倌快樂而猥褻的笑容是忽然凝固的，他的手匆匆逃離了碧奴的身體。這女子恐怕是個南方來的淚人，碰了淚人，一輩子都不會遇見一件高興事！他甩著手，眼睛裡掠過一種莫名的恐慌，隨後對著男孩們叫喊起來，你們好大的膽，深更半夜把個陌生女子搬來搬去的！誰讓你們把她搬到羊舍來的？趕緊給我搬出去！

男孩們七手八腳地抬起了碧奴，碧奴已經滿身是水。現在男孩們確定從碧奴身上洶湧而出的是一種陌生的淚水，不僅僅透過品嚐，也透過了眼睛和耳朵的判斷，他們清晰地感受到那乳房強烈的震顫，是哭泣的姿勢，也是憤怒的呼叫。他們驚愕地偷窺著那不容侵犯的乳房，互相交流的目光都表達了一定的敬畏。然而敬畏之外，那哭泣的乳房也給他們帶來了更多的困擾，他們開始爭論，也有野蠻的男人在村外田邊脫他們母親的袍子，脫他們姊妹的小襖，爲什麼她們的乳房是那麼順從，爲什麼他們的母親和姊妹都不能讓乳房哭泣呢？有人猜測說，這女子不一樣，欺負她的人多了，眼睛裡的淚哭乾了，所以眼淚便流到乳房裡去了。那麼她的手、她的腳會不會哭？在樞密鹿的提議下，他們把碧奴安頓在雞窩頂上進一步檢查。有人負責脫下了碧奴破爛的草履，報告說，她的腳趾頭走路走爛啦，只有血泡，沒有水！有人去握住碧奴的手，手心手背都細細察看，說，她的手跟死人一樣，冰冷冰冷的！樞密鹿不甘心，說，搖搖她的手，晃一晃她的腳，看看她流不流淚！兩個男孩就奉命搖晃碧奴的手腳，搖著晃著，男孩們的臉上都露出了驚恐的表情，雞窩裡的一隻雄雞也在慌亂中喔喔啼叫起來。一個淚水的奇蹟不僅震撼了雞窩旁的所有男孩，也驚動了睡眠中的雄雞，碧奴布滿血泡的腳趾間淌出了數道淚水的溪流，她攤開的雙掌刹那間已經淚水滂沱！

一個謎一樣悲傷的身體讓男孩們歡呼起來。歡呼過後，他們才意識到喜悅從何而來，他們從這個過路的女子身上發現了隱藏的黃金。男孩們各懷心思，誰也不肯離開碧奴回鹿棚睡覺。那個頸掛小葫蘆的男孩甚至提醒起別人，是他第一個發現了這個神奇的女子。他們懷著一絲敬意一絲貪婪守著昏迷的碧奴，就像守著一堆黃金的礦藏。在公雞紊亂的啼聲中，他們商量起黃金的開採方式。不知道是誰最先提出來的，要把碧奴賣給棉城的雜耍班子，這建議馬上被將軍鹿和樞密鹿否決了，將軍鹿罵那男孩笨，說，雜耍班子是逗人開心的，他們怎麼會花錢買個女子讓人看眼淚？樞密鹿認爲他們不能見錢眼開，要做買賣就做大的。他說，衡明君說了，天下奇人寶物都要獻給百春台，獻了有重賞。他說衡明君帳下門客九百，有人擅長雞鳴狗盜，有人擅長琴棋書畫，有人擅長殺人和酷刑，有人擅長變臉小丑，而一個會用乳房、手掌和腳趾哭泣的門客，一定是能討衡明君歡心的。這提議聽上去非常完美，獲得了男孩們的一致認同，唯一的疑問在於碧奴是個女子，百春台裡養了好多女子，但他們不是衡明君的家眷，就是賣笑的歌舞班女子，他們不敢確定衡明君是否會收下一個女門客。

趁著碧奴昏迷不醒，他們商量怎麼盡快趕在衡明君早晨騎射之前把她獻給百春台，如果衡明君收下了這女子，犒賞是肯定的。他們不要豬肉，不要刀幣，他們要進百春台，成爲衡明君帳下的馬人。好多幸運的鹿人已經進了百春台充當馬人，儘管那是最下賤的門客，不能和衡明君同膳同行，但那是男孩們所能想像的最簡單的衣食無憂的生活。他們盼望這樣的生活，也許這個昏迷的女子把幸運帶來了，幸運該降臨到他們的頭上了。

樹林的東側天空微微泛白，天快亮了。男孩們把碧奴綁在一塊木板上，然後七手八腳地抬起了碧奴，他們經過馬房的時候，馬倌在柵門後罵他們，你們抬的什麼東西？吵吵嚷嚷了一夜，把馬吵得不肯吃夜草，明天我告訴台上，把你們統統攆走！

一個男孩制止了另一個嘴快的孩子，他用一種誇張的莊重的聲音對馬棚喊，我們抓了一個淚人，我們把她送到百春台去！

吊橋

淚人來啦！淚人來啦！

河那邊的吊橋在男孩們的叫喊聲中保持沉默，男孩們集體發出了尖利的鹿鳴聲，那聲音終於引來了兩個罵罵咧咧的橋工，無論男孩們怎麼描述碧奴神奇的到處流淚的身體，橋工還是拒絕放下吊橋來，他們在河那邊大聲辱罵鹿人，說他們的腦子比一頭鹿還笨，淚人算什麼東西？他們爲善跑的馬人放下過吊橋，爲善唱的鳥人放下過吊橋，爲長年微笑的笑面人放下過吊橋，可是他們的吊橋絕不歡迎一個淚人！一個老橋工出來對鹿人們好言相勸，他說衡明君再怎麼廣納天下賢才，也不會收一個哭哭啼啼的淚人做門客，一個女子的淚水，會把百春台的風水哭壞的。他還埋怨世風日下，矛頭直指對面那個昏迷的淚人，說現在什麼阿貓阿狗都一心到百春台來做門客吃閒飯，連個女子，沒別的本事，把哭當了本事，竟然也要投奔百春台來吃閒飯！

鹿人們仍然抬著碧奴不肯走，他們尖銳地指出百春台裡養了好多女子，那些普通的女子會唱會跳就能進去，一個會用手掌和腳趾流淚的淚人就更應該進百春台。橋工就在河那邊笑起來，說，你們這幫小孩子懂什麼？女子進百春台，是她們笑得好，不是哭得好！一個女子要讓衡明君高興，除了能歌善舞賣笑賣藝，還要做其他很多事情：什麼事情，你們這些孩子是弄不懂的。

他們有點迷惑，互相商量了一會兒，紛紛去拍碧奴的臉，拍她的胳膊和腿，你們來看呀，她的頭髮上都是淚，她的腳趾手指都會流淚！一個膽大的男孩把手伸進去，抓住了碧奴的乳房，向河對面的橋工們炫耀道，看，來看看她的奶子，她奶子也會流淚的！

碧奴在男孩們焦急的拍打中醒來，一襲秋袍已經敞胸露懷，一個塵封多時的身體被鹿人們好奇地打開了。他們野蠻的探索因爲效仿鹿的動作，甚於一次劫掠，她的私處隱隱作痛，半掩半露的乳房閃爍著羞恥的淚光，她的身體泡在淚水裡了。厄運提前降臨，碧奴聽見黑夜中傳來無數尖銳的聲音，所有的聲音都對她充滿了憤恨，包裹恨她：長著那麼靈巧的雙手，怎麼就抱不住一只包裹！乳房怨恨她：穿得那麼多，袍子繫得那麼緊，還是把男孩們骯髒的手放了進來！她聽見男孩們口口聲聲稱她爲淚人，她懷疑自己在昏迷中流光了所有的淚水。一具被捆綁的身體現在那麼輕，那身體似乎懷著巨大的羞恥感掙脫了她，寧願投靠一塊木板和一條繩索。她以爲自己還在向北行走，可是疲憊的雙腿背叛了她的意願：它們與一塊木板和一條繩子合作，在捆綁中尋求解脫。持續多日的奔走停止了，包裹已經丟失，昏迷讓她嚐到了安寧的滋味，在反常的安寧中碧奴第一次看見死神來訪。一只葫蘆從黑暗中墜落，濺起一地淚光。她看見自己死了。一個懷抱葫蘆的人影站在拂曉的天空下，她看不清楚，是那只葫蘆帶著人影子走，還是人影子帶著葫蘆在走？她看不清楚，但心裡知道，那就是死神的影子，死神在等候她。

還沒有走出青雲郡呢，她就要死了。碧奴悵然地想起柴村女巫的預言，她們說過她會死在路上，她有準備，死在路上就死在路上吧，路上總能遇到個好心人，拜託那個好心人把包裹捎給豈粱，她死得也不冤了。碧奴沒料到自己這麼快就看見了死神，死得這麼快，還是死在幾個孩子的手上！碧奴抬頭看見天空中的星星，她努力的尋找著北斗星。幾個男孩的腦袋低下來，擋住了大半片星空，她感到他們熱呼呼的鼻息噴在她臉上。她聽見他們的歡呼，醒了，醒了，淚人醒了！

碧奴醒了，她聞到了孩子們身上散發出的鹿的膻味，死神就在這群孩子中間，但隔著一個夢，她認不出來了，是誰在她的夢裡懷抱一只葫蘆？那麼多孩子的臉上閃耀著星光，誰是她的死神？

我快死了，孩子們，快把我放下來，替我找個向陽的墳地，去把我埋了吧。埋了也好，那麼遠的路，那麼辛苦的路，再也不用走了。

誰願意埋妳？妳想得美！男孩們嚷嚷起來，妳是淚人，不讓他們把吊橋放下來，就不許死！

不許死，你們就抬著我吧，抬我向北走，一直向北走，走到大燕嶺去，把我交給萬豈梁，如果他認不出我來了，你們告訴他，我是桃村的碧奴，我是他的媳婦。

我們不是妳的挑夫，我們才不管什麼萬豈粱，妳是淚人，我們要把妳獻給衡明君。

我是萬豈粱的媳婦，你們應該把我獻給萬豈粱去，抬著我往北走吧，我說死就死了，你們就把我埋在路邊，給我搬塊石頭做個墳碑，碑上寫幾個字，豈粱妻之墓，有塊碑在路邊，豈粱哪天回家就看見我了！

我們不給妳做碑，我們也不會寫字，有錢人和大人物墳上才有碑呢，窮人的墳上只有草，哪來的碑？

不豎碑也行，那你們給我墳上種棵葫蘆就行了，豈粱哪天路過，看見葫蘆就看見我了，看不見也不怕，葫蘆藤會爬，爬到路上絆住他的腳，他就認出我來了！

鹿人們注視著被捆綁的碧奴，她對死亡充滿熱情的敍述使他們感到疑惑。他們議論了一會兒，揣測她是不是瘋了。樞密鹿突然對河那邊高喊起來，淚人快死了，你們再不放橋，就永遠看不見她的淚了！河那邊沒有回音，鹿人們的目光投在吊橋上，他們的耐心在長時間的等待中喪失了，放橋無望，幾個鹿人擋不住睡意，偷偷地跑了，只剩下四個男孩，堅持抬著她，爲碧奴尋找新的歸宿。爲了碧奴的新歸宿，他們一時產生了分歧，有的主張把碧奴抬到人市上去賣，但是考慮到她是個瘋女子，也許賣不出什麼好價錢。有的鹿人一心利用碧奴的神奇的淚發財，說棉城有個藥鋪收購男孩的尿做藥，尿都可以賣錢，淚一定也能賣錢的，這淚人有那麼多的淚，不知道能賣多少錢！

孩子們你們是瘋了，世界上什麼都能賣錢，淚不能賣錢的。碧奴說，別人都說我笨，你們這些孩子比我還笨呢，抬著我有什麼用？不如就把我埋在這裡吧，把我埋哪兒哪兒就長葫蘆，葫蘆老了你們摘去，摘一個能做兩個水瓢！

誰稀罕水瓢？將軍鹿喝斥碧奴，妳也不睜眼看看，這是什麼地方？這是百春台，不能隨便埋人，衡明君騎馬天天要從這裡走的！

那你們把我抬到河裡去，衡明君騎馬從路上走，不會從水裡走的，你們把我放到水裡，看見我沉下去，一只葫蘆浮起來，那我就死了，死了你們省心了，我也省心了。

誰敢把妳放到水裡去？水也是衡明君的！這是百春台的禦河，河裡不能有死人，衡明君愛乾淨，妳沒看見河裡連死雞死鼠都沒有，怎麼能有死人？

那你們把我抬到大路上，找一塊土鬆一點的地方，我自己把自己埋了。

妳又不是一條蚯蚓，能鑽地下去，妳自己埋不了自己！

你們不給我生路，又不給我死路，到底要把我怎麼樣呢？

鹿人們一時也不知道如何處置他們的獵物。他們的腦袋湊在一起，商量了一會兒，將軍鹿鄭重地對碧奴宣布了她的歸宿：衡明君不收妳，我們把妳抬到我們鹿王那裡去，百春台不收妳，我們鹿王一定會收妳的！

鹿王墳

後來他們抬著碧奴往樹林深處走，很明顯，鹿王住在樹林深處。

碧奴請求他們把她從木板上放下來。我不鬧，也不跑，她說，反正是要死，死在你們這幫孩子手裡算是好死，我求你們放下我，讓我走著去，牲畜去屠宰才綁在木板上呢。

他們先是沉默，沉默過後異口同聲地說，不行，妳是祭品，祭品都是綁在木板上的！

鹿人們抬著碧奴向樹林深處走。由於碧奴默許了他們的安排，鹿人們對她友善了許多，一路上他們七嘴八舌地向她炫耀鹿王的榮光，說鹿王已經跑得比馬快了，他已經讓衡明君挑進百春台當馬人了，可他心甘情願地留在樹林裡和鹿人在一起。鹿棚裡那麼多鹿人，只有他放棄了當馬人的機會，他是所有鹿人私下推選出來的鹿王，是整個青雲郡的鹿王。除了提醒碧奴對鹿王不得無禮之外，男孩們還順便介紹了自己作爲鹿人的身分。將軍鹿傲慢地對碧奴拍自己的胸脯，說，知道我爲什麼叫將軍鹿嗎？我跑得最快，力氣最大，鹿王不在，所有鹿人都歸我管！那個文靜的男孩不知爲什麼叫樞密鹿，臉上有一種老人的陰沉和滄桑，他對碧奴從容赴死的態度表示欣賞，誰讓妳跑到我們林子裡來的？他說，我們鹿人吃的就是林子飯，就是大雁從林子裡飛過，也要拔牠一根羽毛，別說妳一個女子！還有一個長相木訥的男孩不肯說話，就被將軍鹿推過來了，對碧奴說，妳知道他是什麼鹿嗎？他是麵餅鹿！他們強行把麵餅鹿的身體擺成一個大字，用手指著他手臂和腿上的圓形疤瘢，讓碧奴數。妳數數，數數他中了多少箭，他跑不快還要做鹿人，中了箭就哭，哭了衡明君就把麵餅用箭射給他，他一天能吃三個大麵餅，妳看看他的肚子吃得多麼圓！

麵餅鹿骯髒的小臉和渾圓的肚子多麼熟悉，碧奴突然想起了桃村的遠房姪兒小琢，小琢的肚子也是那麼渾圓的，怎麼吃也不夠，柴村的女巫說小琢的肚子裡有吸血蟲。碧奴的手舉起來摁了摁麵餅鹿的肚子。可憐的孩子，你肚子裡一定有吸血蟲呢，你不能在外面這麼跑了，回家去，回家讓女巫把你肚子裡的蟲打下來。她伸出手去撫摸麵餅鹿布滿疤瘢的小腿，那男孩的小腿緊張地繃直了，然後他忽然踢了碧奴一腳，惡聲惡氣地說，妳說誰可憐呢？妳馬上要給鹿王守墳去了，我們要把妳拴在樹上，讓妳天天給鹿王守靈燒香，妳自己才可憐！

他們來到一個隆起的小土墩前，那就是鹿王墳了。鹿王墳前堆滿了祭物，一看就是出自孩子之手，牛骨、銅鎖、貝殼、木彈弓，還有幾隻乾癟的死鳥。一個高大的稻草人穿了一件破爛的蓑衣，歪斜著站在土墩旁邊，手裡還拿著一支箭，看上去它應該是守墓人。現在有了碧奴，那稻草人被無情地推倒在地，將軍鹿還在它身上踩了一腳，說，你就不肯好好守墳，看看鹿王墳上的乾草，都讓鳥啄光啦。

將軍鹿從哪裡拉了一條鐵鏈過來，他抖動著鐵鏈，命令鹿人們把木板與碧奴分離開來，碧奴的腿來不及鬆動，就被麵餅鹿惡狠狠地抱住，拴在一棵樹樁上了。將軍鹿聽見碧奴尖叫起來，過來安慰她說，妳別怕，妳戴著這鐵鏈可以走十步遠呢，妳可以走到林子裡去摘野果吃，妳要拉屎撒尿也別在鹿王的墳前，到林子裡去方便。樞密鹿在一邊幫忙，他說，林子裡有野豬，千萬別讓野豬來拱墳，也別讓鳥停在墳頭上，妳摘來的野果，千萬別光顧自己吃，一定要給墳上祭一份！

孩子們竟然替她安排了這麼一個歸宿！碧奴害怕了，她不怕死，但是她害怕這個古怪的歸宿。她開始一聲聲地尖叫，發瘋般地掙脫那條鐵鏈，可是所有的鹿人都圍了過來，他們細瘦有力的腿，一齊舉到碧奴身上，壓緊她反抗中的身體。不知是誰的手，爲了阻止碧奴的叫聲，竟然別出心裁地伸到碧奴的腋下，撓她的癢癢。

他們也許不是孩子，是一群鹿。也許他們不是鹿，但有了一顆鹿的心。碧奴終於明白了他們身上爲什麼會散發出鹿的腥膻氣味，爲什麼他們走路不肯好好地走，總是像鹿一樣跳，爲什麼有的孩子髮髻上綁了兩根鹿角，爲什麼他們的嘴裡能發出群鹿的鳴聲。碧奴很害怕，不是害怕鹿，而是害怕他們那顆鹿的心。人心總能打動人心，可是對一群鹿，她怎麼才能說動他們的心？碧奴在樹下尖叫，她叫喊著豈梁的名字，那悲慟的聲音使樹上的夜露紛紛墜落，她把樹喊得枝葉飛捲，可是孩子們冷酷的心還在沉睡，將軍鹿充滿鄙視地看著碧奴說，豈梁是妳丈夫？妳喊他有什麼用？來了一起拴在樹上！碧奴對著一群孩子尖叫，固執地叫喊豈梁的名字，她聽見身後那棵老榆樹也尖叫起來，豈梁，豈梁豈梁——然後夜空中響起清脆的一聲，一根榆樹枝啪地折斷了，落下去，正好打在將軍鹿的身上。

將軍鹿渾身一震，拿起那樹枝，對其他鹿人驚呼道，這女子怎麼喊的，她把樹枝喊斷了！

樞密鹿過去接過那樹枝，研究著樹枝上的露珠，說，不是喊斷的，是哭斷的，這樹枝上全是她的淚。

男孩們突然間陷入了莫名的恐慌，他們說不能再讓這個女子喊叫了，她喊叫的聲音那麼尖利，迴盪在樹林裡，就像他們童年生病時母親上山喊魂的聲音，那聲音打開了回憶之門，讓他們記起了遠方的母親，記起母親便記起了家鄉，記起家鄉便記起了一個孩子討厭的負擔、良心、孝道和德行，那對於一個自由的鹿人來說沒有好處，對於他們從鹿人到馬人的一路奔跑的事業也是有害的，為了阻斷回憶，他們決定制止那女子的喊叫。

樞密鹿從墳上撿了一叢麻線塞在碧奴的嘴裡，他說讓妳再喊，這是麻線，妳越喊塞得越緊！樹下夜露如雨，樞密鹿抱怨老榆樹上的露珠打在他頭上，他的鹿角便疼得厲害，快從頭上掉下來了。將軍鹿也躲開了樹，他說他一踩到落下的樹葉，便感到腿腳痠痛難忍，幾個月來練就的鹿跳本領很可能毀於一旦了。別的鹿人也有種種不適的生理反應，其中一個鹿人的手在自己的胸口游弋不停，試圖摸到心的位置，而麵餅鹿的眼角沁出一顆淚珠，跌在隆起的肚子上，趁別人沒留意，他慌忙擦去了。

男孩們封鎖了碧奴的聲音，便從她身邊跳開了，他們隔著幾步之遙研究著她的臉，忐忑不安地等待著什麼。碧奴的聲音消失了，眼睛成爲潛在的危險。碧奴的眼睛瞪得很大，瞳仁裡映出黎明半暗半明的天空，看起來並沒有多大的怨恨和憤怒。那眼睛讓男孩們聯想起母親的眼睛，只是那雙眼睛充盈著水光，很明顯淚水即將從碧奴的眼睛裡流出來了。流淚的乳房、流淚的手掌和腳趾讓男孩們感到驚喜，而一雙流淚的眼睛卻令他們慌張，因此也引起一片莫名的騷亂。

眼淚，眼淚，她眼睛裡流淚了！別讓她這麼看著我們，把她的眼睛也蒙起來！

他們撲上去扯下碧奴的腰帶，蒙住了她的眼睛，然而他們沒有遮擋住碧奴的淚水，一片潮汐般的淚水從她的臉頰上淌下來，閃著晶瑩的光，並且輕盈地濺起來，濺在男孩們的身上。男孩們躲閃不及，他們預感到碧奴的眼淚充滿了魔咒，他們跳著尖叫著拍打身上的淚珠，可是已經來不及了，所有的男孩幾乎同時遭遇了罕見的悲傷的襲擊：思鄉病突然發作，遙遠的村莊，一隻狗，兩隻羊，三頭豬，田裡的莊稼，爹娘和兄弟姊妹模糊的臉，喧囂著湧入他們的記憶。他們頭上的鹿角紛紛滑落，他們捏住自己的鼻子，蓋住自己的眼睛，可是已經來不及了：眼淚如暴風驟雨無法遏制，於是他們放下了碧奴，齊聲慟哭起來。

一共四個鹿人，將軍鹿彎著腰對著河岸的方向哭，哭著哭著他想起了另一條河岸，他家的茅屋就搭在河岸上，他的父親在對岸捕魚，他的母親在這邊浣紗；哭著哭著他還聽見他姊姊的聲音，姊姊從茅屋裡探出頭喊他的名字，白薯煮好了，回來吃吧。樞密鹿對著一叢野菊花哭，他看見野菊花變成了湘妃竹，湘妃竹裡鑽出了一隻斑鳩，他去抓斑鳩，手上握著的是野菊花的花瓣，樞密鹿就攤開手掌尖叫起來，斑鳩呢，我的斑鳩呢？麵餅鹿對著樹幹哭，他記起自己曾是個鐵匠鋪裡的小學徒，師傅打好的農具，他鋸好長長短短的樹棍，負責安上鋤頭柄、鐵鍬柄和鐮刀柄，那時候他也吃得多，可他的肚子根本沒有現在這麼大。第四個男孩頸上戴著小葫蘆，他是自稱葫蘆鹿的，葫蘆鹿對著木板上的碧奴哭：碧奴衣衫不整的身體一會兒讓他想起他的母親，一會兒又令他記起了祖母和姊姊，所以那男孩一邊哭一邊對著碧奴喊：娘！奶奶！姊姊！碧奴嘴裡塞了東西，不答應他，男孩就急了，他把那團麻線從碧奴嘴裡拉出來，又對著她叫了一聲，娘！

一共四個男孩，三個男孩先後記起了回家的路：一個男孩說他要向東走，回家去吃白薯；一個男孩說他要翻過青雲關，回到山上的茅屋裡去；第三個男孩說他要走到棉城的鐵匠鋪去，他要回去安鋤頭柄了。他們在太陽升起之前記起回家的路，匆匆地離開了樹林。只有葫蘆鹿守著碧奴，他年齡太小，記起了母親卻不記得回家的路。後來他替碧奴解開了眼睛上的腰帶，用一塊石頭砸開了鐵鏈，他對碧奴說，起來，起來，妳也回家去吧！

碧奴淚流滿面，一片災難的白光照亮了她的臉，也刺痛了她的眼睛，她抬起頭看著老榆樹的樹枝，問男孩，我臉上是什麼？是樹上掉下來的露珠嗎？

男孩說，什麼露珠？是眼淚，妳的眼睛也流淚啦。

你們這些孩子，怎麼把我的眼淚氣出來了？桃村人的眼睛裡流出淚，死期也就不遠了。孩子，姊姊快死了！碧奴看見男孩脖頸上的小葫蘆，眼睛亮了一下，很快就黯淡下去了。她伸手捏了捏男孩骯髒的臉蛋，手被男孩甩掉了。碧奴凝視著男孩，嘴邊浮出一種酸楚的微笑，她說，是你呀，怪不得你守在我身邊，怪不得你帶著葫蘆，孩子，我在夢裡就見過你了，你是我的蓋墳人，你是我的掘墓人！

什麼蓋墳人？什麼掘墓人？男孩愣在那裡，他說，妳還活著呢，活人怎麼給妳掘墓，妳要把自己活埋嗎？

是死神把你送到我身邊的，孩子！碧奴說，我的死神就在這林子裡，進了這樹林，我再也到不了大燕嶺了，到了也沒用：包裹沒了，我的心也碎了，見了豈梁，讓我拿什麼東西給他？孩子，你就是我的掘墓人呀，趕緊去柴房吧，拿把鐵鎬來，再拿把鐵鍬來！

樹下

碧奴坐在樹下等候死神。

黎明時分，暗藍色的天光已經勾勒出樹林蒼老的線條，空氣裡瀰漫著苔蘚雜藤淡淡的腥味，樹枝分割的天空很零亂，有的地方亮了，有的地方還沉在一片幽寂中。碧奴的心也是半明半暗的，黑暗的一側是無邊無際的悔恨和內疚。她對不起母親的亡靈，從小到大，母親教了她多少克制眼淚的方法呀，她學不會，只學會了用頭髮哭，母親在世時埋怨她，長得聰明伶俐有什麼用？怎麼教妳妳就是哭不好，就會用頭髮哭，哭得頭上又酸又臭的，走到哪裡都討人嫌！她用頭髮哭了那麼多年，好不容易學會了用手掌和腳趾哭泣的祕法，怎麼一出門就忘了呢？她就是哭不好，即使天塌下來，淚水也不能從眼睛裡流出來，桃村的女孩誰不知道這規矩？偏偏她就守不住這規矩，如果桃村的鄉親知道她是怎樣流出了多年來的第一滴眼淚，沒有人會同情她的，他們會說，讓幾個孩子弄出了眼淚，妳還有臉說？幾個孩子欺侮妳，妳的眼淚就忍不住了？眼淚不值錢，命也不值錢，妳只好去死了！

碧奴坐在樹下，懷著怨恨想起柴村女巫含糊不清的預言，預報個死訊是容易的，但她們從來沒有告訴過她，死神來得這麼早，她還沒過青雲關，看不見大燕嶺的山影，更看不見豈梁的人影！路上遇見過不少的好心人，好心的叮囑她都記住了，記住了有什麼用？他們勸她避開山路避開強盜，卻沒有告訴她樹林的危險；他們一味地提醒她提防狼群、毒蛇和蓄鬚的男子，卻沒有告訴她孩子也要提防，可怕的孩子，半人半鹿的孩子，他們用惡魔般的童貞喚醒了碧奴的眼淚。碧奴的星辰墜落了，每一個桃村人都知道，淚水從眼睛裡出來，那雙眼睛就要永遠地閉上了！

又一個黎明降臨了，碧奴坐在樹下等候死神。

一群灰鹿從樹影裡跑出來，分散在鹿王墳四周，警覺地注視著樹下的女子，還有她腳上的鐵鏈。有一頭鹿以主人的姿態朝碧奴跑來，試探著地上的鐵鏈，很快鹿發現鐵鏈不是那女子的武器，牠就用鹿角在碧奴的身上頂了一下，又頂了一下。很明顯，灰鹿們把碧奴看成了入侵者，牠們要把她從鹿的領地驅逐出去。

碧奴看清楚那是頭鹿，她說，是鹿呀，你要把我攆哪兒去呢？我就在樹下坐一會兒，坐不了多久啦，我的死神就要來了。

又有一頭灰鹿大膽地跑過來，用蹄子試了試鐵鏈，然後在碧奴的身上踢了一腳。

碧奴對那頭鹿說，你別踢我，不是我要賴在你們的樹林裡，是那些孩子把我拴在樹上的。我在這裡等死，不吃你們的草，不吃你們的蘑菇和松果，我不礙你們的事。

灰鹿離開了，樹上飛來了一對鵪鴣，牠們肩並肩地停在樹枝上，起初兩隻鳥很安靜，看上去是在思考，也像是在回味鳥類的愛情，很快牠們發現了樹下的陌生人，兩隻鳥便不安地啼叫起來，鳥糞帶著怒氣，準確地打在碧奴的頭上。

碧奴抬頭看著樹上的鳥，鳥也對著我的頭上拉屎呢，連你們鳥也來趕我走？她說，你們棲在樹上，我坐在樹下，我不礙你們的事呀。

兩隻鷓鴣在頭上忿忿地叫了幾聲後飛走了，碧奴看見兩隻鳥撞開的樹葉間露出了一小片湛藍色的天空。天快亮了，樹林的邊緣傳來了一些嘈雜的人聲。天快亮了，百春台的人們都應該醒來了，碧奴卻疲憊地閉上了眼睛，睡前抱緊包裹是她的習慣，可現在她懷裡是空的。碧奴的手在地上盲目地抓取，抓到了一堆散亂的鐵鏈，她把鐵鏈拉起來，那聲音驚動了對面鹿王墳上的荒草，荒草颯颯舞動，一條布滿褐色花紋的蛇突然竄出草叢，向碧奴這裡游過來了。碧奴來不及判斷蛇的來歷，慌忙跳起來躲到樹幹後面，剎那間一種巨大的悲憤襲來，碧奴拿起鐵鏈舉在半空中，對著那條蛇叫喊起來，欺人太甚啦，我礙你們什麼事了？這麼大的樹林子都容不下我一個人，鹿來攆我，鳥來攆我，蛇也來攆我，你們到底要把我攆到哪兒去？

蛇冷靜地昂起頭，繞著那棵老榆樹遊動，很明顯蛇不是碧奴的聽眾，牠的任務就是驅逐碧奴。碧奴對蛇舉起了鐵鏈，鐵鏈剛剛舉過肩就從她手裡滑落了，她聽見鹿王墳上的荒草瘋狂地互相拍打起來，那聲音使碧奴懷疑荒草下潛伏著一個陌生的鬼魂。她依稀看見風吹黃土，青煙升起，墳裡鑽出來一個帶鹿角的少年，那少年長著鹿一樣水汪汪的眼睛，有著鹿一樣柔軟的毛茸茸的皮膚。他手指墳土對碧奴說，別埋怨了，來吧，到我的墳裡來吧。

唯一一個善意熱情的邀請，偏偏來自墳下的幽靈，碧奴嚇了一跳，返身就向鹿棚的方向跑。鹿棚那邊鹿鳴呦呦，林間已經響起了男孩們晨跳的腳步聲，她不知道那個小男孩是否忘了鋤頭和鐵鍬的事。他是她的掘墓人，他是她的蓋墳人，碧奴一定要找到他。碧奴迎著樹枝上空的第一道曙光在林間奔走，一路走一路掩面而泣，裙裾過處一地淚水，枯葉殘藤和野蘑菇全部被一個南方女子的悲傷所感染，樹林裡平地揚起了一場淚水的風暴。

馬人

天快亮了，百春台的馬人們三三兩兩地走出他們居住的棚屋，他們在河邊清洗自己的馬鬃時，看見了一隻古怪的青蛙。青蛙沿著河岸跳躍，有時落在草叢裡，有時伏在水上，帶著一股令人費解的慈愛在馬人們身邊徘徊，無論他們怎麼驅趕，青蛙始終不肯離開他們的視線。後來有個馬人注意到了青蛙的眼睛，他突然笑起來，大叫道，你們看那隻青蛙，眼睛是瞎的，還跳得那麼歡！

馬人們大多已經成年，乍看是一群剽悍健壯的青年男子，細看他們的背、臀部、脖頸，還有裸露的腿部，都煥發著神奇的馬的風采。他們一齊彎腰在河邊清洗馬鬃時，看上去像一群飲水的馬，等到他們直起身子向河那邊眺望時，所有人的眼神裡充滿著青年特有的模糊的欲望。他們看見過一個女子的身影，但那身影被薄霧籠罩著，忽隱忽現，後來乾脆消失了，來到河這邊的是一隻青蛙。

他們對青蛙的來訪起初並不介意，漸漸地隨著馬人雪驄的到來，他們才注意到青蛙的種種反常之處。那青蛙對馬人雪驄狂熱的追逐，看上去別有一番滋味。由於不久前一隻紡織娘飛入馬人青皮的被窩，導致馬人青皮連續數夜夢見家鄉的妻子，並且夜夜夢遺，而馬人紫駒也在飯碗裡發現了一隻巨大的螞蚱，那螞蚱一朝一暮在碗裡準時鳴叫，紫駒便能清晰地聽見老父的咳嗽聲，那聲音使紫駒無端地驚惶，他在別人嘲笑的目光中滿屋子亂轉，到處搜尋一把柴刀，說是要上山砍柴。那些神祕的昆蟲誘發了馬人們的思鄉之潮，因此水邊的盲青蛙最終引起了他們討論的興趣，有人大膽地猜測青蛙的來歷，說興許是一隻尋親的青蛙，尋到雪驄這裡來了。

雪驄已經爲早晨的騎射做好了準備。他在肩膀上披好馬鞍，腳踝處套上了馬蹄。他把清洗好的馬鬃戴在頭上，甩掉了馬鬃上殘留的水滴，然後他突然站住，看著自己的腳不動了。那隻青蛙正伏在他的腳背上。

雪驄厭惡地注視著腳背上的青蛙，你幹什麼？怎麼又跳到我的腳背上來了？他告訴別的馬人：青蛙夜裡已經來過棚屋，跳到他的肚子上站了很久，讓他趕走了。他還問紫駒，你就睡我旁邊，青蛙有沒有站到你身上去？

紫駒說，青蛙不認得我，怎麼會站到我身上，牠認得你才跳到你肚子上，認得你才站到你腳背上的。

雪驄仍然怒視著腳背上的青蛙，面有慍色。青蛙認識蟲子，不認識我！他說，你們沒見牠是瞎的？是一隻瞎青蛙，怎麼認得人？

馬人們聽雪驄說得在理，一時都茫然地看著他腳上的青蛙，那青蛙依偎著雪驄粗糙皴裂的腳背，盲眼裡滾出了一滴晶瑩的水珠。有人叫起來，牠流淚了！一隻瞎眼青蛙，牠還流淚呢！馬人們勇敢無畏，從不懼怕鬼神，更不忌諱一隻青蛙的眼淚。他們已經很久沒見過人的淚了，更何況是青蛙的淚，一種好奇心促使他們湧上來，抬起雪驄的一條腿，熱情地圍觀青蛙的那滴眼淚。有人評價說青蛙的淚跟人的淚沒有兩樣，有人則一口咬定青蛙的淚比人的眼淚亮得多，也圓潤得多，有點像一顆珍珠，而馬人棗騮被那滴淚珠喚醒了智慧，他提醒雪驄道，雪驄，你娘不是瞎子嗎？那就是你娘，她死了變成一隻青蛙，尋親來了！

我娘眼睛是哭壞的，誰說是瞎子？你娘才是瞎子，你娘死了才變成青蛙！雪驄勃然大怒，他把腳背弓起來，對青蛙吼道，到他那邊去，他才是妳兒子！

他們看見雪驄一腳把青蛙踢到棗騮身上去了，可是青蛙也許不認得棗騮，也許牠認爲棗騮不是她的兒子。青蛙從棗騮身上落下來，固執地向著雪驄的腳跳過去。雪驄不知道爲什麼那麼惱怒，他從水邊撿起一只破陶碗，啪的一聲，青蛙被倒扣在碗裡了。雪驄對著陶碗厲聲警告道，不准出來，給我待在碗裡，再纏我，小心我一腳踩死妳！

馬人們看見雪驄氣呼呼地離開河邊，誰也無法猜透雪驄內心的祕密，正如他們無法識別青蛙的心事，他們蹲在河邊，透過陶碗的破縫打量那隻被囚的青蛙。誰是妳的兒子？妳兒子是誰？他們快樂而孩子氣的聲音一遍遍地在河邊迴盪，陶碗下的青蛙依然沉默不語，善良的馬人玉兔看見了青蛙的眼淚，那眼淚也被囚禁，像一顆珍珠在暗處閃閃發光，馬人玉兔被那奇異的光芒所打動，他打開了陶碗，把青蛙放了出來。

青蛙的一滴淚消失了，另外一滴淚湧了出來，牠在馬人們的腳叢中探尋兒子的氣息。不知道是出於感恩，還是靈敏的嗅覺幫助牠聞到了另一個兒子的氣味，哀傷的青蛙發現了玉兔，盲眼裡的淚珠越來越亮，牠突然高高地跳起來，跳到玉兔的膝蓋上去了。

玉兔是個善於奔跑而不擅言辭的馬人，他脹紅了臉蹲在那裡，看青蛙久久地停在他的膝蓋上，看得出來，他覺得不舒服，但他不知道該如何對待一隻尋親的青蛙。

玉兔，蹲著別動！馬人們又騷動起來，玉兔，那是你娘，小心別摔著你娘！

牠不是我娘！玉兔說，我娘是一棵樹變的，我爹是一塊石頭，他們的魂靈守在蓑葭山上，從來不出門！

馬人們都笑了，他們以為玉兔是在開玩笑，可是玉兔不是開玩笑，說起遠方的父母他的表情有點憂傷。這青蛙，不知道是從哪兒來的？他說，我們那裡有好多石蛙的，我三姨死了就變成一隻石蛙，青蛙和石蛙也算是親戚吧？這青蛙大概是認錯人了，把親戚當兒子啦！玉兔捧著青蛙，一隻腳踩到了河水裡，他是最善良也是最聰明的馬人，最後把青蛙放在一片浮萍上了，他對青蛙說，妳坐著浮萍四處找找吧，去河那邊看看，也許妳兒子在河那邊呢。

而在河的對岸，那些年幼的鹿人也已經紛紛醒來，一夜過後，他們失去了將軍鹿的領導，帶著自由和混亂組合而成的清新氣息，呼嘯著從樹林裡跳出來。他們手執鹿角，聳身而立，像鹿一樣朝空中的吊橋張望。他們在等待百春台上射獵的號角，射獵的號角快要吹響了，禦河上的吊橋快放下來了。

掘墓

碧奴荷鋤，男孩扛鍬，他們在樹林裡走。

妳別走了，天亮了，沒地方給妳掘墓了。男孩在碧奴的身後說，誰讓妳不趁天黑時死的，現在好了，太陽出來了，他們都起來了，妳在哪兒挖坑都會讓人看見的！

泥濘的空地上，鹿和孩子們的足印交織在一起。一片落葉旁有翻挖的痕跡，碧奴忍不住停下來，用鋤頭刨了幾下，她知道鹿人們把什麼都埋在地下，於是她抱著一點幻想，能不能把豈梁的衣服刨一點回來，哪怕挖出一隻鞋，也是好的。

妳看妳還說要死呢？要死還刨妳的東西？男孩說，我看妳一點也不想死，什麼眼淚流出來妳就會死，騙人的，妳讓我拿鋤頭和鐵鍬，原來是要挖妳的包裹！

我沒騙你，我想再看一眼豈梁的東西再去死。碧奴說，孩子，我不甘心呀，一路上看包裹看得那麼緊，躲過了強盜躲過了賊，就是沒躲過你們這些孩子！

不怪我們，是妳自己跑到樹林裡來的！他的眼睛無辜地瞪著碧奴，說，妳什麼也刨不出來的，包裹裡的東西都分光了，每人都把自己的東西藏起來了！

孩子，你們把刀幣拿去我也不怨你們，碧奴說，你們不該把豈梁的冬衣也分了，豈梁是大人，他的袍子你們穿不上，他的帽子你們戴不上，他的鞋子你們沒法穿的！

蠢女子，不能穿怕什麼？拿到集市上能賣錢的！男孩觀察著碧奴的一舉一動，突然跑過來把鋤頭奪過去了，他說，妳要挖妳的包裹就用樹枝，不准用我的鋤頭。我就知道妳騙人，人人都怕死，妳爲什麼不怕？別人埋到墳裡還要鑽出來逃命呢，妳活得好好的，爲什麼自己挖自己的墳？妳不是挖墳，是挖包裹！

碧奴悲傷地看著男孩，她歎了口氣，說，那好吧，孩子，我再也不挖包裹了，我們就挖墳，我也死心眼，人不死心就不死，還在惦記那包裹！乾脆埋到土裡，倒也省心了。孩子，我們走，找個向陽的地方去挖墳！

男孩對碧奴的挑剔不堪其煩，他把鐵鍬在地上重重地頓了頓，腦袋側向樹林外面百春台的方向，什麼向陽不向陽，向陽有什麼用？妳聽呀，射獵的號角吹響了，衡明君的馬隊就要出來了，熱呼呼的麵餅也要端出來啦！他說，我上妳的當了！妳活又不肯好好活，死又不肯好好死，到底準備怎麼樣？妳還沒說呢，雇我做妳的掘墓人，到底給我什麼好處？妳的包裹沒有了，做妳的掘墓人，我還能撈到什麼好處？

孩子，我是葫蘆變的呀！碧奴說，等我死了變回葫蘆，你可以來摘葫蘆的，摘回去剖兩半，就是兩個水瓢，要是不剖，就把小頭切開個口，可以做鹽罐，也可以做油燈的！

誰要妳的水瓢？誰要妳的鹽罐？妳倒會哄人！男孩輕蔑地哼了一聲，過來在碧奴的袍袖裡摸了摸，他說，有錢才能使鬼推磨，妳身上還有刀幣嗎？

碧奴拍了拍她的袍子。除了這袍子，你們什麼也沒給我留下呀。她看見男孩臉上掠過一絲失望的表情，就從髮髻裡拔出了一根銀簪：我就剩下這一件東西了，是白銀打的，現在我怎麼打扮也沒用了，梳什麼髻子豈梁也看不見了，你拿去，以後送給你媳婦。

什麼媳婦不媳婦的？用這麼個小玩意來雇我，我吃大虧了。男孩嘟囔著，猶豫了一會兒，最終還是接受了碧奴的銀簪。他謹慎地注視著銀簪，是白銀做的？沒騙我吧？在得到了碧奴的賭咒發誓後，男孩終於露出勉強的笑容，他把簪子塞到耳朵裡轉了轉，掏出一片耳垢，說，衡明君大人天天要掏耳朵的，有錢有勢的人都要掏耳朵的，我以後就用這東西掏耳屎，天天都掏！

爲了兌現自己的諾言，男孩開始履行掘墓人的職責，他瞄準了一塊松樹下的空地，丈量了一下，用樹枝畫出一個方框。斜著躺下去就夠了，他說，反正妳死了，不吃飯就不要鍋灶，不怕冷熱就不要門窗，不怕風雨就不要屋頂，妳長那麼瘦小，這塊地方夠安頓妳啦。

碧奴端詳著那棵松樹下草草畫出的墓線，依稀看見死神在那個方框下欠起了身子，焦灼地等待著她。她不怕死，但死到臨頭，她突然想起自己葬身在這樹林裡，沒有人替她舉起喪幡，沒有人會到墳邊爲她掉一滴淚，碧奴不甘心，她決定在死之前爲自己痛痛快快地哭一場，於是她沿著那個方框走，一邊走一邊讓淚水盡情奔流。碧奴的淚水雨點般地滴落在地，她烏黑的長髮失去了簪子的束縛，在獲得自由的同時大聲嗚咽起來，髮間淚珠像雨點一樣從頭髮上瀉下來。男孩驚恐地叫起來，妳在幹什麼？碧奴說，我在轉墳，我在哭墳，我死了沒有人替我轉墳，也沒有人來哭墳，我只好自己轉自己的墳，自己哭自己的墳了！男孩半信半疑地瞪著碧奴，妳們婦人就是事多，活著事多，死了也多事！

碧奴轉好了墳，透過滿眼淚水打量著松樹下的墓坑，想起自己最後葬在這麼一棵樹下，不靠路，不見陽光，無論如何算不上一個好墳塋。於是，她向男孩提出了最後的建議，孩子，我們能不能換個亮一點的地方，我是要變葫蘆的，這樹下不見陽光，等我埋下去了，萬一葫蘆藤子長不出來怎麼辦？

什麼陽光？什麼葫蘆藤子？男孩受騙似地叫起來，我就知道妳千方百計賴著，賴著不肯死。妳要是耍賴，我就不做妳的死神了！

我不是耍賴，我是不放心，這裡有那麼多鹿，萬一葫蘆秧子剛出來就讓鹿啃了呢，要是變不成葫蘆我就沒來生了，沒有來生我就白死了。

男孩把手裡的鋤頭扔到碧奴那邊，扠腰站在坑邊，鼻孔喘著粗氣，憤怒地喊起來，妳是個騙子！妳自己掘妳的墓去，自己埋自己去吧，我再也不上妳的當啦！

兩個人隔著地上的方框對峙了一會兒，赴死的人有口難辯，掘墓的人氣急敗壞。松樹上落下一片褐色的鳥毛，憤怒的男孩抬起頭，發現樹頂上有只鳥巢，鳥巢凌駕於樹杈之上的樣子讓他頓生靈感。男孩說，好，好，我有好地方了，妳不用擔心見不到陽光，也不用害怕鹿來啃葫蘆藤了，我把妳捆起來，掛到樹上去死！男孩眼睛裡閃著亢奮而寒冷的光，他撿起鋤頭去灌木叢砍下一叢荊條，抽了一根，捲起來，鬆開，說，妳不是要陽光嗎？把妳掛到樹上去，掛妳這麼又瘦又小的女子，三根荊條就夠了！

碧奴朝樹上瞥了一眼，看見那只鳥巢孤零零地壘在樹上。我不是鳥，我不到樹上去！碧奴說，就是鳥，牠死了也要落到地上，就是一片樹葉，枯死了也要落在地上，孩子，你怎麼能把我掛在樹上？

妳自己說的，我是妳的掘墓人，不管妳的生，只管妳的死！男孩嚷起來，我讓妳死在樹上，妳就死到樹上去！

男孩抓著荊條過來了，他沒有料到碧奴向著他舉起了鋤頭，那女子滿面是淚，可她的臉上出現了罕見的倔強潑辣的表情，這使男孩毫無思想準備，他一時被難住了。她不肯死到樹上去，她不肯死在樹上！一個精神崩潰的女子在尋死的地點上寸步不讓，男孩覺得很好笑：妳怎麼這樣笨呢？妳死了就什麼也不知道了，妳就把自己當一棵樹枝好了，樹枝不都是死在樹上的？

碧奴叫喊道，我不是樹枝！孩子，你不能讓我死到樹上去！

男孩皺著眉頭注視著碧奴，他思考著什麼，突然向她下了最後通牒：反正不是樹上就是樹下！給妳最後一個機會，松樹下到底行不行？不行我就走了，我把簪子還給妳，妳找別人蓋妳的墳去！

這次輪到碧奴妥協了，她來到了松樹下，仰望著茂密的松枝，說，不要陽光就不要陽光吧，孩子，我是不該臭講究的，你別生姊姊的氣。她提起袍子在方框裡蹲了蹲，又側身半躺著試了試。斜著身子埋下去，是也夠了。她用一種迎合的語氣對男孩說，聰明的孩子，你來蓋我的墳，是我的福氣，姊姊怎麼會去找別人呢？

樹林中土地潮濕，他們挖坑的聲音很悶很輕，本不至於驚動樹林外面的人，更不應驚動河那邊的百春台。當一個穿著紫袍的百春台門客突然飛奔而來的時候，男孩傻眼了，驚叫了一聲，千里眼看見我們了，快跑！他扔下鋤頭就跑，跑了沒幾步便讓那門客擒住了，紫衣門客千里眼一手挎住男孩，一手舉著一面旗幟，凶神惡煞地朝碧奴走來，他說，我夜裡就盯住妳了，妳在河邊晃來晃去的，是不是誰派來的刺客？

男孩在千里眼的臂彎裡說，她不是刺客，她是個淚人！

什麼淚人？是賊人吧！諒妳也不是做刺客的料，是偷樹賊？千里眼自得地說，我隔著一條河看見樹葉的動靜，就知道樹林裡有沒有賊，果然有賊，你們是偷樹來的吧？

我不是賊。碧奴指著地上的那個坑，她說，我們挖坑不是要偷樹，是要埋人。

男孩看起來很怕千里眼，他打斷碧奴叫起來，說，不是我要埋她，是她自己不想活了，她雇我蓋她的墳。

千里眼鬆開了手裡的男孩，用嚴厲的目光輪流審視著他和碧奴。男孩爬到樹上，滿臉無辜地看著千里眼，碧奴低頭凝視著地上的淺坑，她的面頰上有一道閃亮的淚痕，兩隻手一直顫個不停。千里眼踢了一腳地上的土。妳是什麼人？敢在這裡挖土做墳？千里眼大發雷霆，他惱怒地把手裡的旗幟插在坑裡，你們給我看看，這是誰的林子？他指著旗幟上金色的豹徽吼起來，哪兒不能死人？妳竟挑了這林子來尋死？這是衡明君世代相襲的風水寶地，連我們門客死了都沒資格埋在這兒，妳一個來路不明的女子，怎麼可以死在這兒？

男孩在千里眼的吼叫聲中逃到更高的樹杈上，攀著樹枝問他，那她應該埋到哪兒去？

千里眼瞥了碧奴一眼，手指西北方向，說，亂墳崗！你們平時不長眼睛的，路上的死人，身分不明的人，統統都拖到西邊亂墳崗去的！

碧奴順著他的手指朝西北看，看見樹林盡頭一角灰色的天空，那就是亂墳崗的天空了。她在通往百春台的路上看見過那片荒地，滿目亂草覆蓋著蘑菇般的野塚，荒地的上空飛滿了烏鴉。與亂墳崗相比，樹林裡的這個墓坑是多麼好，她忍不住地朝坑裡伸進去一隻腳，然後她用求助的目光看著她的死神，孩子你下來呀，你跟這位大人好好說說，我就要這麼巴掌大一塊地方，怎麼就不行？那男孩躲在樹上，怎麼也不肯下來，嘴裡還在搶白她，誰讓妳那麼挑剔的？早點動手，說不定人已經埋下去了，現在後悔還有什麼用？妳只好死到亂墳崗去啦！

千里眼把碧奴從坑裡拉了出來，抓過鋤頭，三下五除二的，坑邊的土又填回到了坑裡。他把豹徽旗插在碧奴的身邊，他說，這位大姊，不是我瞧不起妳，妳挑墳地不該挑中衡明君的林子呀，別看他們這幫小鹿人現在在林子裡又跑又跳的，死了都得拖到外面去埋葬，連我們門客病死了都不讓埋這兒的，怎麼能讓妳埋下去？大姊妳千萬別跟我犟，妳也別在這裡動什麼鬼點子，我是千里眼，妳去打聽打聽，百春台三百門客，誰的眼睛最尖？妳就是偷偷地埋下去三丈深，也瞞不過我的眼睛，我會把妳挖出來的！

門客

百春台最早以馬人聞名於世。

青雲郡的王公貴族中盛行騎射之風，這優雅高貴的習俗流傳多年。遭遇了梨花年間的三年戰事，數萬匹良種青雲白馬跟隨征戰的將士馳騁疆場，而西南邊疆狼煙未沉，北方的長城工事又在召喚所有倖存的馬匹，無論是駿馬還是病馬老馬，都隨北上築城的人流而去。從未有過的馬荒，嚴禁私養馬匹的非常戒令，使王公貴族騎射的習俗幾成無米之炊，賀蘭台、湧金台、芳草台的主人紛紛告別弓弩。只有百春台主人衡明君是個例外，台內三百門客都知道主人對騎射異乎尋常地熱愛，不騎射勿寧死。隨著馬棚裡的好馬一匹匹地離開，主人面色憔悴，而在門客們敏銳的目光裡，他的臀部比面孔更憔悴。門客們習慣了為主人排憂解難，針對馬的替代物，他們群策群力，創造和思考的熱情像潮水一樣在百春台蔓延，以人為馬的發明應運而生。

於是騎射這本古老的書翻開了歷史上最華麗的篇章。百春台以人為馬的創舉令人耳目一新，不僅在青雲郡，七郡十八縣的王公貴族紛紛群起效仿，這種顧全大局的節儉風氣受到了朝廷的美譽，國王體恤下情，宣布各地馬人列入免徵徭役的名單。消息傳出，城鄉各地的青年男子都開始爲一門新興的職業而競爭，掀起了一場瘋狂的負重奔跑的熱潮。他們在山嶺之上馱著石塊奔跑，他們在樹林裡馱著圓木奔跑，他們在家門口馱著年邁無用的祖父母奔跑，他們練習馬的步伐，馬的呼吸，甚至馬的嘶鳴之聲，像馬一樣奔跑，甚至比馬跑得更快。跑到青雲郡的百春台去，跑到北方的賀蘭台和芳草台去，跑到南方的湧金台去，去做四大王公的馬人，成爲了所有青年男子的夢想。

騎人射獵的新風尚風靡各地的貴族圈子，並且有越演越烈之勢，但是新生事物的發展多少會遇到些阻礙，各地的森林山坡每天箭鏃不斷，野外大量的鹿、麂、野兔和黃羊從丘陵地帶遷徙到了高山上，飛禽不知去向，騎射之娛很快陷入新的困境。騎手枉有射月之功，馬人們枉有追風之速，獵物絕跡，他們也只好空手而歸，眼看主人衡明君愁眉不展，百春台的三百門客掀起了新一輪探索發明的熱潮。一個名叫公孫禽的門客有一天在藍草澗人市上發現一個瘦骨嶙峋的男孩，他在樹下跑，樹上的孩子用草鏢射他，四處飛來的草鏢使那個男孩跳著奔跑起來，跑得像一頭鹿！天資過人的公孫禽眼前一亮，他買下了那個男孩。在去往百春台的路上，那男孩尾隨著公孫禽，他膽怯地打聽自己的未來，大人，你把我買去做馬人嗎？你要不要騎在我身上試試？公孫禽直率地說，孩子，你的雞巴毛還沒長出來呢，怎麼做馬人？你不是馬人，是鹿人！

鹿人們大都是未及弱冠的男孩子，作爲野鹿和黃羊的替代品，他們的待遇與馬人不同，但其嚴格的選才過程，還有長時間與鹿爲伍的訓練，與馬人相比並不輕鬆。公孫禽挑選鹿人第一挑他們的腿，腿的優劣以鹿腿爲標準；第二考察他們跳躍的高度和耐力，結果那些長了瘦長腿的孩子得到了青睞。由於青雲郡北部尤其是藍草澗人市聚集著大批無家可歸的孩子，給公孫禽的鹿人計畫提供了方便，他把一群篩選來的流浪男孩帶進蕭條的鹿棚，讓他們暫時放棄對馬的模仿，做馬人的理想也擱置在一邊。公孫禽給小鹿人的口號是：馬人的事業先從鹿人開始！那些男孩們被說服了，心甘情願改學了鹿跳。他們沒有讓公孫禽失望，八九歲的年齡，靈巧的骨骼和天然的彈跳能力，使他們對鹿的模仿天衣無縫，相對於青年男子的馬奔，小男孩們的鹿跳無疑更加出色更加逼眞。公孫禽有一天在高台上手指河那邊的樹林，讓其他門客看那兒的鹿影，沒有人發現樹林裡的鹿影其實是人影，所有門客都大喜過望，歡呼道，回來這麼多鹿啊，趕緊通報衡明君！

使用鹿人的好處很快就體現出來了，他們召之即來，來之能跳，狩獵的地點時間也完全可以掌控，即使下雨天也不妨礙衡明君的興致，加上那些鹿人大多年幼，只求果腹，不享受門客薪俸，也不會增加台上的開支。鹿人制度一出，引起了各地新一波的仿效熱潮，當然各台的門客也不甘心總是拾人棄慧，他們結合自己主人的愛好和地理環境，創造了更複雜更奇特的射獵篇章。其中人們談論最多的是賀蘭台主人陽泰君養的野豬人。陽泰君熱愛打野豬，他的門客中有好多人肥胖如豬，食量驚人，而賀蘭台訓練野豬人的方法也別具一格，人們說那些野豬人每天只做兩件事，一件事是吃，另一件事就是在山坡上練習滾坡。百春台的門客帶著譏諷的口氣議論賀蘭台野豬人的滾坡訓練，他們說陽泰君年事已高，視力衰退，他已經打不到奔跑的獵物，也只能打幾隻滾坡的野豬了。

這年秋天，百春台意外地迎接了一輛來自長壽宮的黃帔馬車，南巡的國王仍然在傳說中南巡，不見其影，欽差使的車輦卻在官道上長驅直入，直奔百春台而來。一個黃衣宮吏拍馬來到壕河邊，舉起欽差使的旗幟，通告國王的嘉獎黃詔送抵百春台。刹那間百春台裡一片譁然，三百門客如同群鳥亂飛，飛到他們的主人身邊，黑壓壓地在河邊跪成一片。沙塵滿蓬的黃帔馬車停在吊橋下等待放橋的時候，兩個橋工不知怎麼惹的禍，他們無論如何也放不下橋來了，衡明君在轤車和鐵索尖利絕望的碰撞聲中勉強保持了鎭定，而門客們則開始竊竊私語，以占卦術聞名的門客子康注意到晴朗的天空裡飄來了幾朵烏雲，他提醒衡明君看那幾朵雲，衡明君卻拒絕了他的好意，他說，不用看天，我的心裡已經飄滿了烏雲！

欽差使疲憊的臉上除了倨傲之色，還有一絲難以琢磨的微笑。衡明君跪接黃詔的時候，清晰地聽見那欽差使打了一個飽嗝，很明顯他們已經用過午餐，欽差使不吃百春台的飯，是在路上吃的！衡明君的手忍不住顫抖起來，不祥的預感得到了更不祥的印證，誰也沒有料到國王嘉獎的內容：國王的黃詔上什麼字跡也沒有，偌大的詔書上只留下了半個金印！在門客們焦慮的目光下，衡明君強顏歡笑，他虔誠地閱讀一紙空詔，還有半個金印，謝過大恩之後，命令下人燃放煙花，殺雞宰豬，而欽差使的人馬，被三百個恭敬的門客夾道迎進了百春台。

那面孔蒼白神情陰鷙的欽差使讓所有人都感到了不安，每個人都看見他一手帶來了鮮花，一手卻揑著毒藥。門客們分批分時去試探了欽差使的興趣愛好，欽差使對美酒和女色無動於衷，而金銀珠寶也不能打動他，衡明君見多識廣，他知道京城官吏時興豢養男寵，便猜想他一定好男色，結果又落了空，那欽差使非等閒之輩，女色不愛，男色也沒用！衡明君派出的一個貌如潘安的少年，三更天衣袖含香地進入西廳，四更天就搗著下體哭出西廳來了。守在西廳下的門客把他帶到衡明君面前，他還搗著那地方哭哭啼啼，告狀道，欽差使也不好男色，不僅不好，而且嫉妒別人唇紅齒白，差點擰斷了他的命根！

欽差使像一個幽靈般地出現在所有不該出現的地方，他多次闖入河邊馬人們居住的棚屋，對馬人的來歷追根究柢，他對馬人們跑得如何漠不關心，卻特別考察了他們使用兵器的能力。他長時間地觀察衡明君的煉丹爐，甚至想從爐工嘴裡套出配方的祕密。他對吊橋的升降原理很好奇，纏住橋工，打破沙鍋問到底，而對遍布於百春台各處的地窖、暗室和夾牆，欽差使更是表現出一種瘋狂的興趣。他用一根從長壽宮裡帶出來的檀木龍杖，在這裡敲幾下，到那裡捅幾下，百春台在他製造的種種回音裡顯得深不可測，處處暗藏了機關。

衡明君對欽差使充滿了戒備之心，懷疑他擔負某項不可告人的險惡的使命。他派出了平時看管樹林的千里眼門客，日夜監視欽差使入住的西廳，可是西廳的窗子很快蒙上了厚厚的帷幕。千里眼非常慚愧地來稟報，他目前的功夫只能穿透白紗，還不能穿透那麼厚的紫色帷幕，衡明君對門客仁慈，也沒有責怪千里眼，只是婉轉地提醒他，你是三百門客中唯一靠眼睛吃飯的，如果只能穿透白紗恐怕不行，還要加強眼睛的本領。西廳懸掛的厚厚的帷幕讓衡明君茶飯不香，他隱隱覺得帷幕遮蓋的是磨刀霍霍的陰謀。門客們自然要爲主人獻計獻策，雞鳴之徒三更先生第一個站起來，說，不讓他們睡好覺，我二更天就讓方圓百里的雞都叫起來，吵死他們，讓他們睡不好覺！門客們平日最不屑三更先生的那點本事，這時群起攻之，你除了會學雞叫，還有沒有別的能耐了，那麼早把他們吵醒有什麼好處？讓他們三更天就起來密謀整治我們百春台？三更先生坐下後，箭術高強百里穿楊的門客射月先生拍案而起，不就是個狗屁欽差嗎，再大的客人也是客，他居然敢在西廳掛帷幕，不把我們百春台的規矩當規矩呢，看我一排箭把那些尿布片子打成個馬蜂窩！射月先生是衡明君最寵愛的門客之一，他犯牛脾氣，別人就不好當面頂撞。大家看著衡明君，讓他批評射月先生，衡明君一杯酒潑到了射月先生的臉上，讓他不得衝動，他說，你那排箭出去眞的射了馬蜂窩了，他是國王的人，只能智取，不得動槍動箭！

門客芹素此時離開了酒席，像一隻壁虎一樣無聲地攀柱而上，最後將身體倒掛在梁上，用自己的身體和懷才不遇的眼神提醒大家：養兵千日用兵一時呀，你們怎麼忘了百春台養了一個梁上君子！

一個倒掛在梁上的身體終於令眾人的眼睛一亮，梁上君子芹素是最好的人選！公孫禽等一批智囊紛紛湧到衡明君身邊，帶著一半內疚一半逢迎的口氣，誇讚他不拘一格降人才的門客引進制度：之前，他們還對芹素的門客身分有牴觸情緒呢，認爲堂堂百春台養著個小偷做門客，不免讓人恥笑，也容易引來不必要的猜疑。這一刻他們盡釋前嫌，在衡明君的建議下，大家舉杯向著梁上君子芹素，敬了一杯。

第二夜好多門客躲在暗處，觀看了芹素飛簷走壁潛入西廳的過程，他們驚訝地發現芹素在平地上走路腳步拖沓懶散，到了牆上梁上卻是健步如飛，眨眼之間，那芹素已經隱身在西廳鬼鬼祟祟的燈光中了。

可惜芹素畢竟是芹素，他習慣入室偷點什麼，這次不允許他偷，讓他看，讓他聽，他反而在欽差使的房間裡迷失了方向，把一件好事弄得一波三折。

欽差使的房內有一種奇怪的香料味，讓人想打噴嚏。芹素費了好大的力氣，才忍住沒打出那個噴嚏。他發現欽差使與隨行的小馬弁兩人頭靠著頭，在燈下鋪開一捲絲帛，用朱砂粉在絲帛上繪了一張花俏而複雜的地圖。芹素急於向衡明君稟報地圖之事，就脫身從東廳那裡下了屋頂，直接到了衡明君的帳前。

衡明君帳內有幾個歌舞班的女子，有的一絲不掛，有的只在上身掛了一個花肚兜，她們或臥或坐，一個持簫的美女則坐在衡明君的腿彎裡，那些女子玉體橫陳的樣子不免讓芹素心有旁騖，所以衡明君詢問地圖的內容時，芹素一問三不知，偶爾清醒一下也是答非所問，衡明君有點氣惱，沒見過女子？你鼻孔裡還拉風箱呢，我就見不得你們這副沒出息的下流模樣！他用一把拂塵將芹素頂出去很遠，說，我怎麼關照你的，讓你看清楚了聽清楚了再回來，你看見一張地圖就回來了，地圖上到底畫的什麼，看清楚了再來告訴我！

於是芹素從東廳的屋頂上返回了西廳，他返回的那幾分鐘裡，下面望風的人注意到欽差使的房間內有人影一閃，燈光忽然暗下去了，他們覺得異常，向著上面舉了舉藍燈，可是芹素不理會藍燈的警告，下面的人看見他的黑影在房頂上停了一下，然後果斷地沉了下去。

這次返回釀成了大錯，首先是一隻青蛙讓芹素感到心神不安，他是在西廳黑暗的迴廊上遇見了那隻奇怪的青蛙的。芹素輕風般的腳步聲能安全通過人的耳朵，卻不能蒙蔽一隻青蛙，他的潛入引起了青蛙的注意。芹素沒有料到青蛙對他的追逐如此熱情，如此固執，他從來沒見過一隻追逐人的青蛙。他沿著迴廊奔向欽差的房間，看見那青蛙尾隨而來，牠的眼睛似乎是瞎的，芹素向青蛙擺手，還做出一些投擲的姿勢威脅牠。青蛙置之不理，牠只是追尋著芹素的腳步努力跳躍著，一對蛙眼在夜幕裡閃著兩圈微弱的白光。芹素懷疑是自己身上的什麼氣味牽引著討厭的青蛙，他忍不住聞了聞自己的身體，可他並沒有從自己身上聞到昆蟲和死魚爛蝦的氣味。

一隻青蛙讓梁上君子芹素的心蒙上了莫名的陰影。他攀上房梁，從空中看見欽差使已經吹了燈，人已在床榻上躺下，那張畫了地圖的絲帛鋪展在微暗的月光下，像一片脆薄而神祕的寶藏。他順著房梁潛入房間時，隱隱聽到了外面的一聲蛙鳴，一聲蛙鳴喚起了芹素孩提時代遙遠的記憶，他不知道自己是怎麼從梁上掉下來的，只看見眼前突然燈火通明，那狡猾的欽差使從簾幕後面出來了，床上假寐的馬弁也跳起來了，有人從床肚子底下鑽了出來，他們發出了得意的笑聲和喊叫，打小偷，打，打！欽差使揮起檀木龍杖，一杖就把芹素打暈了。

守候在西廳下面的門客聽見了芹素最後怨恨的叫聲，哪來的青蛙？是誰把青蛙放進來了？門客們知道上面出了意外，但是再聰明的人也聽不懂芹素的怨恨，他們不知道竊取地圖之事與一隻青蛙會有什麼聯繫。

芹素

百春台好多人見到過那隻青蛙，河邊的馬人說那是一隻尋找兒子的青蛙，在其他門客們看來，馬人們對事物的見解是毫無參考價值的。馬人畢竟是馬人，血統低賤，談吐也就低賤，見解就像乾草一樣雜亂無趣，否則衡明君就不會像對待馬一樣對待他們了。馬人們混居在河邊的棚屋裡，門客們是有自己房間的，儘管是三五人一間，儘管那些房間沉在台基下，一半見天，一半見地，但他們是住在台裡的，他們與主人住得近，心也貼得緊。有門客在台上看見過那隻盲眼青蛙，可是他們眼觀四路，耳聽八方，心裡想的都是主人，誰會去注意一隻青蛙呢？如果不是芹素將他的失敗歸咎於那隻青蛙，他們絕不會去搜尋那隻青蛙。百春台已經夠亂了，芹素一句話，亂上加亂，害得三百個門客一起出動去搜尋一隻青蛙，結果他們找了一個早晨，卻是一無所獲。那隻青蛙來得蹊蹺，走得神祕，牠似乎已經從百春台消失了。

千里眼告訴公孫禽，他曾經看見那青蛙出沒在門客少器的窗前床下，甚至跳到那個初來乍到的新門客的鞋履裡。新來的門客少器，他處理那隻青蛙的方式也很新穎，千里眼起初看見他用劍柄拍地驅趕鞋子裡的青蛙，青蛙不走，那新門客就用劍頭挑起鞋子，連鞋帶青蛙一起扔到了壕河裡！

但他們沿著河岸四處搜尋，也沒看見青蛙的影子，公孫禽很自然地向新門客少器多看了幾眼，門客少器冷笑起來，別看我，我不知道青蛙的下落，只知道百春台所有仇人的下落！門客少器異常冷靜的態度感染了眾門客，他們紛紛說服公孫禽，放棄搜尋青蛙的行動。找到了青蛙又怎麼樣？即使那青蛙承擔了什麼陰謀的使命，誰是陰謀的策畫者，陰謀是什麼，都是沒法盤問的。公孫禽無可奈何地看著同仁們，苦笑道，我何嘗不知道這道理？可是衡明君大人在氣頭上，他要搜青蛙你不能不搜呀！公孫禽落寞地看看河水，看看天上，說，好在太陽升得這麼高了，大人興許把青蛙的事情忘了，我們還是伺候大人騎射去吧。

公孫禽他們路過河邊棚屋的時候，看見馬人們坐在地上曬太陽，看上去無所事事。他忍不住地喝斥了幾聲，怎麼都像木頭一樣坐在那裡？什麼時候見馬坐在地上的？你們算什麼馬人，懶死了！還不快起來，活動活動你們的馬蹄！馬人們很不情願地站了起來，那個名叫雪驄的馬人大聲說，公孫先生，弓箭房已經通知我們了，今天不騎射，衡明君大人沒心情！

公孫禽有點意外，抬頭看看天，說，怪不得，今天的太陽是從西邊升起來的！他從馬人們身邊走過的時候，突然想起什麼，又回頭問，你們中間，誰是青蛙的兒子？馬人們都似笑非笑的，一個個搖起頭來。青蛙的兒子不在我們這邊！馬人雪驄突然說，在你們那邊呀，公孫大人你還沒聽說嗎，芹素就是青蛙的兒子！

門客們都應聲而笑，說得妙，那不中用的東西，他不是青蛙的兒子，又是誰的兒子？公孫禽也要笑，但他天生注重自己的身分和儀態，嘴唇一綻開就嚴峻地閉上了，手指遠處的黃帔馬車，厲聲道：不得瞎說，告訴過你們了，現在是非常時期，百春台的大事小事，就是誰放一個屁，也不准走漏風聲！

門客們後來圍聚在豹堂外面，隔牆陪伴著他們的主人。秋風吹來，風捲珠簾，卻捲不走豹堂的愁雲。他們的主人正在豹堂裡品嚐苦酒。當欽差使把五花大綁的芹素推上豹堂時，有幾個門客激憤地向芹素做出了侮辱的手勢，有人乾脆就學著馬人的語言，粗魯地喊起來，芹素，你這青蛙養的東西！他們聽見豹堂裡傳來衡明君羞惱的叫聲，他當場叫人斬斷芹素的手，外面有門客應聲舉手，我來！可是外面的門客不敢造次，他們聽見了欽差使陰沉的拿腔作調的聲音。他宣稱芹素已經是朝廷的罪犯，如何懲戒之事由不得百春台方面作主，他要扣下芹素，把芹素帶回朝廷衙門三堂會審。

太陽升起來了，百春台卻沉浸在一片巨大的陰影之中。寂靜壓迫著門客們的心，他們爲主人效勞的時刻到了。飛簷走壁的盜徒出了事，還有力大如山的力士，呑火吐水的魔法師，倒弓射大雕的神箭手，精通催眠術的催眠老人，他們忠誠地聚集在衡明君的面前，可惜他們一個個湧進豹堂，都被主人揮手趕走了。很多時候英雄並無用武之地。芹素一出事，衡明君已經不敢輕舉妄動，他對門客們說，我情願讓芹素死，也不能讓他們把他帶走。門客們清楚主人的言外之意，誰都知道一旦芹素被欽差使帶走，百春台的某些祕密也將被帶到長壽宮去，那對衡明君是天大的災難，對於他們這些門客，也是危險的事。

門客們決定讓芹素去死。

起初大家都把目光集中在新來的門客少器的黑面罩上。儘管他在百春台門客堆裡身分獨特，白天也蒙面，只有衡明君可以看見他的眞面目，但大家不用看他的臉也知道，他是一個遠道而來的刺客。蒙面的刺客少器站在角落裡，除了一雙冰冷的眼睛，誰也看不見他的表情，他沒做什麼表示，是衡明君讓大家不要盯著少器，他說，此等小事，何須動用少器先生的刀劍，少器先生現在不出馬，他另有重任在肩。

大力神門客自告奮勇，他要求去執行這項任務，誇口道只要他的手抓到芹素的脖子，就可以把他的腦袋擰下來。他冷酷莽撞的建議立刻遭到了一致否決：暫且不論芹素是在欽差使手中，不易近身，即使讓大力神門客抓到芹素的脖子，也不宜蠻幹，給欽差使留下新的口實。門客們認爲讓芹素去死，最好是說服他自盡，所以文武之道中要取文道，衡明君同意這種觀點，就把大力神他們都勸下去了。

精通催眠術的門客谷不醒舉手道，他不用近身，隔著百步之距也可以讓芹素昏睡三天三夜，谷不醒是適合的人選，唯一的遺憾是他能讓芹素輕易地睡著，卻不能讓他直接去見閻王，如果芹素昏睡著，不正好讓欽差使方便帶回長壽宮嗎？門客們認爲此事最終的關鍵在於物色說客，物色一個具有最燦爛的智慧和三寸不爛之舌的人。要把一個苟活的人勸到死神一邊去，不是易事，讓芹素自己死，死得要乾淨，這樣的說客不是常人能勝任的，所以他們的目光最後都落在門客公孫禽身上。公孫禽號稱是百春台的大腦，此時臉上卻頗有難色，他對著主人指指自己的喉嚨，衡明君一下就絕望了：事情純屬不巧，在最需要公孫禽著名的三寸不爛之舌的時候，偏偏他喉嚨有恙，身居高位帶來了強大的壓力，這壓力首先壓垮了他的聲音。

衡明君絕望的時候會產生便頻的生理反應，他的兩個貼身男僕只好手執便壺，不時地跪下去掀開他的錦袍，一個負責摸索衡明君的陽具，一個負責用便壺接應，錦袍背後發出的清脆的時斷時續的聲音啓發了公孫禽。公孫禽開始從聲音中尋找出路，門客們看見他眼睛一亮，拉住了旁邊的歌者百里喬的衣袖，公孫禽示意百里喬跟他走，門客們大惑不解。在一番激烈的手勢交流之後，百里喬和門客們終於明白過來，公孫禽要動用百里喬響亮動聽的歌喉，他要百里喬到囚禁芹素的窗外去，去誦禱勸死經。

也只有聰慧過人的公孫禽，會想起流傳在故鄉鹿林縣一帶的勸死經。他和百里喬以及芹素，恰好都來自鹿林縣，一個山高皇帝遠的地方，人們習慣用誦經來表達自己的感情，甚至來裁決恩怨情仇，而勸死經是其中最具威懾力的，主要是念給偷牛賊聽的。公孫禽知道芹素的底細，他們一家祖祖輩輩從事偷牛行當，錯以爲世上的窮人都以偷牛爲生，那樣的家庭出來的人，看上去沒有尊嚴，實際上那尊嚴躲藏在他們的耳朵眼裡。芹素的祖父去鄰縣偷牛時失手被擒，人們讓他吞了三天牛糞，他沒被牛糞脹死，那家人在餵他牛糞的時候無意中誦讀起勸死經，沒想到他很快就被讀斷了氣。芹素的父親去偷一戶有錢人家的糧食，那家人養著幾十個家丁，幾十個家丁架他去遊街，沒羞死他；他們讓他跪在一袋麥子前，跪了三天三夜，沒跪死他；後來他們就給他念勸死經，念了一夜就把他念死了。

衡明君起初對勸死經的用途是持懷疑態度的，他讓百里喬念幾句聽聽。百里喬在開口之前申明他離開故鄉多年，對勸死經的內容和曲調有點生疏了，謙虛一番後他還是念了。他用的是鹿林縣一帶的方言，高亢綿長的山歌式的旋律，在對一個偷牛賊進行百般的奚落挖苦後，門客們聽見一個不斷重複的清晰的聲音：生不如死，不如去死。那聲音像雨點般越來越急促，神奇地敲打門客們的羞恥心，他們紛紛地回憶起自己或大或小的罪惡，在一片喘息聲中，對生死兩世的比較令大多數人精神崩潰，門客們從各自的面孔上發現一種淒冷的悲苦之色，那是典型的厭世者的表情。

連高貴的衡明君也受到了勸死經對他靈魂的拷問，他突然摀住耳朵，制止了百里喬。我的耳朵也受不了啦，他說，出去念吧，去芹素的窗下念！

勸死經

公孫禽帶著百里喬和一批門客來到西廳的窗下，看見被縛的芹素正憑窗眺望，監視芹素的是欽差使的兩個隨從，他們嘴裡喝斥著什麼，對芹素推推搡搡的。爲了防止他用脫身術掙脫捆綁，兩個人在繩子的一端拴了塊石頭，可是石頭也不能阻擋芹素矯健的身手，公孫禽看見他們在東邊把芹素的頭按下去，一會兒那腦袋就從西邊堅強地浮起來了。芹素的下頷枕在窗欄上，向河那邊的方向張望。

門客們問，芹素芹素，你在看什麼？

芹素說，看那隻青蛙呢，不該來的時候牠來了，該來的時候又不見了。是我家瞎眼奶奶變的青蛙，牠不在水田裡好好待著，跑來跟我要飯吃！我還要找你們算帳呢，是誰把我的瞎眼奶奶放進百春台的？我走神失手，你們也有責任！

門客說，芹素你堂堂男子漢，怎麼拉不出屎來怪茅坑呢？害我們找了一早晨青蛙，還把屎盆往別人頭上扣！守台的兄弟也很辛苦，怎麼看得住一隻青蛙？青蛙是從河裡游過來的，誰看得住牠？你惹了禍，不會要找一隻青蛙問罪吧？

青蛙一來，人也要來了，我們老家的青蛙會給人引路。芹素說，你們看河那邊，是不是我娘來了，是不是我娘在替我挖坑。

門客回頭，看見河灣那邊確實有一個女子荷鋤的身影，女子身後還有一個更小的身影，兩個人在水邊走走停停，不知道要幹什麼，千里眼門客說，芹素你看花眼了，那女子比你還年輕呢，怎麼是你娘？

芹素說，那你們去替我問問她，她是不是我娘替我找來的媳婦？

千里眼說，什麼媳婦？那是個瘋女子呀，她尋死覓活，要把自己的墳挖在衡明君的樹林裡，讓我給攆跑了。

門客們齊聲笑起來，芹素把個瘋女子當媳婦呢，芹素你從小就出來偷，哪裡娶得到媳婦？誰給你這個梁上君子做媳婦？芹素芹素你死到臨頭了，還在作桃花夢。

芹素說，那你們看那個小孩，是個男孩吧，他一定是我兒子。

千里眼笑得彎下了腰，芹素你比那女子還瘋呢，那是個小鹿人嘛，你沒娶上媳婦，怎麼有兒子，兒子從你屁眼裡拉出來的？

門客們哄堂大笑，欽差使派守西廳的隨從用一把木槌在牆上敲，對著下面的人大喊道：禁止喧嘩，禁止說笑，他是死囚，你們不能和他說話，更不能跟他說笑，等會兒我們大人回來，有你們的好果子吃！

下面的門客說，我們在自己的地盤上，怎麼不能說話？怎麼不能笑？等會兒我們還唱呢。公孫禽提醒門客們注意百春台人的風度禮儀，給兄弟們送來一壺酒，喝幾口解解乏吧！他對上面喊著，讓人把一只籃子用竹竿挑上了西廳，監守大叫一聲，不得賄賂，我們不喝你們的酒！公孫禽說，喝幾口吧，我們的酒喝不醉！上面的人很快看清楚了，酒壺裡盛的不是酒，是滿滿一壺刀幣，他們迅速把壺拿走了，籃子送了下來，於是木槌敲牆的聲音也停下來了。

百里喬開始清嗓子，他的手裡捧著一只碗，碗裡盛滿苦艾草泡的水。他從人堆裡擠出來，低頭喝了一口水，然後把碗放在地上，拜了天拜了地，東西南北四個方向也一一拜過，突然一聲，勸死經開篇高亢的顫音猶如晴空霹靂，在所有人的頭上炸響，下面的人打著冷顫，都從百里喬身邊逃開了。窗口的芹素卻不爲所動，竟然狂笑起來，他說，好呀，給我唱勸死經來了！我知道你們這麼多人跑來，就沒安好心。你們還不如那鬼欽差，他還讓我活幾天呢，你們卻要我馬上就死。

百里喬唱道，偷牛的賊人呀，天不容你，地不容你，你偷了我家的牛，太陽曬死你，河水淹死你，你走不到家門口，一塊土疙瘩會絆死你！

芹素冷笑道，我爺爺那輩人才偷牛，我什麼都偷過，就是不偷牛，對我唱勸死經沒用，勸不死我。

百里喬也意識到自己不能死搬硬套，他眨巴著眼睛，即興修改了勸死經的經文，繼續唱，芹素芹素你惹人恨，夏天的風不吹你，冬天的風吹死你，東村的女子不看你，西邊的鬼魂纏上你，你生不如死，不如去死！

芹素說，放屁，我芹素投奔百春台時，頂風冒雪走了三天三夜，我會讓風吹死？我怕鬼魂拉我？哪個鬼魂拉我，我把他抓到火堆上烤了吃。

百里喬的誦經聲中開始帶著火氣了，芹素芹素，養你三年，用你一夜，你偷張地圖也雞飛蛋打，你恩將仇報，生不如死，不如去死。

芹素說，告訴你們多少次了，怪那隻青蛙讓我分神呀。我是在這裡吃了三年閒飯，你讓我把三年的酒飯再吐出來還給衡明君呀？

百里喬再也唱不下去了，他跳起來對著窗口的芹素啐了一口，芹素你沒有廉恥，枉爲平羊郡血性男兒，你不忠不義，不配活，只配死！

芹素嚷道，住嘴，這百春台三百門客誰有廉恥？我是臉皮厚，臉皮厚才混到三年閒飯，你們有人混吃十年了，什麼事情也沒有做，你們怎麼不去死？

公孫禽和百里喬都估計到芹素對勸死經有一定的抵抗能力，但他們沒有料到芹素有如此強烈的牴觸情緒，百里喬唱得口乾舌燥，最後還是無功而返，他氣呼呼地對公孫禽說，對這種沒有廉恥的人，不能用口，只能用手！公孫禽勉勵他不要洩氣，他說衡明君說不用手就萬萬不可用手，他還幫助百里喬回憶鹿林縣人勸一個盜墓賊去死的漫長過程，那勸死經不是念了七天七夜嗎？他說，給一個沒有廉恥的人念誦勸死經要有耐心，有時候需要七天七夜，有時候七天七夜也沒用，勸說芹素這樣的人去死，也許需要一年，你喝口水歇口氣，從頭再來。

可是他們沒有那麼多時間了，在高處烽火台上望風的人用旗語告訴這邊，出外遊覽的欽差使已經在返回的路上，他們必須趕在欽差使返回之前完成這個使命。

公孫禽動員所有的門客模仿百里喬，跟隨他一起念勸死經。門客們便用各自含糊不清的語言加入了誦經的聲浪中，雜亂的誦經聲引起了芹素的譏笑，他在上面說，你們這麼念勸死經，我就是死了，也是被你們笑死的，不是被你們念死的。

下面有一個門客高聲喊道，不管你怎麼死，反正你要死！

人們注意到欽差使手下的兩個隨從，他們起初一直像局外人似的，毫不掩飾對勸死經的輕蔑之情，漸漸地那兩個人被鏗鏘響亮的誦經聲所蠱惑，一個淚流滿面，嘴裡不停地喊，我無恥，我無恥！另一個痛苦得用頭撞牆，一邊撞一邊念：生不如死，不如去死。

當事人芹素卻不爲所動，四面楚歌中，他被縛的身體反而更加靈巧輕盈。芹素拖著一塊石頭在窗邊跳來跳去，示威似地對外面的門客們喊：我芹素生下來就是小偷，哪來的廉恥之心？要殺要剮隨你們便，對我念勸死經，沒用！再念下去你們都死了，我芹素還活著！

公孫禽對芹素的囂張和傲慢感到很惱怒。也許是世風日下了，他的父親當年在鹿林縣鄉下用了半天，就勸死了一個偷看他母親沐浴的光棍漢，而他的祖父祖母甚至把一個過路的女子勸死了，那女子拔了他家地裡一把青蒜。他不相信勸死經念不死一個人，只是對芹素不靈驗而已。如果時間允許，如果召集更多的人來，每個人都有百里喬那麼高亢動聽的嗓音，念它七七四十九天，三個芹素捆在一起，也會一個個地念死他，可惜他沒有那麼多時間，也沒有那麼多的人才了。

烽火台上的旗幟揮得越來越頻繁，欽差使已經在返回百春台的路上，芹素死得越快越好。也許讓芹素去死是要付出什麼代價的，還是要談判，可是公孫禽忽然倒了嗓，發不出聲音了，他拉拉百里喬的袖子，讓他停止誦經。然後他撿了根樹枝，在地上畫了一塊方正的土地，地裡畫了房子，房子周圍還畫了幾隻雞鴨，門客們便喊起來，芹素快來看，給你一塊地，還給你大房子，還有雞和鴨養呢！

芹素探出腦袋朝地上看了看，嘿嘿笑起來，說，公孫先生呀，虧你想得出來，給我一塊地，讓我去死，我死了房子給誰住？地給誰種？雞鴨給誰養？

公孫禽把樹枝掰斷，抓了短的一截繼續在地上畫，這次他畫了一堆刀幣和元寶，堆得像一座山那麼高。畫了一會兒，他抬頭瞥見芹素諷刺的眼神，就把山頭上的幾個元寶擦去，畫了一壺酒。他覺得芹素的表情在鼓勵他，就又在酒壺旁邊畫了一盤肉一碗魚，門客們都清楚地看見芹素的喉結抽搐了一下，他嚥口水了！芹素嚥了好幾次口水，突然轉過臉去，說，狗眼看人低，把我看成什麼可憐人了，只要不死，憑我這身本事，到哪兒混不到一壺酒喝，到哪兒能餓著我？

門客們忿忿地嚷起來，芹素你以爲你是什麼東西，你吃了衡明君三年閒飯，養兵千日用兵一時，你號稱郡內第一偷，可一張地圖你都偷不來，讓人捉到了賊手，衡明君讓你自己死，是給你天大的面子，公孫先生許你這麼多東西，你怎麼就不領情，敬酒不吃偏要吃罰酒！

大力士此時走到一棵老樹旁，挑選了最粗壯的樹枝，他向芹素舉起了他的胳膊，示意他注意：芹素你看著，我怎麼讓你腦袋搬家！他把胳膊向樹枝一揮，只聽見咯嚓一聲，樹枝應聲落下。在眾門客的歡呼聲中，百里穿楊的神箭手也把背上的弓弩拉了下來，他一邊搭弓一邊問芹素，芹素，你要我射你的眼睛，還是要我射你的鼻子？

芹素一閃就不見了，在裡面喊，射吧，你有本事就一箭雙鵰，一箭射到我的眼睛不算本事，射到眼睛還要射到鼻子！

公孫禽見門客們都有點衝動，衝動於事無補，他讓門客們安靜下來，說服工作還是由他的樹枝來做。門客們看見他在地上熟練地畫了個人，是一個裸女，誰也沒料到不近女色的公孫禽有這手絕活，他畫的裸女如此生動如此逼眞，那麼寬大的臀，那麼圓那麼挺的乳房，雙腿之間雖只寥寥幾筆，卻是畫龍點睛，那女子幾乎要從地上站起來了。他們從來沒見過這麼完美的裸女，不知不覺的，好多人的腦袋都向著一個焦點聚攏，久久不肯散去。然後他們聽見芹素在上面叫了起來，閃開閃開，你們擋住我了，我什麼也看不見！

門客們夢醒般地散開，把觀賞裸女的最好角度留給芹素，他們說，芹素芹素，這下你動心了吧，你長這麼大，偷了這麼多年，什麼都偷，鮮靈靈的女子你偷不到手！看看這光屁股的女子，多漂亮！讓你睡一宿，死了也賺了！

很明顯芹素是動了心，他僵立在窗前看地上的裸女，時而目光如炬，時而忸忸怩怩。門客們從來沒見過羞澀的芹素，一個畫在地上的裸女，出人意料地俘虜了芹素的心。寡廉鮮恥的芹素，忘恩負義的芹素，貪生怕死的芹素，現在他臉紅了，他沉浸在一個燦爛細膩的想像中，這美妙的想像逼迫他投降，比什麼都有效。他們注意到芹素瘦削的臉上一片紅潮，紅潮退去過後，又變得蒼白如紙，他說，這是哪兒的女子？不會是歌舞班裡的女子吧，歌舞班的女子，再漂亮我也不要。

他們從芹素的眼睛裡看見了勝利的曙光，便趁熱打鐵地追問，芹素芹素，你要什麼樣的女子？

芹素沉默著，抬頭朝烽火台上的旗幟看，他哀歎一聲，說，你們還是在哄我，那旗幟打得越來越急，什麼樣的女子我都沒時間睡她了。芹素的眼角慢慢沁出一滴淚，他說，你們都小看我了，我其實不怕死，我是怕這麼不明不白死了，我鄉下的老娘也會氣死，她還做著兒子衣錦還鄉的夢呢，我離家的時候答應我娘，混出個人樣就回家，我要帶一個好媳婦回去給她做飯，帶一堆兒女回家去給她梳頭倒尿桶，現在好了，我是可以回家去守著我娘了，可惜回去的是一口棺材！

門客中有人說，給你一口好棺材，你要石頭的也行，要柏木的也行，衡明君給我們門客打棺材，從來不省錢的！

一口好棺材打發不了我。芹素的臉貼在窗邊擦眼淚，他說，沒那麼便宜的事，我芹素活著不能衣錦還鄉，死了一定要風光一場，風光給鄉親們看，給我老娘一個交代！

你要怎麼風光呢？門客們焦急地仰望著芹素，問，你要吹鼓手吹吹打打把你送回平羊郡？那就爲難人了，你不是不知道，藍草澗那邊村子裡的吹鼓手全部拉了差去修長城了。要不紙人紙馬多一點？紙很貴的，不過貴也不怕，你要多少我們給你紮多少。

紙人紙馬打發不了我，我要活人，會哭會說的活人！我要活人給我哭棺送棺！

這又爲難人了！孝子賢妻你都沒有，誰去給你哭棺送棺呢？門客們都撇著嘴，左右爲難起來，他們說，你爲難我們就是爲難衡明君嘛。衡明君大人說了，要讓你死得體面，他要把最好的一套織錦壽衣給你穿呢，棺材你也放心，保證是一口大柏木棺材，可是芹素你也別過分，門客畢竟是門客，喪禮排場也不好太大，否則又讓別人抓了百春台的把柄，說衡明君的閒話！

我不要排場，只要兩個活人！芹素叫起來，叫了一句聲音突然梗住了，眼淚又湧了出來。他羞於讓門客們發現他的淚，就把腦袋擰過去，歪著頭思考著什麼。過了一會兒，他黯淡的眼睛有點亮了，目光變得倔強，下面的門客們竊竊私語著，追溯他的目光。最後大家的腦袋也都擰過去了，所有人的視線穿越壕河的河水，落在對岸的河灣那一側。

你們看見河邊那兩個人嗎？一個女子，一個男孩，去把他們買下來！芹素說，那個女子，讓她做我媳婦，那個男孩，就算我兒子了，給他們穿上最好的喪服，把他們弄到我的運棺車上，一起運回鹿林老家去！

衡明君

欽差使扣留了門客芹素的棺木，那一行人守著個棺木滯留在百春台，不說要走，也不說要留，百春台上下人人心神不安。衡明君要公孫禽去打聽，芹素已死，回鄉的殯車早就套好，他們爲什麼扣著一具門客的屍首，讓百春台陷入不仁不義之地。欽差使的回答讓公孫禽倒吸一口涼氣，他說，你們百春台有鬼，我要等死人開口，替我捉鬼！這深奧而銳利的要脅讓人無法應對。公孫禽把欽差使的話傳給衡明君，衡明君氣得渾身發抖，說，去問他，他到底要拿百春台怎麼樣？衡明君的氣話公孫禽是不敢學舌的，他只是假借替死人焚香防腐的機會，密切注意欽差使的眼睛。公孫禽習慣了從別人的眼睛分析別人的心思，喜歡什麼要什麼，嘴上說不出口，眼睛會說出來。但欽差使的眼睛很多時候是看著房梁的，還有很多時候看著百春台的落日，他不可能要房梁，也不可能要落日。公孫禽不得不承認，那欽差使的紫金高冠不是白戴的，他的城府比海還深。公孫禽試圖從談天說地中窺探對方的欲望，可是欽差使永遠哼哼哈哈地應對所有的話題，即使是在評價芹素懸梁自盡的死法時，也只是淡淡地說了一句話，梁上君子死在梁上了，死得其所！

門客們在多次爭論過後，排除了欽差使淸心寡欲的說法，世上還沒生出那樣的人，生出那樣的人，一定沒屁眼！那欽差使扣著芹素的棺材，一定是要拿棺材交換什麼，交換什麼？就是不說，要讓你猜！公孫禽他們猜不出來了，束手無策之際決定由側面著手，拉攏欽差使身邊的親信。於是六個美貌而放蕩的歌舞班女子出馬西廳，對欽差使的心腹馬弁進行了一種名叫六燕齊飛的服務。在極度的歡娛和疲勞之中，那個小馬弁終於道出了天機，他說，你們這裡的歌舞女子這麼聰明，門客怎麼那麼笨？天下哪有不吃蟲子的鳥？下等人要的東西都一樣，不是女色就是錢財，我們這樣的中等人，要的東西多一點，女色多一點，錢財多一點，可我們主人是上等人，要的東西不一樣，他喜歡馬棚裡那三匹馬呀！

歌舞班女子從公孫禽那裡得到了賞錢，卻得不到他的笑臉。公孫禽萬萬沒想到，欽差使所要的東西，恰好是主人最心愛的馬！在國王下令禁養馬匹的年月裡，衡明君享受王公貴族特權，留下了三匹好馬，那個討厭的欽差使，偏偏只要那三匹雪山馬！

公孫禽愁眉苦臉地到衡明君帳前如實稟報，衡明君果然發怒，說，這狗日欽差欺人太甚，他不是跟我要馬，是要我的心，讓我用三匹雪山馬換一個死人？虧他想得起來，他一根馬鬃也別想拿到，他那麼稀罕芹素，讓他把芹素的屍首拉走，憑一個死人，我不怕他到國王那裡告狀！

公孫禽小心地提醒主人，他手裡不光一個芹素，還有那張地圖呢。

衡明君怒聲道，一張地圖隨便他怎麼畫，也畫不出我的罪名來，我就是多藏了一點黃金，多置了一點兵器，我沒殺君之心，無叛國之意，一張地圖我怕它個毬！

公孫禽說，大人忘了，芹素說地圖上還有好多字呢，那字怎麼寫的，誰也沒看見，大人忘了，南邊的林城君就是得罪了一個欽差，讓一紙黑狀送了命？我們不怕他的圖，但那些字，不得不提防呀！

衡明君沉默了好久，突然大叫一聲，挖耳屎！一個殷勤的侍女拿了金耳勺出來，把衡明君的腦袋溫柔地放在她的腿上。公孫禽瞭解他的主人，那說明主人要思考了，耳朵眼裡微微的痛感對主人的大腦有好處，許多重大的決策都是他挖耳屎時做出的。一根金耳勺令衡明君鎮定下來，公孫禽便選擇這個時機，抖出了一個未及證實的小道消息，他說，這楊欽差不比以前來的趙欽差余欽差，他是國王身邊的人，聽說他回宮後就升任丞相了，不管這消息是眞是假，大人要留條後路，三匹雪山馬不是換芹素那個死人，是換一條百春台的後路！

衡明君在侍女的腿上哀歎了一聲，皇親國戚有什麼用，堂堂七尺之軀有什麼用，還要拍一個狗欽差的馬屁！公孫禽陪著笑臉說，大人不是拍誰的馬屁，是做一筆交易呀！公孫禽還想說什麼，看見衡明君的腦袋從侍女腿上升了起來，他的聲音聽上去咬牙切齒的：給他，今天給他三匹雪山馬，以後要他還我九匹汗血寶馬！

公孫禽吩咐人去準備一個大號的馬籠，特意關照馬籠四面要用木板封死，外觀上必須看不出是一個馬籠。情緒剛剛平定下來的衡明君又叫起來，你安的什麼心，要把我的雪山馬悶死呀！公孫禽解釋道，不是我不心疼大人的馬，只是那楊欽差做了婊子還要立牌坊：國王的禁馬令路人皆知，他不敢明目張膽地把馬牽回京城去，怕影響不好，他說要把馬籠做成一個死囚犯的籠子，路上的老百姓就見怪不怪了。

後來衡明君就沉浸在無邊的哀傷中了，我的寶貝馬呀，我的聚寶，我的江山，我的美女！他輪番呼喊著三匹雪山馬的名字，脆弱的排泄系統又亂了套。僕人們手忙腳亂地取來夜壺和便盆，在一次大解三次小解之後，衡明君失去駿馬的哀傷也排解了好多，人的精神好了許多。他說，可憐我那三匹雪山馬，我不捨得騎牠們，天天騎馬人呀，那麼好的馬，沒想到明天早晨就壓在一個臭屁股下面了，今天我要夜獵，來人，準備弓箭馬鞍，今天夜裡不騎馬人，我騎雪山馬！

那天夜裡有人爬到高高的鐘樓上，一片寂靜中射獵的銅鐘被訇然敲響，百春台射獵史上的第一次夜獵開始了。

吊橋史無前例地迎著月光放下來，河兩邊的馬人們首先從睡夢中被叫醒，馬人們得到一個奇怪的命令，他們今夜不用披馬鞍，今夜沒人騎在他們背上，他們只要像野馬一樣到樹林裡飛奔。迷惘的馬人們走出棚屋，看見門客們已經早早地舉起火把，照亮了夜射的路，從百春台到吊橋，一路紅色的火光。

他們看見衡明君騎在那匹江山馬上，他的臉在火光的映襯下，仍然殘留著不可名狀的悲傷。那養尊處優的江山馬高大威風，牠馱著衡明君肥胖的身體，果然像一片穩固的江山馱著悲傷的主人。江山馬高昂著馬頭，向他們這些馬人發出了示威般的嘶鳴，而聚寶馬和美女馬被馬倌牽在手裡，牠們的馬鬃在夜風中驕傲地飄揚，馬蹄上的鐵掌熠熠閃光，所有瞥向馬人的美麗碩大的馬眼，充滿了眞品對贋品天然的蔑視。

馬人們一時都感到了自己的卑微。他們有的埋怨欽差使的來臨打亂了所有的秩序，有的埋怨他們辛苦多年做了馬人，今天還要嘗試被箭射傷的滋味，有的馬人肯吃苦，什麼也不說，低頭想像著野馬奔跑的姿態和速度，一邊活動腿腳，一邊還勸慰同伴，做野馬不是很好嗎？一樣有賞錢，省得背上壓著人了，跑起來更快更輕鬆嘛！

他們以爲自己能像野馬一樣奔跑的，可是等到吊橋上一聲令下，所有的馬人都發現，背上沒有人的騎跨，加上夜幕的障礙，他們無法像馬一樣奔跑，更無法像一匹野馬那樣奔跑了。沒有重壓的奔跑令馬人們很不適應，儘管他們跑得不慢，嘴裡也模仿了馬群的呼嘯聲，但不管是雪驄還是棗騮，再出色的馬人都跑得躊躇不決裝模作樣的，他們甚至不再像一群馬，更像是一群傻子在夜色火光中盲目地奔跑。

有個門客對他們叫喊道，你們哪兒像野馬？就像一幫傻子在瞎跑嘛！

馬人們都努力地把身體彎下來，往樹林裡跑，後面又有人尖聲批評，彎腰有什麼用，現在是一群駝背在瞎跑了！又有個門客嚷道，你們現在不像駝背了，像群狗奪食，你們這麼跑是要去吃屎呀？

衡明君在雪山馬上搭好了弓，但由於馬人扮演的野馬跑得太虛假，人不像人，馬不像馬，他始終是引而不發，衡明君突然就怒吼起來，一群賤人，不騎他們的背，他們還就不會跑了！鹿人呢，讓他們來，我不射野馬了，射鹿！

靜候在樹林裡的鹿人發出了一片感激的歡呼聲，也許是頭一次，他們在馬人面前揚眉吐氣了。鹿人們戴上他們的鹿角，安上他們的鹿尾，幾乎以一種炫耀的姿態從馬人們身邊跳過去，跳過去。有一個鹿人還趁機發洩以前的積怨，對著馬人棗騮罵了一句：笨蛋，你神氣什麼？你們不馱人就不會跑，你們馬人哪點比我們鹿人強？

樹林裡火光人影閃爍，卑微的鹿人們在自己的樹林裡頭一次有了主人的自豪感，他們帶著一種翻身的喜悅跳，帶著一種改變命運的夢想跳，帶著熱情和一顆感恩之心跳，有的像灰鹿，有的像麋鹿，有的像梅花鹿，勇敢的大小司馬鹿兄弟甚至故意地跑到衡明君的馬前，逗引他的追獵。強烈的刺激讓衡明君亢奮地尖聲叫好，他的榆木箭簇像一陣呼嘯的風聲穿透了樹林，滿滿的箭袋一會兒就空了，他的江山馬在瘋狂的馳騁後也顯示了一點疲態。

衡明君摸到了馬的汗，就喊了一聲，江山累了，換馬！

原來垂頭喪氣坐在地上的一群馬人，聞聲都站了起來。雪驄來了精神，幾個箭步衝到衡明君的馬前，彎下腰背說，大人你好幾天沒騎我了，請上馬吧。

你是雪山馬嗎？你只是個馬人！衡明君用馬鞭把雪驄趕走了，說，我說過了，今天不騎馬人，你們我可以騎一輩子，我的三匹雪山馬，今天不騎，明天就沒得騎了，我要好好騎一下，一匹一匹騎！

馬倌牽過來聚寶馬，把衡明君扶上馬背。美人馬一腔醋意無處發洩，尥蹶子踢了雪驄一蹄。趁著派人回去取箭的間隙，門客們開始以火把引導，在樹林四處檢查夜獵的第一批成果。他們手執一枚朱印，拉起那些中箭倒地的鹿人，先看屁股，再看別處，並在中箭部位旁邊蓋上一個豹徽。中箭的鹿人大多是在屁股上留下了豹徽朱印，這引發了門客們的一片歡呼，他們都知道衡明君的仁慈，他不喜歡射出人命，爲了孩子的安全考慮，他讓人製造了專用的榆木箭，而且他對自己的箭法也提出了苛刻要求，射到孩子們的屁股，才是他認可的好箭，否則就是他說的臭箭。所以門客們在蓋印的時候偶爾夾雜著幾聲爭議，這不是大腿，是這孩子屁股太小了，屁股下來一點點，還算屁股，是好箭！

回弓箭房取箭的門客帶來一個令人掃興的消息，說榆木箭都用光了，只有鐵箭了。他們提著幾個箭袋，裡面金屬撞擊的聲音讓衡明君罵起來，你們把鐵箭拿來做什麼？你們要我用眞箭射那些孩子嗎？

幾個取箭的門客說，看大人射得開心，怕大人不盡興，拿來以防萬一的。

我是沒盡興，三匹雪山馬我才騎了一匹，怎麼木箭就用完了?是誰去箭房訂的箭?訂那麼點木箭，哄孩子玩呢，還是替我省錢?

門客們不敢開口，都用眼睛去瞟公孫禽，其中含義很清楚，訂製多少木箭是他的事，不是我們的錯。公孫禽對他們的目光很惱火，將一個門客朝樹林裡推了一把，你們眼睛往哪兒看?站在這裡看我幹什麼?快去把木箭一支支找回來!

那門客回嘴道，現在是夜裡，地上樹上都看不清楚，讓我們怎麼把箭找回來?

公孫禽怒聲道，你手裡的火把幹什麼用的?你的狗眼珠子看不見，火把什麼都看得見。還有一個門客小聲地嘟囔，大人何必對一幫小孩那麼仁慈，本來就是些無家可歸的流浪兒，用真箭就用真箭了，射到幾個有什麼關係?

公孫禽一轉身就賞了他一記耳光，他說，你放屁也不挑個好時候，竟然敢給大人作主，衡明君世代禮儀道德之家，什麼時候做過此等不仁不義的事情?你不怕真箭就把袍子脫了，把你的屁股撅起來，讓衡明君先射你一箭，熱熱身!

門客們有的開懷大笑，有的心裡也想使用真箭，見狀不敢發表意見了，紛紛舉高了火把去樹林裡拾木箭。公孫禽看衡明君一臉不悅，便走過去向他抖開了一軸竹簡，指著上面的記錄道，大人今天射得高興，平時三袋箭就夠了，今天五袋木箭都用光了，大人你知道嗎，今天射到了十六個鹿屁股呀!

這時候鹿人們那邊開始出現了一陣騷動，那群男孩也許是被衡明君的仁慈所感動，也許是出於自願，也許是爲了在那群失敗的馬人面前徹底爭得上風，他們突然開始用一片混亂而感人的聲音向衡明君表決心了：用眞箭！用眞箭，我們不怕眞箭！膽小鬼才怕眞箭，大人大人，我們鹿人願意爲你效勞！

衡明君完全被鹿人們的忠誠打動了，他一手按著新送來的沉重的箭袋，一隻手慈祥地舉起來向他們揮舞著，他克制著激動的心情，說，好，好，好！公孫先生，快把孩子們的豪言壯語也記到竹簡上去！

公孫禽吩咐人打開隨身攜帶的筆墨竹簡，說，一定要記下的，大人請放心，大人對四方百姓的恩情，百姓對大人的感恩戴德之心，我會彙編成冊，收在東廳大箱子內，日後一定會有用的。

樹林裡突然靜了一下，猛然響起一個門客的驚叫，打起來了，馬人和鹿人打起來了！讓衡明君和公孫禽始料不及的是馬人們糟糕的表現。他們在鹿人的壓力下出現了集體性的失態，仗著年齡和體格的優勢，他們在夜色的掩護下，對鹿人的核心人物首先發動了襲擊。棗騮第一個動手，他衝過去一把揪下將軍鹿的鹿角，又對準樞密鹿踢了一腳，嘴裡罵道，讓你們臭顯擺，你們這幫小屁孩，敢來搶我們的飯碗！

公孫禽高呼著馬人們的名字讓他們住手，可是精力旺盛的馬人還在追逐四處逃散的鹿人。馬人懷著仇恨對鹿人拳打腳踢，麵餅鹿逃到樹上，雪驄在下面搖樹，竟然把那孩子從樹上搖下來，一腳踩在地上。衡明君射獵多年，馬人和鹿人各跑各路也形成了規矩，這種混亂的失去秩序的場面讓他感到震驚，震驚之後是無法壓抑的怒火，射！射！衡明君脹紅了臉，命令身邊的門客都舉起弓箭，你們也射，射鐵箭，射死人算我的！

疾風暴雨般的響箭射出去，樹林裡先是一片尖叫，所有的鹿人和馬人都應聲奔跑起來。由於那箭雨聲帶著急促的催命的節奏，他們奔跑的節奏也比平時瘋狂了許多，在火把的映襯下，所有的鹿人看上去都像一頭亡命的鹿，所有的馬人都變成了一匹馳騁如風的野馬。

河灣

夜獵的鐘聲驚醒了河灣裡的碧奴，她在作死亡的夢，那片鐘聲把她從夢裡拉了出來。碧奴在半人高的土坑裡醒來，看見一小片低矮的星空，含蓄地蓋住河灣，蓋住水邊的土坑，把死亡的所有細節也都蓋住了。看上去星空固執地挽留著她的生命，她活著，生命變成奇蹟，這奇蹟卻令人畏懼。碧奴的臉上凝結著幾滴水珠，她知道那不是露水，是夢裡流出的眼淚。那麼多眼淚流出來，我怎麼還不死？她記得母親說過，父親爲信桃君掉了一滴眼淚，在山頂上掉了一滴眼淚，走下山就丟了性命。她流了那麼多眼淚，眼淚流出來三天了，早晨她預計自己會死於黑夜，黑夜來臨她以爲會死於黎明。她以爲自己死了三天了，一抬眼，又看見了滿天的星星！

碧奴站在她的墳裡向河灣四處張望，鐘聲來自河那邊的樹林。月光遍地，水和雜草都泛出寒冷的白光，那個男孩正睡在坑邊。碧奴叫不醒她的掘墓人，那男孩一定是累壞了，三天來他一直在等待碧奴死去，一邊等一邊挖坑，他說，妳還活著呢，我怎麼能埋妳？妳不是說桃村人一流眼淚就要死嗎？我等妳死呢，死了才能埋！我就怕妳騙人，妳要是騙我，我就白偷了這把鋤頭，白拿了這把鐵鍬啦！碧奴現在也迷惑了，不知道是她騙了男孩，還是桃村的女兒經騙了她。或許她的眼淚不值錢，流了就流了，流了也不算數，或許她的哀傷不算哀傷，她的苦楚不算苦楚，她滿臉淚痕，誰也不稀罕看她！她等死等了三天了，等得人都憔悴了，還不死！她的死神也等得滿腹怨氣了，說死說死，就是不死。她看得出來，那男孩等得不耐煩了，他睡著了，鼻孔裡還在輕蔑地喘氣，他睡在土堆上，手裡還緊緊地抓著那把鋤頭。

碧奴叫不醒熟睡的男孩，在夜色中，她又細細地打量白天選中的這個墓地，多好的地方，靠著水，靠著路，是河床下降形成的一片處女地，離那個可怕的亂墳崗很遠，離繁華的百春台不遠。男孩說這河灣裡的新地以後遲早要納入百春台的財產，那是以後，以後她已經落在地下了，她已經變成了葫蘆。百春台的人忙忙碌碌，他們把河灣的窪地讓給了泥鰍、蘆花，還有碧奴。傍晚有一個大人物的黃帔車隊從河灣經過，車上的人看見他們，不知怎麼就停下來了。下來了幾個人，眾星捧月地攙扶著一個老官吏，朝他們走來。碧奴以爲又是來攆人的，她以爲河灣裡也不能挖坑呢，那老官吏遠遠地開口問她了，大姊妳開荒種什麼？碧奴不敢告訴他，就隨口說，開荒種葫蘆！老官吏說，種葫蘆不好，種棉花好，大姊妳知不知道西邊在打仗南邊也在打仗，妳種了棉花紡線織布，給前線將士做戰袍，女子也要爲國家做貢獻呀！碧奴對他的口音和措辭都一知半解，等他們返回到路上，她問男孩那人是不是衡明君。男孩說，什麼這人那人的，人家是欽差使！國王身邊來的，連衡明君都怕他！碧奴說，我不管他從哪兒來，反正我也不搭他們的車，別攔我們挖坑就行。

河那邊樹林裡的火把漸漸地映紅了半邊天空，風把人聲、鹿鳴聲和馬嘶聲都送到河灣裡來了。碧奴不知道百春台出了什麼事，她又去推那個男孩，男孩終於醒了，他從地上跳起來，聽著遠處鹿哨的召喚，射獵了！他半夢半醒地眺望著河那邊的樹林，說，是夜獵呀，夜獵！我還從來沒趕上過夜獵，我不蓋妳的墳了，我回去做鹿人了！

孩子你走不得。碧奴說，姊姊說死就死了，說不定太陽出來我就死了，你一走誰給我墳上扔土呢？

男孩骯髒的小臉上充滿了憎恨的表情，他瞪著碧奴，突然用鋤頭挖起一堆土扔向碧奴，扔土扔土，我現在就扔！都怪妳，口口聲聲要死了，就是不肯死！妳耽誤了我多少事，就給我一個掏耳朵的耳勺子！

孩子你別再埋怨我了，我也納悶呢，怎麼我就是這麼個命？活不容易活，死也不容易死！碧奴抬頭看著河灣的天空，說，我剛才還問天上的星星呢，怎麼還不讓我死？我夢見自己死了，夢了好幾次了，一睜眼又看見星星！

男孩說，妳懶，就會坐著等死！妳不肯懸樹，說吊死鬼吐舌頭，死得難看，妳不肯跳河，說溺死鬼的魂會在水上漂走，妳非要死在土裡嘛，土裡是那麼好死的嗎？

碧奴說，孩子，我是葫蘆，不死在土裡怎麼變回葫蘆？

男孩突然怒吼起來，妳不是葫蘆，是屎克螂，屎克螂才鑽在土裡死！

男孩在夜色中奔跑而去，碧奴看見他敏捷地從橫倒的鋤頭上跳過去，一會兒背影便消失了。碧奴拉不住男孩，便站在坑裡看外面那把鋤頭，鋤頭在月色裡閃爍著孤獨的光，男孩一走就只有一把鋤頭陪著她了。她有點心寒，葫蘆變的人就這麼苦命嗎，連死也這麼難！男孩罵她懶，嫌她站在坑裡等死，她從小到大哪裡偷過懶？她是不知道一個人的命會苦成這樣，連死也要勤快著死的！碧奴一賭氣就爬出了坑。坑外的月光很冷，大風吹過岸邊的蘆葦。風吹亂了碧奴的頭髮，她低下頭，看見地上拖曳著一條人影子，鬼魂是沒有影子的，她還有影子，三天三夜了，她怎麼還拖著自己的影子在河灣走？碧奴想起男孩提供的死亡方法，懸樹而死最快最省事，不要別人幫忙，只要一條布帶。可碧奴不願意把自己吊到樹上去，她從小就見過吊死鬼，他們瞪眼吐舌的，死得那麼嚇人。第二種死法近在眼前，走到河水深處，讓自己淹死，這也不難，走下去，讓河水的大嘴吞下她就死成了，可她是一只葫蘆，不是一條魚呀，水也不是土，水到處流呀，她死在水裡葫蘆怎麼辦？葫蘆秧子不發芽怎麼辦呢，葫蘆秧鑽不出土她變不回一只葫蘆，變不回葫蘆就沒有了來生！碧奴看著月光下的河水，冷冷波動的河水讓碧奴感到畏懼，水裡沒有她的來生，如果沒有來生，她二十多年的苦都白吃了，淚都白流了，二十多年多少個日夜，每一個日夜都像這河水，白白流走了！

碧奴一隻腳踩在河水裡，另一隻腳卻在退縮，她的兩隻腳對水意見不一。僵持了一會兒，碧奴作了主，把水裡的那隻腳放回到了岸上。水裡不行，死得再容易也不行！她好像是在勸慰她的腳，也好像在勸自己，遲早是要死的，還是死到土裡去，土裡安心。

河灣這邊靜悄悄的，遠遠的不知何處傳來一聲兩聲蛙鳴，她猜是那隻青蛙在草叢裡，碧奴站起來去尋找那隻青蛙，沿著水邊走了幾步，又懷疑蛙鳴聲是從路那邊傳來的，她嘀咕道，誰和妳捉迷藏，去尋妳兒子去，不稀罕妳。她放棄了對青蛙的依戀。她們已經分道揚鑣了，她們不再是同伴。如果眞的是一隻青蛙一個人就好了，可以做個好同伴，可惜她們是兩個女子，隔了陰陽兩重天，話說不到一起去，活人尋夫，死人尋子，她們同路不同心。

碧奴決定回到土裡去，那個土坑在月光下像一個未完工的墳窖，也像一個簡陋的家。坑裡比外面溫暖，沒有風。她正要向坑裡慢慢地滑下去，突然看見那隻青蛙，青蛙正蹲在她的墳裡，腦袋朝天傾聽著。幾天沒見，青蛙乾癟了許多，盲眼裡的白光看上去更加憂傷，也更加絕望了。

出去，去尋妳的兒子去！碧奴蹲下來對坑裡的青蛙喊，出來吧，我對妳再也不會那麼好心了，我給豈梁紮好的包裹，讓妳鑽進去了！我辛辛苦苦挖出來的墳，妳又跑來蹲在裡面！妳個青蛙也來欺負人呢，那麼小的青蛙，要占我這麼大的坑！河灣地到處是爛泥地，哪兒不能埋妳這隻青蛙？妳非要來賴在我的坑裡！

青蛙不肯出來，看上去牠決心在一個坑裡終止苦難的旅程了。碧奴不知道青蛙是爲了獨占她的墳坑，還是準備和她結伴死在一起。不管哪個動機，碧奴都不能接受。她拍手跺腳地威脅青蛙，青蛙無動於衷。碧奴沒有辦法把青蛙攆出來，犟脾氣也上來了，她拉過那把鋤頭，往坑口上一搭，發誓道，妳不上來我就不下去，看誰強得過誰，就當我挖了一口旱井，誰也別在這裡安頓！

青蛙在坑裡一動不動，盲眼裡的一滴淚在暗處閃著微黃的光。碧奴扭頭，不去看牠的眼睛。悲傷在這個夜晚失去了力量，不流眼淚的女子早已經流乾了眼淚，盲眼青蛙的眼淚則成了別人的累贅，她們的眼淚再也打動不了對方。昔日的旅伴在河灣裡開始了漫長的對峙，一種敵對的氣氛使河灣的空氣令人窒息，月光下的河水也在緊張地喘息。河那邊樹林裡的火炬漸漸熄滅了，射獵的聲音一點點沉在了水裡，河灣旁邊的土路上則隱隱地響起了木輪吱吱扭扭的滾動聲。

那運棺的牛車終於出現在土路上，在一群晃動的人影中，碧奴看見了兩個熟悉的身影，趕車的車夫無掌斜著身體，像一把弓倚在車架上，用腳夾著韁繩，站在車上的是那個男孩。歸來的掘墓人看上去是得勝凱旋了，他向碧奴揮著手裡的一支箭，遠遠地報告著一個惡夢般的消息，他說，別死，快從坑裡出來，我把妳賣了，妳現在是芹素的媳婦啦！

碧奴起初並沒有聽清男孩在喊什麼，她還迎上去問呢，誰把誰賣了？她迎著那口黑沉沉的棺材朝牛車走，走了幾步醒過來了，誰會白白地送那麼大一口棺材給她？是別人的棺材！於是她往後退著走，退了一步反而看清了那男孩身上穿的新袍子，是一件白色的喪袍，她正要問男孩誰給他穿上了喪袍。那牛車上跳下來幾個彪形大漢，像豹子一樣朝她衝過來了，剎那間她明白過來，是別人死了，是她被賣了！那個男孩，他把她賣給了一個死人！

就像老鷹抓小雞一樣，百春台的幾個門客很輕鬆地把碧奴架上了運棺車，碧奴在他們手裡掙扎了幾下就不動了，身上滲出一片一片的水來，他們看見她瞪著夜空，嘴裡重複著一句話，下去了就好了，下去了就好了！門客們問男孩，她嘴裡嘀咕什麼？下去下去的，下哪兒去？男孩站在車上指著河灘上的坑，說，土裡，她後悔沒早點下到土裡去！一個門客說，下到土裡也得把她掘出來，死了進棺殉葬，活著哭棺送靈，死活都跑不掉的！另一個門客一直被袍子上的水跡困擾著，嘴裡喊道，這女子，這女子怕是投過水了，身上這麼多水！男孩說，你們小心，那不是水，是她的淚，這女子是個淚人！門客們都笑起來，說，是淚人呀？怪不得芹素選了她，淚人給死人哭棺，正好！他們一邊甩著手上奇怪的水珠子，一邊手忙腳亂地替她穿戴起來：碧奴的秋袍外面套上了一件白色的喪袍，蓬亂的頭上戴了一頂白色的三角帽，一條白帶子纏到她腰上後，零亂的白袍看上去就熨貼多了。幾個門客仔細地打量一番喪服加身的碧奴，都說她穿喪袍特別合身，那筋疲力竭的悲傷表情，也和她新寡的身分非常匹配。穿戴告一段落，他們開始忙著在棺材上釘一個鐵環，那邊的人把鐵環釘好，這邊碧奴腳上的鏈子也綁好了，鏈子鎖在鐵環裡，咯噔一聲，碧奴的腳就被一口棺材銬住了。

青雲關

正午時分，運棺車來到了青雲關下，一面迎風飄揚的白色豹徽旗透露了棺材的來歷。從百春台到青雲關，二十多里的路途並不遙遠，但是那兩頭牛，三個人，還有一口新漆的棺木，看上去已經是風塵僕僕了。

關下的車馬行人亂作一團，還有一群鵝不知道是從哪兒來，要到哪裡去。牠們盤據在草垛和磨盤上，冷冷觀望著四處雜亂的風景。正是封關的時間，守關的關兵們忙著驅趕一個販鹽的騾隊，鹽販子怨天尤人，抱怨他們的騾隊被活活分成了兩截。十七頭騾子，走了八頭騾，怎麼剩下的九頭騾子就過不了關呢？關兵說，不是我們把你們的騾隊分成兩截的，是沙漏分的，上面要我們看著沙漏封關，沙漏滿了就封，一秒鐘也不能耽擱！鹽販子們不敢罵人，都望著城樓上的沙漏，咒罵起沙漏來：有的罵沙漏勢利；有的乾脆質疑沙漏的作用，說憑什麼要用沙子來確定時間，用水用土，一定比沙漏公道；還有一個鹽販子很衝動地跳起來，罵頭頂上面的沙漏是個婊子貨，賣屄還賣得那麼高！一群人和騾子亂糟糟地堵在關門口，吵得正熱鬧呢，車夫無掌的腳鞭響起來了，兩頭青雲牛聞鞭而動，馱著一口黑漆鎏金的棺木闖入了騾子的隊伍。騾子們不知是被氣勢洶洶的青雲牛嚇的，還是害怕那口棺木，一下就四散跑開了。鹽販子們看見了牛車上的白色豹徽旗，一邊追著騾子一邊說，百春台欺負人欺負慣了，現在連棺材也跑出來欺負人啦！

守關的關兵看見用腳趕車的人來了，就知道衡明君的車夫無掌來了。他們認識無掌，無掌的懷裡永遠揣著一張衡明君的豹徽路條，封不封關，無掌的車都是可以過關的，但那口棺材，還有陪棺的陌生女子和男孩，他們不認識。那女子看上去傷心過度，她伏在棺蓋上，亂髮蓋住了她的臉；男孩則顯得與悲傷無關，他東張西望地坐在棺材上，還晃著雙腿。

是芹素死了？前幾天還看見他在藍草澗的酒館喝酒呢，喝了一罎酒，吃了好多肉！幾個關兵圍著棺材，不相信芹素已經躺在裡面。一個關兵很沮喪地說，他在酒館裡還跟我借了一個刀幣呢，說借我一個還我兩個，這下好了，那一個也討不回來了，他娘的，這是存心賴帳呢。

那言語無意中傷害了車夫無掌的自尊，他冷笑起來。你是狗眼看人低呢，芹素好歹是百春台的門客，拿一條命來賴你兩個刀幣的帳？哪兒有這麼下賤的命！

另一個關兵對無掌的說法不以爲然，小偷做了門客，大不了就是個小偷門客嘛！他說，我看芹素進了你們百春台，最大的長進就是學會了借錢！他以前從來都是偷的，什麼都偷，我們鄧將軍的龍頭寶劍他也敢偷，偷了獻給衡明君，去做見面禮！

牽扯到百春台主人的名譽，無掌的表情就顯得嚴峻起來。這位兄弟，以後說話掂量一下再說，芹素敢獻那寶劍，我們衡明君大人也不收那不乾不淨的禮呀！無掌傲慢地用腳捅了捅那關兵，說，那寶劍不是還給你們鄧將軍了嗎？再說了，我們大人什麼寶劍沒有？連國王都送了一把龍頭梅花劍給他，是金柄的，刺到了血，劍上的梅花就開，別看你們執刀弄槍，劍上開梅花的寶劍，恐怕你們聽都沒聽說過呢！

關兵們遭到了奚落，滿腔怒火不便發作，就對無掌說，我們不管劍上開梅花還是杏花，我們是守關的，只管開閘封關查驗路人，上面有令，非常時期王公貴族的車馬過關，也要一視同仁，嚴加查驗。

無掌說，驗吧驗吧，一口棺材，一個死人，看看你們能不能把死人驗成活人！

關兵們湧上去圍住運棺車，男孩跳下了棺材，那女子卻怎麼也拉不下車。她木然地坐在那裡，任憑他們怎麼拉扯，人和棺材似乎緊緊地黏在一起了，關兵們撩開她的喪袍才發現了奧祕，女子的一隻腳被鎖在棺材環上了。

這是怎麼回事？關兵們大叫起來，這女子是什麼人？怎麼把她鎖在棺材扣上？什麼人？虧你們問得出來！車夫無掌說，芹素的媳婦才鎖在芹素的棺材上！

關兵們狐疑地打量著碧奴，看見一張蒼白浮腫的臉，額頭上布滿青瘀和血痕，眼睛哭腫了，狀如核桃，淚水仍然從一線眼縫裡頑強地流出來，看上去她的神智並不清楚。她張大嘴向關兵們說著什麼，但是只發出了一絲絲含糊的氣聲，細若遊絲。

無掌，這女子在說什麼？關兵們聽不清碧奴的聲音，回頭對車夫喊，這女子，看上去不對勁呀！

難道人家死了丈夫，還要對你們拋媚眼嗎？她是傷心過度，人有點糊塗啦。

那她的額頭怎麼撞成這樣？是撞棺材了吧？

你們大驚小怪幹什麼？沒見過烈女哭棺呀？烈女哭棺，都要撞棺材的！車夫不耐煩地過來，整理了一下碧奴腳上的鐐銬，把她往旁邊推了推，給關兵們騰出了更寬鬆的地方。他說，你們別管她了，她的事情你們也管不了，趕緊查你們的棺材吧！

關兵們丟下碧奴，準備檢查棺材，由於誰都怕掀芹素的棺蓋招了晦氣，幾個人互相推諉起來，無掌坐在牛車前面冷笑，說，掀個棺材蓋子也不敢？幸虧你們就守個關，要是派你們去打外寇，我們早就亡國了！也不知道關兵們是否聽見了他的嘀咕。他們乒乒乓乓地敲打起棺木來，敲打聲明顯越來越野蠻。別敲了，再敲惹惱了芹素，看他的鬼魂怎麼報復你們，把你們家祖墳裡的屍骨全偷光！無掌威脅著關兵們，回頭對那個男孩喊叫起來，你還在那裡傻跳幹什麼？你已經不是鹿人啦！你個不肖子，就這麼看著人家敲你爹的魂！快來把棺蓋打開，讓他們看看你爹的臉，他們要是不認識臉，就讓他們看他的手腕，他的手，人人都認識！

男孩過來順從地拉開了沉重的棺蓋。棺木裡果然躺著一個人，死人的臉上蒙著白絹，男孩蹲下來，鼓起腮幫吹那塊白絹，吹不開白絹，他就用手了。他的小手在死者的臉部猶豫了一下，又跳過去，直接把死者的鑲錦袖沿捲了起來。你們來看他的手嘛，左手一個賊字，是他在平羊郡做賊的紀念，右手這是個盜字，是造幣局的人給他刻的，他的屁股上還有兩個黑字呢，是小時候偷東西讓鄰居刻上去的！男孩如數家珍地嚷嚷著，一個盜字，一個賊字，你們看清楚了？如果要看他屁股上的字，還要給他脫衣服，給死人脫衣服很難的，我一個人脫不了，你們要看他屁股上的字，就自己動手！

關兵們看見那雙手便確認了芹素的身分，他們對死者屁股上的字不感興趣，斷然拒絕了男孩的邀請。幾個人竊竊議論著芹素突然死亡的原因，議論與實情有出入，男孩便大聲地糾正他們，你們知道什麼？衡明君從來不殺門客，欽差大人也不殺別人的門客，芹素死在百春台，是他偷東西失手，讓人當場抓住了，他是自己羞死的！

關兵們說，好，好，他是自己羞死的，我們不如你知道，誰讓你做了賊兒子呢？

青雲關的查驗程序規定，凡是遇到棺木，需要小心夾層，殉葬品不得使用銅鐵兵器，所以一個關兵鑽到牛車肚子下，隔著車板，用刀頭從下面捅了幾下，說，多好的柏木料子，二十年也不會爛，這麼好的棺材給芹素睡，可惜了！其餘人圍住了棺木，用矛槍在死者身邊挑著那些泥俑，給了他這麼多女俑呀，第一層已經三宮六院的了，第二層的只好做丫鬟了！他們不無嫉妒地嚷嚷起來，你們主人倒是不拘一格降人才呢，收個小偷做門客，死就死了，隨便找個地方就埋了，怎麼還要用三頭牛拉到平羊郡去，還帶了這麼多泥俑！有個關兵敵不過好奇心，用矛挑開了蒙在死者臉上的白絹，死者神祕的面紗也一下被挑開了，一張年輕的臉，雙眼滿足地緊閉著，面頰上蕩漾著一絲微笑，芹素的遺容比他們印象中的那張臉矜持了許多，也高貴了許多，石棺裡瀰漫著一股濃香，芹素一身錦繡地躺在香草和松果裡，躺在虛榮和繁華裡，散發著令人陌生的典雅氣息。關兵不相信自己的眼睛，說，做百春台的門客是不錯呀，這個芹素，他死了倒比活著神氣了，身上也香了許多。

男孩蓋上了棺蓋就跳開了，他像一頭鹿一樣跳到牆邊，發現土牆上架著一把雲梯，就爬到梯上去了。他坐在雲梯上晃悠著腿，看販鹽的騾隊從他身邊經過，對一個販子炫耀道，我們有衡明君的路條，我們能過青雲關，你們過不了的！那鹽販子沒好氣，回頭罵道，你這孩子不是人養的，死了親爹還咧著嘴傻笑，你過大年呢？沒心沒肺的東西，還不如我們的騾子！

那快樂的男孩引起了關兵的議論，一個關兵疑惑地說，這孩子是怪呢，不像是死了親爹的樣子，你們看他多開心！另一個關兵說，他剛剛還去揪那女子的頭髮數落她呢，哪裡像什麼母子嘛，倒像一對冤家！大家都注視著雲梯上的男孩，各自的閱歷使關兵們對男孩的身分做出了不同的判斷，有一個關兵認爲男孩的笑臉是正常的，而且他坦率地承認自己就是在父親葬禮上忍不住笑，讓長輩攆出家門的。大多數人附和他，相信他是芹素的兒子，說他不傷心才對，賊人的兒子講的是賊道，哪來的孝道？他要傷心就不是芹素的兒子了，看那孩子賊頭賊腦能爬能攀的，以後一定也是個梁上君子！

他們後來都把目光集中在那女子身上了。那女子一身縞素地坐在棺材旁邊，人比黃花瘦，閃著一圈濕潤的光。不知道她是怎麼哭的，眼睛哭壞了，勉強保留了一條縫，對著陽光無法睜開，她的喉嚨也哭壞了，他們聽見她嘴裡持續地發出一聲聲嘶啞的呼喊，卻不知道她在說什麼。他們三心二意地觀察著那女子，聽見運棺車上訇然一聲巨響，那女子的額角已經撞在棺稜上了。

一個關兵衝過去架住了碧奴，他的手上臉上濺到了碧奴的淚，他的耳朵也被一滴巨大的淚珠所喚醒，那女子所有含糊的嘶喊聲都變得清晰起來。這女子怎麼回事？她說她是桃村萬豈梁的妻子！怎麼跑到芹素的棺材車上來披麻帶孝的？那關兵用長矛指著碧奴，向無掌喊起來，她說她丈夫從來沒偷過別人一棵草，這女子不是芹素的媳婦，無掌你帶了個什麼人出關？

是芹素的媳婦！車夫無掌嘴裡嚼嚥著乾糧，大聲反問道，你懷疑是我媳婦？當我傻瓜烏龜王八蛋了？誰會讓自己媳婦爲別人披麻帶孝？

也不是你媳婦，也不是芹素的媳婦，她自己說了，是桃村萬家的媳婦！

什麼桃村，什麼萬家？她是傷心過度，腦子壞了，你們怎麼相信她的鬼話！

一直居高臨下的車夫無掌這時不得不中止他的午餐，他把一個麵餅夾在胳膊肘裡，人從車上跳下來，向碧奴那邊憤怒地跑了幾步，看關兵們都瞪著他，腳步又放慢了，他對他們說，芹素的媳婦三天不肯吃東西了，讓她吃個麵餅，等她緩過來就不說胡話了。

那關兵一把揪著碧奴的袍子，不肯鬆手，更不肯離開，說要看著她吃麵餅。車夫無掌說，你看著她她怎麼肯吃？她是貞婦，平時吃東西都躲著人的，何況人家守頭喪，本來不肯吃東西，你們看著她，她死也不肯吃的！

車夫無掌把碧奴的臉按在棺蓋上，胳膊肘一鬆，那麵餅落在棺材蓋上。碧奴的臉被強行貼在一張麵餅上了。

吃，給我吃，吃了妳就不說胡話了！車夫怒吼道。

男孩這時候跑過來，眼巴巴地瞪著麵餅：她不吃的，她一心把自己餓死！男孩說著手悄悄地伸到棺蓋上去了，他沒有拿到麵餅，反而嗷地尖叫起來，他的手被車夫踩在棺蓋上了。

你想吃？你也不是東西，看個半死不活的人也看不住！盡給我惹禍，還想吃麵餅？吃個毬去！

男孩說，你不興這麼誣賴人的，要不是我在一邊看著她，她早就撞死在棺材上了。

車夫鬆開了他的腳，示意男孩撿起麵餅，不是讓你吃！他警告男孩道，餵你娘吃，我看著呢，你不許嘴饞，她不吃就把餅撕碎，一塊塊塞給她吃！

關兵們看著那男孩，他帶著怨氣撕那張沾了爛泥的餅，粗暴地往那女子嘴裡塞，委屈得快要哭了。妳不吃他非要逼妳吃，我餓成這樣他不給我吃！他突然抓住那女子的頭髮搖了搖，妳別死了，不到七里洞妳不准死，妳死了連累我，他們要找我算帳的！

他們看見那女子頑強地把嘴裡的餅吐出來，她對著男孩不停地喊著什麼，聽起來那男孩有一個非常古怪的名字：下去，下去，下去。

下不去了！男孩把碧奴吐出來的餅又塞回去，他說，上了這牛車，妳就下不去了！我現在不管妳的死，他們讓我管妳活呢，妳要是想死，到了七里洞再死，到了七里洞，妳是死是活都不關我屁事啦！

關兵們注意到男孩對碧奴不同尋常的冷酷態度，他們說，肯定不是母子，就是母狼生一頭小狼出來，也不是這個樣子！有人便湊到男孩面前，問，這女子是你娘嗎，你娘那麼年輕，什麼時候生出你的，你從她什麼地方出來的？

男孩避開了關兵們晦澀而猥褻的詢問，他指著牆上的石頭和黃泥，沒好氣地嚷，你們都是爹娘生出來的，我不是，我從石頭縫裡鑽出來的！

關兵們先是哄堂大笑，然後警覺起來，你娘是石頭，那女子就不是你娘！他們逼問男孩，她不是你娘，芹素也不是你爹，你連爹娘都沒有，不能出關，快下來！

有人去拉拽男孩，男孩不肯下來，扔下碧奴跳到了棺蓋上，眼睛看著遠處的茅廁缸，那車夫正蹲在缸上，男孩指著車夫說，我是鹿人！誰是我爹誰是我娘，我管不著，誰是我爹我娘，你們去問他！

關兵們面面相覷的，聽見後面的鹽販子鼓動了其他路人，一齊在高聲抗議，我們盯著呢，看你們怎麼守關？鹽不能過關，人不能過關，棺材倒可以過！該攔的不攔，不該攔的都給你們攔下了！關兵們感到了某種莫名的壓力，他們商量了一會兒，最後擅自把三頭牛掉轉了身。他們一邊拉著沉重的運棺車轉向，一邊對無掌喊，這是什麼殯車呀，除了死人是眞的，三個大活人，倒有兩個來路不明！無掌你也別白費唾沫了，這女子該是誰的媳婦就是誰的媳婦，這孩子該是誰兒子就是誰兒子，你一張嘴再怎麼能說會道，也不能給他們換了主，你的牛車我們暫時扣下，你們能不能出關，恐怕要去請示鄧將軍了。

不准動我的牛車！你們怎麼敢動百春台的牛車？車夫無掌沒來得及繫好他的袍帶就跑來了。他用小臂猛烈地拍打著胸膛，衡明君的路條在這兒呢，我揣著它趕車走遍七郡十八縣，從來沒誰敢攔我的牛車，青雲關的大門樓都是衡明君出錢砌的呀，你們怎麼敢攔我的牛車？

我們知道你有路條，我們什麼時候攔你的牛車了？衡明君的路條是你和牛車的路條，那女子的路條在哪裡？孩子的路條在哪裡？那女子身分不明，還有這孩子，他說他是石頭縫的孩子，我們怎麼能放他們過關呢？那麼多人看著呢，放他們過去，我們的麻煩就大了！

你們是要我回去給他們開路條？車夫無掌眨巴著眼睛，突然說，那芹素要不要開路條，棺材要不要開路條？還有車上的輪子要不要開，這面豹旗要不要路條？

芹素是死人了，不用路條。關兵們並不理睬車夫言語中的諷刺，冷靜地闡述著他們的理由：無掌你說話不要意氣用事，棺材輪子什麼的不是兵器也不是活物，也不要路條，那兩個是人，就不一樣了，不是我們刁難你，你自己也聽見的，一個說她不是芹素的媳婦，一個說他不是芹素的兒子，都屬於身分不詳，身分不詳者沒有路條，統統不能過關！

少給我提什麼身分，那女子什麼身分由得了她？那孩子說他是石頭縫裡鑽出來的，你們也信？他們到底是誰的妻子誰的兒子，他們自己說了不算，衡明君說了算！你們管個青雲關也管不好，竟敢來管我們百春台的事？車夫無掌的聲音因爲過度激憤而失控，聽上去像一個女子的尖叫：一幫蠢材，跟你們說什麼也沒用，狗屁不通，你們難道要我趕著牛車去見你們鄧將軍嗎？

車夫耀武揚威的態度激怒了關兵，他們說，無掌你替百春台趕個牛車多了不起呀，見我們鄧將軍，你也配？

我是不配，看來爲了個婦孺之事，還要讓我們大人親自出馬了!?車夫無掌已經氣惱至極，他數落完關兵，一腔怒火燒向了碧奴那一側。他朝碧奴揮舞著兩隻樹枝般的手臂，聽見了嗎，妳身分不詳，身分不詳就是刺客！妳個瘋女子害人呢，腿腳鎖在棺材上還要刺殺誰？他看見男孩若無其事躲在一邊摳鼻孔，衝上去踹了他一腳，帶著你還不如帶一頭鹿，你們兩顆掃帚星串在一起害我，帶著你們，百春台的牛車也沒用，豹徽金印也沒用，衡明君的路條也不管用啦，爲了你們，衡明君要出馬來通關呢！爲了你們，我只好斗膽去見鄧將軍了，我要去問問他，我們百春台哪兒得罪了將軍大人？哪兒得罪了，衡明君一定會在哪兒賠禮！

關兵們聽出來車夫無掌的伎倆越來越惡毒了。他們紛紛阻止無掌道，那是你說的，我們沒說！我們什麼時候說過百春台得罪了關上？我們的膽子是人膽，不是豹子膽，我們不敢要衡明君來賠禮！你別故意把我們往渾水缸裡扔，我們在這裡也是賣苦力掙個軍餉，上邊怎麼說我們怎麼守關，無掌你要體諒我們嘛。

這就對了，你們賣苦力用兩隻手，多輕巧，我賣苦力用兩隻腳呀，我用腳混個門客飯吃，容易嗎？衡明君給我這送棺材的差使，我無掌要是連口棺材都送不出青雲關，怎麼有臉回百春台？兄弟們，你們怎麼就不肯體諒一下我呢？

我們怎麼不體諒你？看見你來了，知道你拿路條不方便，我們都不看你的路條呀！只是世道險惡，人心不測，國王下了平羊郡啦，上面命令緊，凡是身分可疑的人，老弱婦孺一律嚴查不怠。你車上那女子尋死覓活的，不怕死的人最要提防，現在也有女子做刺客的，你聽說了嗎，南松台的一個女織工，前幾天差點用織梭刺死了郎閣君！

她都鎖在棺材上了，總不能拖著棺材去行刺吧？她也不是織工，哪來的什麼織梭？

關兵說，你鎖得了她的腳鎖不了她的心！沒有織梭她還有舌頭吧？無掌你聽說沒有，柴房章老大從人市上買了個山地女子，圖便宜買了個沒身分的，結果帶回家頭一夜，舌頭讓那女子咬下來啦！

車夫聽得有點心驚，說，兄弟，你不會讓我把她的牙齒也鎖起來吧？

不是那個意思，我是給你提個醒呢。那關兵連連擺手，瞥一眼站在棺材上的男孩，說，看那孩子，還眞像是石頭縫裡鑽出來的，人心沒長好，倒也不怕他，最多是偷個什麼東西，諒他也做不出什麼大事，看你們百春台的面子，我們通融一下，放他過關。那女子疑點多，不細細地查過，不能這麼放她過關！

車夫無掌畢竟見多識廣，別人給了台階，他準確地踩上去，臉上終於有了點笑意，他看了看男孩，威脅他說，以後再在關口上胡說八道，我就眞的把你塞回到石頭縫裡，塞回你石頭老娘的肚子裡去。在關兵們的哈哈大笑聲中，他又把目光對準了碧奴，歎著氣說，這個瘋女子，她的心是不在車上，你們要查就查吧，查查她的心在什麼地方。

關兵們踴躍地衝上了運棺車，幾隻手同時上來把碧奴架住，一二三，他們默契地喊著口令，碧奴一下就貼在棺材上了，不能動彈，有個關兵忍受不了她嘶啞的叫喊，就從棺材下拉了一把乾草塞在她嘴裡，一邊正色地向碧奴宣布查身的規則：不准吐口水，不准夾腿，不准彎腰，聽見了嗎，妳要配合我們！

他們熟練而細緻地把手探入了碧奴的秋袍內，一個關兵嫌棄地皺起眉頭，袍子上這麼髒，頭上一股汗酸味，沒見過這麼不愛乾淨的女子！另一個關兵側重檢查碧奴的乳房，要看看乳房裡有沒有私藏利器，還有一隻手帶著邪惡的熱情越過了碧奴的腰帶，探到了最隱祕的區域。剎那間他們聽見了什麼東西爆裂的聲音，碧奴身上的淚泉這時候噴湧而出，噴湧而出了，所有關兵們的臉都被打濕了，他們驚訝地看著碧奴，看著自己的手，手過處，一片片溫熱的水珠從那女子身上飛濺起來，濺起來打在關兵們的頭盔上、鎧甲上，發出清脆的聲音。關兵們搜身無數，從來沒遇見這麼柔弱的身體，這麼柔弱的身體儲藏了這麼多的淚水，那淚水噴泉一樣地噴出來，濺在他們的手上，有點像火，有點像冰。他們紛紛跳下牛車，滿臉惶惑地甩著手上的淚，有人向車夫無掌喊起來，你過來看呀，你帶的什麼女子？她不是一個女子，是一口噴泉！

無掌沒來得及說什麼，是那男孩幸災樂禍地叫起來，我告訴你們她是淚人，你們偏不聽！快把你們的盾牌舉起來，快擋住她的眼淚！男孩在棺蓋上亢奮地跑來跑去，指揮關兵舉起他們的盾牌，都把盾牌舉起來！她會淚咒，她的眼淚濺到你們眼睛裡，你們也會哭個不停！

起初沒人聽從男孩的命令，他們只是納悶那女子的眼淚爲什麼會飛會濺，一個個下意識地用盾牌防護自己的胸部。很快他們醒悟過來，淚的襲擊與箭枝的飛襲是有區別的。一個年長的關兵首先捨棄了身體的防護，舉起鐵盾保護住自己的臉部。快把鐵盾舉起來，護住臉！那關兵焦急地向同伴們叫道，她的眼淚是滾燙的，飛到我的眼睛裡來了，我眼睛疼死了！另外一個關兵應聲把鐵盾舉到了臉部，也飛到我眼睛裡了，我眼睛疼，疼得受不了啦！七八個慌亂的關兵剎那間都醒悟過來，他們本能地排成一隊，一邊高舉起鐵盾，一邊往後撤退。有人在莫名的恐懼中做出了妥協，一邊打開關門，一邊對著車夫無掌喊道：我們再也不敢管你們百春台的車馬了，運口棺材還有淚箭保駕！你們趕緊過關去，小心別讓鄧將軍看見！

封關的時候，鄧將軍正在青雲峰的棋石邊與人對弈，他是個一心可以二用的好將軍，藉著青雲峰的高勢，他看得見關門內千車停轀，獨有一輛運棺車脫穎而出，緩緩出了青雲關，鄧將軍輸了棋，心情鬱悶，傳守關吏上山問罪。守關吏上得山來仍然驚魂未定，吞吞吐吐地稟報說關兵們遇到一個奇女子的淚箭襲擊，鄧將軍再三追問遭遇什麼新箭襲擊，守關吏還是一口咬定，淚箭，是淚箭！將軍大呼荒謬，吩咐手下鞭笞懲戒妖言者。那小吏在解衣袒胸的時候看見自己的盾牌，彷彿看見一根救命稻草。他把自己的後背和臀部奉獻給將軍的皮鞭，那面盾牌則呈獻給將軍的眼睛。鄧將軍果然注意到了盾牌，那昨天剛剛發放的盾牌上，數滴珍珠狀的水跡欲滴還留。將軍自己用鞋底擦了，擦不乾，他的隨從用布擦用手擦了，一樣是徒勞，鄧將軍最後把盾牌舉起來，小心地讓太陽照，太陽照著那幾滴水痕，照乾了盾牌，但水痕消失的地方，已經布滿了星星點點的鏽斑。

芳林驛

離平羊郡越近，離山就遠了，山像水波一樣層層退去，最後變成一些朦朧的影子。一望無際的平原上黃綠交雜，是豐饒富足的顏色。過了一大片蓧麥地，草披屋式樣的村舍漸漸多了起來，許多雞狗在村裡奔跑，人影卻很寂寥。溝渠邊一叢叢紫紅色的辣蓼，遠遠看上去是盛開的花。平原就是平原，天空寬大了好多，太陽則低下來，像火球一樣烤著蓧麥地裡的莊稼，田野裡一片金黃。

這麼好的蓧麥，怎麼沒人割？男孩在運棺車上大叫道。

這裡鬧瘟疫，人死得差不多了，白天沒人割，夜裡有人割的，鬼魂來割！車夫說。

你騙人，鬼魂不吃東西的，把蓧麥割去有什麼用？

我不騙你，等夜裡到了芳林驛你就知道了。車夫說，這裡的人種下蓧麥，沒來得及收割，就成了死鬼，他們嚥不下這口氣，又是勤勞慣了的，做了鬼魂也不閒著，夜裡都下地，來割蓧麥！

男孩說，那他們把蓧麥割去堆哪兒呢，鬼魂沒地方堆糧食呀！

車夫說，你想讓他們把糧食往你肚子裡堆？作夢去，這世道鬼魂也是顧自己的，他們往自己肚子裡堆！

一望無際的平原讓碧奴感到暈眩，她迷失了方向，也不再需要方向了，她的腳依然銬在芹素的棺材上。他們告訴她，七里洞在北方，在去大燕嶺的路上。他們是在往北方去。車夫說，過了這平原，再看見山，那就是北方的山了，看見北方的山就看見大燕嶺了，看見大燕嶺就看見妳男人了，妳搭了這麼好的順風車，千萬別再尋死覓活的，該知足啦！

碧奴看見男孩骯髒的臉在棺材上晃動。他已不再是她的掘墓人，他不再爲殘酷的死神做事，而去接受了百春台卑鄙的使命，讓她與棺木在一起，讓她活著。男孩搖身一變，用一隻小手緊緊地抓住她生命的尾巴，時刻監視著她。現在她連死的權利也失去了，百春台把她許配給了一個死人。百春台啊，它是那麼多人的天堂，獨獨成爲了碧奴的地獄：他們劫掠了她的包裹，劫掠了她的身體，最後他們劫掠了她的悲傷、她的眼淚，甚至死的權利！

碧奴看得見棺材上的那只大鐵環，它像另一隻大手牢牢地拉住她，從來沒有鬆動過。鐵環就是那個陌生男子的手，一個死人的手，拉住她，重複一個哀傷而虛榮的命令：哭，哭啊，爲我哭，哭得再響一點！一路上碧奴對每一個路人甚至路邊的雞鴨豬羊哭訴：我從桃村來，我是桃村萬豈梁的妻子！所有嘶啞的哀訴都被別人當作了哭靈的內容。一路上碧奴撫棺痛哭，她爲自己哭，爲豈梁哭。她哭不出聲音，只有淚水沿途流淌，點點滴滴，都淌在路上的塵土裡了。有多少路人從運棺車邊走過呀，可他們一律把碧奴當作別人的寡婦，那些人眼睛明亮有神，卻對碧奴白袍下露出來的一截鐵鏈視而不見，只是熱烈地議論著那面白色豹徽旗，還有旗幟下飄著香味的柏木棺材。他們由衷地羨慕那棺材裡的死人，說，看人家百春台的門客，死了也風光！睡那麼好的棺材，棺材旁守著賢妻孝子，多好的福氣！

他們把她鎖在死亡的洞口了，站起來是生，跳下去是死，可是碧奴站不起來，也跳不下去。碧奴斜倚著一個陌生人的棺木一路北上，感覺她不在牛車上，是一只葫蘆在陌生的旅途上隨波逐流。妳還尋不尋死了？妳到底要不要去大燕嶺了？車夫和男孩重複的勸誘讓她疲憊，他們不知道，碧奴放棄了生，也放棄了死。早晨她的袍子上都是溫熱的陽光，那陽光讓她覺得活著很好，到了夜晚牛車沉在夜色裡，棺木上一片寒意，北方也變成一團黑暗。她又覺得去大燕嶺的路比她的命更長，她放棄了死，也不許諾生。

那男孩時不時地過來揪她的頭髮，說，喘喘氣讓我聽！妳沒死不准裝死，快動一動，說幾句話讓我聽！碧奴把男孩的手推開了。男孩說，妳就會推我的手！妳不說話，不吃餅，連尿也不撒！怎麼證明妳是活的？妳最多是半死不活！碧奴低頭看了看車上的乾草，一大片乾草都是濕的，閃爍著晶瑩的淚光。於是她說了一句話，她指著乾草說，孩子，姊姊還在流淚，會流淚就證明我活著呢。

運棺車路過了瘟疫的發生地芳縣，奄奄一息的村莊裡連陽光都是蒼白的。他們在一棵樹下看見過一個小女孩，身邊圍著好幾條狗。狗朝著女孩吠叫不止，那女孩用樹枝打狗，打不走狗，就爬到樹上去了。女孩在樹上向運棺車招手，嘴裡叫道，帶我走，大叔大嬸行行好，帶我走！男孩站起來去拉車夫，他想要個更好的女伴，車夫回頭瞪了他一眼，罵道，你想死？沒看見這村子滿天蒼蠅？沒看見村裡到處是野狗？房子裡都是死人，那女孩能沒瘟病？她上了車，我們就都沒命了！

男孩問碧奴，妳的眼睛不是看得見死神嗎？看看那女孩有沒有瘟病，看看死神在不在她身邊？碧奴盯著那棵樹看了好久，說她看見了樹枝間的風，風是那女孩的死神，風已經在那棵樹下挖好了樹葉的墳。她告訴男孩，那是個樹葉變的女孩子，她跳不下那棵樹了，夜風吹下那樹上的第一片樹葉，那樹上的女孩子就會死去，變回一片樹葉落到地上。

運棺車在芳縣美麗的平原上不停地奔逃，半路上遇到一個瘋癲的老漢，他赤身裸體地從蓧麥地裡爬出來，半跪在水渠邊，向車上的人舉起一只白薯。男孩對車夫說，這村子裡沒有蒼蠅，也沒有那麼多狗，你停一停，他要給我們白薯，讓你搭他一程呢！車夫說，你要吃他的白薯你下車去，你沒看見他的腿都爛了，他那玩意兒都爛剩下半截了，吃了他的白薯，你也會全身發爛，你還要不要下車去吃？

男孩又問碧奴，妳說妳什麼都吃過，樹皮柳葉都吃過的，那麼大的白薯能不能吃？碧奴用白袍蒙住了自己的眼睛，蒙住了眼睛她還忍不住渾身顫抖。我不知道那白薯能不能吃。她對男孩說，我怎麼看見那老漢把自己的魂靈抓在手上呢？一定是地裡最後一只白薯，最後一只白薯是他的魂靈，他把手裡的白薯給了人，魂靈也給了人，自己就沒有來生了。

一片死寂中，他們穿越了芳縣西北鄉，惡夢般的天堂裡飄蕩著糧食的清香，死魂靈在豐饒的蓧麥地裡遊蕩。風吹蓧麥，吹來蓧麥葉子嚶嚶哭泣的聲音，那男孩瞪大眼睛聆聽風聲，聽得哭了起來。車夫回頭喝斥道，已經夠晦氣了，你個鹿心鹿肺的孩子也來湊熱鬧？你哭什麼哭？不准哭！那男孩看上去想止住哭聲，但怎麼也止不住，芳縣西北鄉喚起了他對家鄉殘存的一絲記憶。他被那絲記憶嚇著了，男孩一邊哭一邊指著蓧麥地，說，那爬在樹上的女孩，是我姊姊，那拿白薯的老頭，是我爺爺！車夫無掌煩躁地打了男孩一鞭子，他說，那你趕緊滾下去，到你姊姊的樹上去，到你爺爺的身邊去！男孩不敢哭了，他閉起眼睛搗著耳朵，開始嚷嚷，我不要家鄉！不要姊姊，不要爺爺！

天黑前他們抵達了芳林驛。

遠遠地從驛站裡跑出來兩個怪模怪樣的夥計，臉上畫著避邪的鬼符，鼻孔裡塞滿灰綠色的蒿草末子，手上纏著藥汁泡過的布帶。他們擋住了牛車，聲稱死人棺材嚴禁進入驛站。已經是平羊郡的地盤，衡明君的路條到了這裡不怎麼管用了，車夫對攔路者發了一通牢騷，最後說，我這棺材不是一般的棺材，你們自己來看，棺材上還鎖了個人呢，棺材不進去，這人怎麼辦？驛站的夥計上來一查，果然看見碧奴的腳被鎖在棺材環上。他們驚歎起來，這算怎麼回事？你們青雲郡的棺材都有鐵環的？男人死了都把媳婦鎖在棺材環上的？車夫說，就這口棺材打了環，就這女子鎖在環上，你們別問了，這不關我的事！驛站的夥計建議車夫把鎖打開，車夫猶豫了好久，回頭看看碧奴，說，妳給我賭個咒發個誓，不跑，不尋死，我就替妳開了鎖！碧奴看上去表情漠然，她問，大哥你要我賭什麼咒？人都不怕死了，還怕什麼咒？車夫說，知道妳不怕死！妳是不怕死，可妳還擔心妳丈夫在大燕嶺凍死呢，拿妳家豈梁的命賭個咒吧！碧奴搖頭說，開不開鎖隨你的便，我不拿豈梁的命賭咒！車夫看兩個夥計在一邊聽得糊塗，就搶在前面做出了選擇，他說，兩位兄弟聽見了？不怨我不通情理，是這鎖開不得，不開委屈她一個人，開了連累的就不止我一個人了，說不定還連累你們！反正她也是半個死人，大家都動手，連活人帶棺材一起卸下來吧！

他們在車上車下忙碌了半天，暮色中芹素的棺木慢慢地臥伏在蓧麥地裡，碧奴也隨同棺木伏下去了。蓧麥伸出了纖細的手，拍打著那口黑漆棺木，拍打著碧奴的白袍。也許蓧麥地從來沒有接納過這麼特殊的來客，出於好奇，它們把一口棺木一個女子統統慷慨地擁入了懷中，穿白袍的碧奴像一片雲彩降臨在蓧麥地裡了。

你也過去，看著她，千萬別讓她再撞棺材！車夫對男孩命令道。

男孩一跳就躲開了車夫。我不睡野地，我要睡在驛站裡！他說，我還要給牛餵水餵草呢！

牛今天不用你餵了，我來伺候。車夫追著男孩跑，他說，別給臉不要臉！今天委屈你，明天補你一張麵餅，在蓧麥地裡守一夜，明天就到七里洞啦！

男孩跑到碧奴身邊去了，他拉起她的一隻胳膊，逼著她向車夫發誓，妳給他發個誓，他推搡著碧奴喊，發個誓有多難？妳個蠢女子呀，發個誓，妳就不用像一條狗一樣拴在棺材環上了，妳發個誓，我們就都進驛站去了！

碧奴的身體在男孩暴烈的推搡中搖晃著，孩子你別推我。她說，不是我不依你們，不是我存心給誰添麻煩，我不能拿豈粱的性命來賭咒發誓！

男孩憤怒地叫起來，他說，如果妳不想死也不想跑，怕什麼？妳不賭這個咒我替妳賭，妳要是還想尋死還想跑，就讓妳家豈粱在雪地裡凍死，讓他被山上的石頭砸死！

碧奴渾身一震，她想去用手摀男孩的嘴已經遲了。男孩跑出了蓧麥地，一回頭看見碧奴淚流滿面地跪在地裡。她對男孩說，這下好了，孩子你們放心去吧，你給豈粱下了咒，我再也不能死了，再也不會跑了。

芳林驛之夜，碧奴陪著一口棺材坐在蓧麥地裡。

她準備坐一夜。驛站昏黃的燭光消失以後，四周沉入了黑暗中。風吹蓧麥，黑漆棺木已經融化在夜色中，唯有鎏金的彩色紋印閃著森嚴的光。起初她離開棺木很遠，可後來不知道是爲了躲風，還是尋求棺木的陪伴，她慢慢地向棺木靠近過去。她倚靠著棺木，凝視著又一個異鄉之夜。無法消弭的恐懼，現在是夜色的一個部分而已。她陪伴著一個死人，那個死人也在陪伴她。碧奴瞪大了眼睛，等待著那些收割蓧麥的鬼魂來臨。她看見了風的手，風的手狂躁地入侵蓧麥地，蓧麥側身而逃，她看見了月光的手，月光撫摸著蓧麥，蓧麥的麥芒上閃爍著鋒利的銀光。但她看不見手持鐮刀的鬼魂。

從桃村一路走到異鄉的平原，沒有人願意聽碧奴說，碧奴準備向鬼魂訴說，可是鬼魂不來，她還是無人訴說。碧奴就去敲棺木，大哥大哥，你是叫芹素嗎？她對棺木裡的死人說，芹素芹素，你是盜賊我不怕，我沒東西給你偷，你是死人我也不怕，我自己也死過好幾次了，我就是要問你一聲，天下那麼多女子隨便你們捆，隨便你們鎖，爲什麼挑我鎖在你的棺材上？碧奴一說話，風停下來了，蓧麥也停止了颯颯的搖晃，說，說，說吧。可是碧奴只說出來幾句話，芹素芹素，你那麼大的年紀沒娶上媳婦，也是苦命人，可是苦命人爲什麼非要選個苦命人？我是豈梁的媳婦，不是你的媳婦！說了這幾句話，她的眼淚止不住流了下來，打在棺蓋上，朝四面的棺壁蔓延而下，那碩大的黑棺沐浴在她的淚雨裡，起初還紋絲不動，漸漸地發出了不安的轟鳴聲。碧奴的手感到了棺材的震盪，她按不住它。蓧麥隨風趕來，拍打那口不安的棺木，蓧麥怎麼按得住它？碧奴聽見棺木深處響起了一個男子壓抑的哭泣，是芹素的鬼魂在裡面哭泣，那聲音帶著一絲歉疚，也帶著一絲固執，向碧奴重複地發出一個悲傷的號令：去七里洞，七里洞，七里洞！

去七里洞，那是死人芹素的家鄉。她無法跟一個鬼魂的號令爭辯。我從桃村來，我是桃村萬豈梁的妻子。她向多少人告知了自己的身分，她的身分像一瓢清水一樣清澈透明，可是活人不聽她的，連鬼魂也不聽。棺材裡那鬼魂的聲音聽來傷感而固執：七里洞，七里洞，快去七里洞！

我不去七里洞，我從桃村來，我是萬豈梁的媳婦！碧奴對著棺材喊，喊一遍沒用，喊了好幾遍，活人的聲音終於戰勝了鬼魂。她聽見棺材裡的聲音漸漸地沉下去，變成了一絲幽幽的歎息。棺材不再震動了，她就坐了下來。

深秋的野地裡冷風四起，昨夜碧奴還在盼望死，盼望半夜的寒風做她的死神。這個夜晚已經不同了，男孩的一句咒語改變了一切。她不能盼望死了，爲了豈梁，她必須活下去。碧奴把一叢倒伏的蓧麥做了被子蓋在身上，寒風就走了。好多天來碧奴頭一次感到饑餓，她隨手掰了幾株麥穗塞在嘴裡，起初她嚼嚥著青澀的麥子，眼睛還關注著棺材的動靜，後來她想睜眼也睜不開了。她終於想睡了。在一個匆匆來臨的夢中，碧奴看見了傳說中收割蓧麥的鬼魂。無數個陌生的鬼魂手執鐮刀，從夜色中浮出來，他們都戴著豈梁的青幘，穿著豈梁的冬袍，繫著豈梁的玉石腰帶，地裡洋溢著一片豐收的聲音，收割者的身影個個都酷似豈梁。她以爲豈梁也在收割的人群中，可她喊啞了嗓子，那些收割者仍然沉默著，碧奴在夢裡哭起來了，她一哭那些鬼魂都停下來了，有人帶頭抱著一捆蓧麥向她走來，說，我不是豈梁，妳別哭了，給妳蓧麥！後來所有的鬼魂都把捆好的蓧麥朝她扔來，他們說，豈粱不在這裡，妳別哭了別哭了，給妳蓧麥！

第二天早晨，車夫和男孩從一堆蓧麥捆裡把碧奴拉了起來。車夫說，從來沒見過鬼魂對人這麼好過，妳這女子，也只有鬼魂來可憐妳啦，看，他們給妳割了多少蓧麥！

碧奴站在早晨的蓧麥地裡，懷抱一捆新鮮的麥子，在男孩喜悅的叫喊聲中，她回頭看見芹素的棺木也閃爍著豐收的光芒。一夜之後，那棺蓋上鋪滿了收割好的蓧麥，蓧麥上的露珠還是晶瑩剔透的。

七里洞

芹素的家鄉在七里洞。

有人告訴他們，七里洞應該往東邊走，在一片樹林後面，看見了煙霧，就看見七里洞了。運棺車往東邊走著走著，走過了那片樹林。樹林後面沒有村莊，甚至路也沒有了，只有一條河橫亙在前面，河上架著一根獨木橋。

河邊捕蚌的老翁不認識芹素，他讓車夫退回去，從西邊繞到七里洞去。車夫朝西邊眺望著，說，怪了，西邊也看不見煙霧，看不見個鬼村子呀！

老翁指著天空說，河汊裡霧氣大，你哪裡看得見七里洞的煙霧？那村子你更看不見，你不知道七里洞的意思嗎？七里洞的人都住在洞裡！

運棺車從河汊的迷霧裡繞出來，穿越了一片墳地和一片樹林，終於發現了一個隱藏在地下的村莊。炊煙正從許多洞裡裊裊升起，一些孩子的腦袋在洞口忽隱忽現，而在一個巨大的坑洞裡，香火升騰，傳來了許多人齊聲誦禱的聲音。

車夫開始命令車上的兩個人：到芹素的家了，快拍棺材，快哭，快哭起來！

男孩拍了下棺材，看看碧奴，說，她是賢妻，賢妻都沒哭呢，孝子怎麼能先哭？

車夫無掌瞪了一眼碧奴，看她憔悴的臉上表情漠然，知道這女子儘管淚如深海，哭聲卻是由她自己作主的：套在她腳上的鏈子已經解開了，他有信心管好她的腳，什麼時候鎖什麼時候放，他說了算，她的眼淚和悲傷，卻是他無法作主的。車夫這麼想著，及時地放棄了對賢妻的要求，重點去整頓孝子的儀態。男孩咧著嘴笑，臉上明顯是遊戲的表情，這使車夫又急又惱：他還是用鞭子說話，一雙靈巧的腳迅速勾起牛鞭，盤好了，啪的一聲甩在男孩的臉上，男孩的臉頰上頓時起了一道清晰的紅印，疼痛讓男孩眞的大聲嚎哭起來。他一哭七里洞的無數洞口升起了人的腦袋，牛車上的人看見了七里洞人枯黃或者蒼白的臉，從煙霧裡零亂地浮現出來，他們有著細長的眼睛，高聳的顴骨，微微下塌的鼻粱。無論男女老少，頭髮都用一塊麻布高高地束起來，頭上好像頂了一個鳥窩。他們的容貌酷似芹素，可是從他們呆滯的眼神和抑鬱的表情看，他們並不像芹素的親人。

地洞裡的人大多把頭露到洞外面，身體留在洞裡，他們多爲婦女和孩童，膽怯而好奇地向牛車這裡張望著。最早走出來的是那些在香火坑裡誦禱的男人，每個人的手裡還拿著一株蓧麥，牛車上的人被他們的目光譴責了好久，然後一個老人打破了沉默，他告訴車夫，他們唐突的到訪把一個好日子破壞了，他們的哭聲妨礙了蓧麥經的誦禱，也許明年不會風調雨順，也許七里洞人再也收不到這麼好的蓧麥了。

我們不管蓧麥的事！車夫無掌說，我們送芹素的棺木來了，誰是芹素家的人，快出來迎棺！

沒有人過來迎棺，看上去他們不認識芹素，對牛車上披麻帶孝的婦孺也不感興趣，倒是那口奢華的棺木，引起了幾個男子的好奇心。一個老人走過來摸了摸棺木上的黑漆，還用手指摳下了一點金粉，放到陽光下照了照。另一個麻臉男子拍了拍棺壁，埋頭聽裡面的聲音，聽了一會兒說，是木頭做的米櫃吧，裡面怎麼睡了個人？

車夫失望地嚷起來，不是米櫃，是棺材，是芹素在裡面呀！你們不記得芹素了？這女子和孩子，是芹素的妻兒，他們孝子賢妻送棺回家啦，誰是芹素家的人？誰是他老娘？你們倒是站出來嘛！

幾個老婦人爬出了地洞，遠遠地站著看熱鬧，她們都穿著蓑草衣，彎著腰，腿裸在外面，看上去像地裡趕鳥的草人，她們嘴裡也像鳥一樣吱吱喳喳地叫著，不知道在議論什麼。誰的兒子叫芹素？車夫喊了好幾遍，老婦人們毫無反應，看來她們都不是芹素的老娘。車夫放棄了那幾個老婦。你們來看看芹素的手，都來看！他招呼著七里洞的男人，一邊示意男孩打開棺蓋，是七里洞出去的芹素呀，你們不記得芹素的名字，總記得他的手吧？

棺蓋被打開後，裡面濃烈的香草味讓好多七里洞人打了噴嚏。沒有糧食，裡面果然睡了個死人！一個麻臉男子踮著腳尖朝棺材裡張望，說，這死人是香的！

不是死人香，是香草的氣味香！男孩抓起一把香草教育著七里洞人，他忘記了哭泣的任務，炫耀和賣弄的表情又回到了他的臉上。你們別擠，別擠，來看芹素的手！男孩吆喝著，一隻手熟練地撩開死著的袖捲，說，看他左手的字，看，再看他右手的字！

令人驚訝的事情發生了，那麼多七里洞人，老老少少，沒有一個識字的。有一個貌似睿智的長者擠上來，好奇地瞪著死者手腕上的字，問男孩，他手上畫的是一匹馬還是一條魚？

男孩忍不住笑起來，什麼馬呀魚呀，是兩個字！

長者說，我知道是字，問你是什麼字呢！

男孩叫起來，這兩個字也不認識？左手是個盜字，右手是個賊字嘛。

圍著棺材的人們紛紛向後退了一步，盜，賊，盜，賊，什麼意思？他是個盜賊？是盜賊！那德高望重的長者首先反應過來，他氣得面孔泛紅白鬚亂顫，上來一把抓住了車夫的袍帶，你怎麼敢把一個盜賊的棺材往七里洞送？我們七里洞窮出了名，可我們祖祖輩輩男不爲盜女不爲娼，我們這裡不出盜賊！

車夫有點慌亂，情急之下用他的胳膊在死者臉上掃了一下，把那塊蒙面白絹掃掉了。芹素家的人死光了？車夫跳到車上叫起來，他老娘是不是死了？他爹娘死光了，兄弟姊妹不會死光呀，他兄弟姊妹死光了，還有本家親戚呢，怎麼就沒人來認認他？這是芹素，是你們七里洞出去的人，好好看看他的臉吧，你們誰是芹素親戚，行行好，快把棺材接下來吧！

他們湧上來研究死者的臉，死者的臉上有一種安詳的抵達故鄉的表情，而圍觀者的神情充滿了輕蔑和敵意。他們說，一個盜賊穿得這麼富貴有什麼用？都是偷來的！他們說，陪葬那麼多泥俑，都是女子，怪不得他死了還合不攏嘴，這人多下流呀！一個孩子趁亂穿過大人們的胯襠，小手伸進棺木裡，拿了個泥俑，被車夫一腳踩住了。死人不要，泥俑也別要！車夫突然發作了，一雙血紅的眼睛凶惡地瞪著七里洞人，說，我辛辛苦苦把芹素送回來，從青雲郡送到這兒，吃了多少苦，受了多少罪！你們連一壺酒也不請我喝，沒有酒喝也就算了，你們連一句好話都不說，連個接棺的人都沒有，狗都不咬自家人，你們七里洞怎麼這樣對待芹素呢？你們狗眼看人低，芹素好歹也是百春台的門客，你們還瞧不起他呢，看看人家的棺材，你們一村人的家當加起來，也不抵這一口棺材！

看起來七里洞人對車夫的話至多一知半解，有個披麻布片的瘸腿男人一直熱情地打量碧奴。他走過來，眼睛瞟著碧奴，嘴裡對車夫說話，這位大人犯不著生那麼大的氣，我們窮鄉僻壤，人命不如狗命旺，就是一個活人離家十幾年也沒人認得出，何況是個死人，何況他還是個盜賊！

你是芹素的哥哥？還是他的本家兄弟？車夫說，你一定是他本家兄弟，同祖同宗的，你把棺材接下來吧。

棺材我不要，那麼大一口棺材，埋到地下去要找人幫忙呢，我替你把活人接下來行不行？瘸腿男人捅了捅車夫，說，那寡婦正好給我做媳婦，男孩給我做兒子。

車夫明白過來，氣得冷笑起來，我還以爲你們腦子都不好呢，我瞎眼了，你比誰都聰明呢，不接死人接活人，白撿媳婦白撿兒子來了？作夢去吧。

又有個黃臉的中年女子過來拉車夫的衣袖，輕聲道，大哥呀，我一個婦道人家要了棺材也沒辦法下葬，那女子一定吃得多，我養不起，能不能就把男孩子接下來？去年我男人讓拉了差役，兒子也在河裡淹死了，讓男孩子跟我回家，給我做兒子去。

男孩聽見了黃臉婦人的話，車夫沒來得及說什麼，男孩受辱般地跳起來，啐了婦人一臉，妳也作夢去！他說，也不看看我是什麼人，讓我給妳做兒子？天天鑽在洞裡，天天吃蓧麥麵，還不如給老鼠做兒子！

大多數七里洞人圍繞著幾個德高望重的老人，一邊商議著什麼，一邊回頭打量遠方來的運棺車，有人注視運棺車上的人，有人注視著兩頭青雲牛，也有一直對棺木的容積放心不下的，跑過來用手掌丈量它的長度和高度，最後對那邊的人群說，放三擔蓧麥麵，沒問題！

他們向車夫隆重地宣布了老人們的決定，棺木留在七里洞，可以儲存糧食，免遭霉爛，芹素的妻兒，願留願走，悉聽尊便，唯有死者芹素是不受歡迎的。你可以把他帶回去，可以把他下葬在任何地方，七里洞雖然貧窮，禮儀道德卻是頭等大事，一個盜賊，無論他是不是七里洞人，無論他從哪裡回來，就是從國王身邊回來，也沒用，七里洞絕不容納一個盜賊之墓！

車夫在盛怒中不免出言不遜，他冷笑道，什麼狗屁地方，貧賤還貧賤出光榮來了？你們不留死人，什麼也別想留，最多給你們留幾道車轍印罷了！

牛車來得不容易，走得卻乾脆，車夫啪的一鞭，活人、死人、牛和棺材說走就走了。七里洞之旅結束得如此倉卒，完全出乎一車人的意料。車夫一路罵罵咧咧，他尤其不能容忍的是牛車還沒離開，七里洞人便紛紛跳回香火坑去了，坑裡又響起了嚶嚶嗡嗡的蕎麥經的誦禱聲。斗大的字不識一個，他們倒會誦經！自己的親人也不要，一心只要蕎麥豐收！車夫咬牙切齒地詛咒道：明年先鬧水災，再鬧旱災，鬧完旱災再鬧蝗災，讓他們豐收個狗屁！

碧奴回頭看著煙霧中的七里洞，她受驚的眼神漸漸變得迷惘。從桃村到七里洞，她頭一次在路途上品嚐了別人的悲傷。所有悲傷的滋味都是苦的、冷的。碧奴心裡對死者充滿了歉疚之情，她用手去輕輕拍打棺木，安撫裡面的死者：芹素芹素你別傷心，不是你家人不認你，不是他們不要你的棺材，是你離家太久，沒人記得你了。

黑漆棺材沉默不語，芹素的靈魂在裡面沙沙地呻吟。

碧奴說，芹素芹素你千萬別傷心，七里洞不收你，不收就不收，天下黃土哪兒不埋人？你反正有一口好棺材了，我們再找個向陽的好地方，給你做一個最吉祥的墳！

黑漆棺材聽不進別人的安慰。一個悲傷的靈魂不能自制，開始在牛車上醞釀一場巨大的風暴。碧奴心有靈犀，是她首先注意到棺木反常的躁動，在牛車自然的晃動中，那沉重的棺木正一點點背叛牛車的方向，悄悄地向後滑動。碧奴聽見了棺材裡的風暴，她在慌亂中用肩膀頂住了滑動的棺材。芹素芹素你別那麼傷心，不是你家，回去也沒用！她說，也許這不是七里洞，也許趕車的大哥走錯道了呢。

妳在跟死人說話？車夫回頭瞪著碧奴，誰走錯道了？我趕車這麼多年了，從來就沒走錯過道，要錯也不是路的錯，錯的是人！不是七里洞那些人的錯，就是芹素那死鬼的錯，他光惦記別人的家了，惦記別人家的金銀財寶，自己的家鄉也不記得啦！

運棺車返回了河邊，河汊裡仍然濃霧瀰漫，獨木橋下的老人還在霧中捕蚌。車夫氣呼呼地把牛車趕到橋下，似乎一切都是老人指路指出來的錯誤。老人向他們舉起背上的簍子，問他們要不要買幾隻河蚌，那車夫沒好氣，說，我們還要賣東西呢，賣這口棺材，你要不要？

他們在牛車上最後一次眺望七里洞，那片貧瘠荒涼的土地已經被濃霧吞噬了，芹素的家鄉看上去若有若無，一次奇異的旅程也在霧中結束了。兩頭牛和三個人帶著一口無人認領的棺木，又回到了路上。

官道

初秋的洪水還奇蹟般地滯留在鹿林縣的土地上，太陽朗朗高照，照著鹿林縣寂寥而寒傖的官道。路上雜草叢生，泥濘不堪，密布著來歷不明的水流和土坑，運棺車剛上官道便遭遇了一個暗坑的伏擊。隨著榆木車軸的戛然斷裂，運棺車突然分成了兩半，兩頭青雲牛努力地穿越了那個水坑，卻把車輪和棺木留在了水坑裡。碧奴和男孩都被掀下了車，他們從水裡爬起來的時候，看見芹素的棺木一頭已經滑入了水中，另一頭也快要脫離牛車的羈絆了。

車夫甩鞭狂抽他的牛，他說，衡明君給我的什麼差使呀，人爲難我，水爲難我，路爲難我，現在連你們牛也敢爲難我，看我不抽死你們！

碧奴說，大哥你別打牛，不怪牛，是棺材要跑！

棺材又不長腿，怎麼會跑？車夫嘴裡搶白著碧奴，沮喪地注視著水中的棺材，芹素我日你親娘！他突然罵了起來，芹素你就是個賤物，死了也那麼賤，做了鬼魂還來爲難我，給我的牛車下絆子！

碧奴說，大哥，也不怪芹素的鬼魂爲難你，太陽地裡走了三天，再好的棺材再好的香草也沒用。芹素在裡面躺不住了，再不入地，香草蓋不住氣味，人要臭啦。

他入不了地怨誰去？怨他自己！車夫衝碧奴嚷道，我給百春台送過十幾口棺材了，從沒送過這樣的棺材，從沒見過這樣的死人，明明到了家門口，就是沒人領！這芹素命賤呀，他不發臭誰發臭？

車夫踩著水走過來，一隻腳踏著棺材，他的臉色因爲過度的疲憊和憤怒，看上去是青白色的，他說話的時候鼻孔裡流出了一些液體，嘴角上掛著蠕動的泡沫。車夫開始一腳一腳地蹬踢棺材，你不肯走最好，是你自己從牛車上逃下來的，你自己要曝屍大路我也沒辦法，老天有眼，我辛辛苦苦把你送到了七里洞，我對衡明君有交代！車夫說，早知道你喜歡曝屍大路，還要什麼衣錦還鄉？還去什麼七里洞？青雲郡的官道比這兒的還寬呢，還沒有這麼多水，早知道你的棺材沒人領，不出青雲關，我就可以把你扔下了，哪兒用得著吃這麼多苦！

看得出來，車夫下了決心，他開始壓低車身，幫助那口逃跑的棺材更順利地投奔水坑。碧奴不敢接近暴怒中的車夫，她對男孩說，你快勸勸他，別讓他把芹素撂在這大路上，撂哪兒都行，千萬不能撂在路上。

男孩剝弄著腿上的泥漿，不耐煩地回答，妳懂什麼？是芹素要在路上，他等著哪個王公大人從官道上過，還要跟他們回去做門客呢！

停哪兒都行，路上不行，路上不能停棺材的！碧奴說，那麼大一口棺材擋著路，死人的魂入不了土，別人的車馬也沒法走了。

沒法走才好，芹素就喜歡這樣，他自己走不了，也不讓別人走！男孩在芹素的棺材上拍了一下，突然笑道，我總算遇上個比我命賤的人了：我忘了家在哪兒不算命賤，芹素家在七里洞，七里洞不接他的棺材，這才叫命賤，芹素的命比我還賤三分！

再賤的命，也不能把人家的棺材扔在路上！碧奴忍不住上去抓車夫的袍袖，大哥你好事做到底吧，你手不方便，我們幫你把棺材卸到地裡去，千萬別卸在路上！

車夫搡開了碧奴，沉重的黑漆棺木終於全部落入水中，發出一聲巨響。三個人都被那聲音嚇了一跳，一時都怔在那裡，看見那棺木一半在水裡，一半翹在路上，就像一塊飛來的黑色巨石，孤獨地聳立在官道上。死者那顆騷動不安的靈魂似乎也安靜下來了，他們幾乎聽見了積水嘶嘶地滲入木頭的聲音。無掌第一個緩過神來，他過來察看水中的棺木，用腳壓了壓棺蓋，舒了一口氣，說，還好，人沒跳出來，這麼好的棺材，他也不捨得跳出來。又壓一壓棺蓋，說，這樣一來也乾脆，反正這死鬼自己也記不清家鄉了，棺材停在哪兒，哪兒就算七里洞！芹素你別怨我不仁不義，這可是你自己選的地方，這官道上的水坑，就是你的七里洞，明年開春我從這兒過，一定在這兒給你燒紙錢！

官道上沒有行人，也沒有車馬經過，牛車卸下了棺木以後，兩頭青雲牛顯得輕鬆了許多，牠們在路邊啃著枯草，等待著車夫把殘破的牛車套在身上。車夫忙了半天，終於放棄了那堆車轂和木輪，他哀歎一聲，說，不行，我沒有手還是不行，腳能趕車，修車還要靠手。他對著青雲郡的方向歎了口氣，都是讓芹素害的，我趕著車出來，騎著牛回去，衡明君大人不知道怎麼罰我呢，他罰我也應該，還有看熱鬧的人，他們還不知道怎麼笑話我呢。

分道揚鑣的時刻來了，來得那麼倉卒。男孩看不出他的處境，他拿著那面白豹徽旗往牛背上爬，被車夫繳下旗幟攆下來了。車夫說，你個傻孩子，我都不一定能回百春台了，你還想回去？你以爲我帶你們出來過家家的？衡明君大人把你給芹素做了兒子，我不忍心把你丟在七里洞，可百春台的樹林，你是再也不能回去啦！

男孩的小臉露出了驚恐的表情，他抱住車夫的腿，不哭，也不鬧。車夫蹬了幾下沒有蹬開他的手，就拖著男孩往碧奴這邊走。各奔東西吧，他對碧奴說，我把你們也撂在這兒了，撂在這兒比撂七里洞好，這孩子，妳願意帶就帶，不願意就把他當一頭鹿，隨便放了吧。

碧奴上去拉那個男孩，拉不開，手上被男孩咬了一口。碧奴按住手對車夫說，大哥你還有兩頭牛，你騎一頭，還有一頭牛，就捎這孩子一段路吧。

捎一段路捎一段路，妳倒是會做好人！怎麼不問問他，捎哪兒去？哪兒都不行，這傻孩子，他不記得家呀！車夫低下頭看著男孩，惱怒地喊，你還纏著我？東南西北，你倒是說個方向出來，讓我把你捎到哪兒去？捎給石頭，還是捎給鹿？

男孩突然鬆開了車夫的腿，他跑到一塊車板那裡坐下，抹著眼睛裡的淚水，賭氣道，哪兒也不去了，我就坐在這裡，等鹽販子的車隊來！

這地方又窮又偏僻的，就怕鹽販子都不從這兒過呀。碧奴把男孩往車夫那兒拉，怎麼也拉不起來，她就站在那裡往北方張望，說，孩子你要沒地方去，就跟上我，去大燕嶺吧！

男孩受辱般地叫起來，傻瓜才去大燕嶺，妳是傻瓜，我不是，死也不去大燕嶺！

這支奇特的送棺隊伍終究還是匆匆散了，車夫和兩頭牛在暮色中蹣跚而去，把碧奴和男孩留在了鹿林縣的官道上。一隻信天翁從遠處飛過來，在官道上空盤旋了一會兒，落在了芹素的棺木上。碧奴站起來去驅趕信天翁，那鳥不怕人，牠沉著地在棺木上拉下一灘鳥糞，然後飛走了。黑漆棺木一半沒入水中，一半裸露在秋天的夕陽中，昨天還盡顯奢華的棺材，現在落滿黃色的泥漿，看起來委靡了許多，也顯出些許蒼老。他們聽不見裡面鬼魂的聲音，也不知道它對自己的處境有何打算。鬼魂也許作不了棺材的主，碧奴決定作棺材的主。她要把棺材從水坑裡推出來，再從官道上推到路坡下去。

可是碧奴怎麼也推不動棺材，那棺材就像一塊巨石長在水裡了。孩子，你來幫幫我，她招呼著那個男孩，芹素再不好，也是父母親養的人，我們不能讓他的棺材停在路上。

他不是父母親養的。男孩說，他還不如我呢，什麼七里洞，什麼老父老娘兄弟姊妹，都是瞎編的，他也是石頭縫裡鑽出來的人！

就是石頭縫裡鑽出來的人，也不能曝屍大路！人生一世，誰也管不了生，生下來像一把草，像一隻雞一隻鴨，你沒辦法，是爹娘的事，是前生的事，可再苦命的人也能管住死呀，死要死得好一點，怎麼也得死在土裡！碧奴說，孩子，你快來幫我一把，芹素這麼躺在路上，來世不是變成一塊土疙瘩，就是變成一塊小石子，躺在路上任人踩任人踢呀！

我才不推。男孩輕蔑地說，傻瓜才相信妳的話，妳就會說什麼來世，要來世幹什麼？我活這一世就夠了，下輩子哪個蠢女子膽敢生我出來，我怎麼也要想法鑽回她肚子裡去，就是不出來！

柏木棺材沾了水就更沉重了，碧奴一個人踩在水裡推棺材，人彎成一把弓，她的袍子全部被水浸濕了，無論她怎麼用盡力氣，棺木還是固執地不肯移動一寸，她聽見從棺木深處傳來一些竊竊的聲音，彷彿是感激的話語，也彷彿是辱罵的髒話，碧奴分辨不清那含糊的聲音，她一著急就拍著棺木叫起來，芹素，你別在裡面瞎嘀咕，你倒是幫我一把呀！

男孩不幫她，鬼魂也不幫她，碧奴推不動棺材，後來就放棄了。她走到路下的荒地裡，撅了一根樹枝，對男孩說，孩子，你挖墓坑挖得多好，我們來給芹素挖一個吧，等男人們從這兒路過，看見挖好的坑就知道了，男人力氣大，他們會把芹素的棺材搬到坑裡來的。

妳自己的坑都下不去，還惦記挖別人的坑！男孩冷笑了一聲，指著天空的暮色說，妳還是別管芹素的閒事了，趕緊上路吧，妳沒聽說鹿林出強盜？再不走，小心路上遇見強盜！

我的包裹沒了，身上就這一件喪袍，碧奴扯起她身上的白袍看了看，說，不怕，我不怕強盜了。

妳是個女子呀，沒東西搶，強盜還可以搶妳的身子！

男孩的威脅終於對碧奴產生了作用。她三步兩步走上來，眺望著官道四周空闊陰沉的曠野，眼睛裡流露出一絲恐慌之色。是該走了，芹素的棺材，只好留給哪個好心人了。碧奴說著去拉男孩起身，男孩卻甩開了她的手，朝她嚷道，妳是聾子呀？我告訴妳了，我不去大燕嶺！

我知道你不去大燕嶺，不去大燕嶺，也不能坐在這裡的，一眼都望不見個人影子。碧奴說，孩子，我不能把你一個人扔這裡，我們得走到個熱鬧的地方再分手。

現在就分手，傻瓜才跟妳走呢！男孩向碧奴翻了個白眼，妳自己都管不了，還來管我！我就坐在這裡，我等鹽販子的車隊來！

孩子，你要跟鹽販子去販鹽？那不是孩子幹的行當，他們跋山涉水的，也是餬個肚子，不會帶一個孩子走的！

鹽販子不要我，我就等貨郎，貨郎來了，我就有吃有穿了。

孩子，你要把自己賣給貨郎？貨郎收舊貨賣新貨，不做人口買賣的！

我才不賣人！賣人也不賣自己，我有好舊貨賣，賣什麼不告訴妳！男孩突然賣了個關子，他的眼睛裡有一團祕密的火焰燃燒著，灼熱的目光遊移著，躲閃著什麼，繞了幾圈，最後還是洩漏了祕密。男孩的目光終於無法克制地落在芹素的棺木上。告訴妳也不怕，我賣芹素的棺材！他用手比畫著元寶的形狀，聲音猛然高亢起來，我賣棺材！百春台的人說了，芹素的棺材值一個金錠！

碧奴嚇了一跳，隨後她驚叫起來，也不知道是被孩子嚇的，還是被自己的尖叫聲刺痛了耳朵，碧奴捣住了自己的耳朵。

妳捣耳朵幹什麼？我賣芹素的棺材，又不賣妳耳朵！男孩說著想起什麼，挖著鼻孔觀察著碧奴驚恐的表情，他說，妳們婦人就會大驚小怪！要是覺得吃虧，妳也拿一份，把芹素的壽袍扒下來帶走，妳丈夫不是沒冬衣穿嗎？芹素的壽袍都是綾羅綢緞，正好給妳男人捎去！

碧奴不捣耳朵了，她臉色發白，一隻手捣著胸口，用另一隻手指著天，她還記得提醒男孩天的存在，可是過度的驚怵使她忘記了天的威嚴是什麼，忘了天對人的懲戒是什麼。她什麼話也說不出來，只是一手指著天空，一邊往後退縮，她倒退著走路，離男孩越來越遠。

妳指著天幹什麼？天上什麼也沒有，連鳥也沒有！男孩說，妳嫌死人穿過的衣服髒？

拿到水邊洗一洗，不就跟新的一樣？我告訴妳，妳不要那衣服自然有人要，我拿到當鋪去，起碼換回一大堆刀幣！

她看見男孩向棺木走過去，他像一頭鹿一樣縱身跳到他龐大的財產上去，熟練地把棺蓋移開了一點點，來呀，快來，妳還裝什麼好人！他朝碧奴嚷嚷起來，人還沒臭，現在不扒，以後再後悔就來不及了！

碧奴就是這時候開始狂奔的。跑出去很遠了，看見路邊出現了幾片圓形的窩棚，看見了窩棚邊農人的地鍋，看見鍋邊的一條狗一隻雞，她才記起來這是人間。碧奴回頭向官道張望，濃稠的暮色已經蓋住了那個水坑，水坑閃爍著一縷脆弱的光，照亮棺材的一角，芹素的棺木看上去像一塊黑色岩石，被無情的群山拋棄在空寂的官道上。平原上落日輕輕搖晃，藉著最後一點溫暖的光線，碧奴看見遠處有一頭小鹿的影子，她以爲自己看花了眼，揉揉眼睛再望，望見的還是一頭鹿，男孩的身影消失了，是一頭鹿，一頭鹿正站在芹素的棺木上。

五　穀城

他們說走過平原再看見山，就看見大燕嶺了。碧奴不知道這平原這麼大，怎麼也走不到頭。碧奴走過了好多人煙稠密的城闕，她記不住那些地方的名字，而五穀城的名字她怎麼也忘不了，通往北方的官道到了五穀城外，再也走不過去了。不知哪兒來的那麼多郡兵，他們在路上組成一堵黑壓壓的人牆，見人攆人，見車攆車，碧奴也被他們攆下了官道。

是官道封路了，國王要從五穀城過。所有的趕路人像羊群一樣被攆到了五穀城裡。五穀城裡盛傳國王的人馬早就來到了平羊郡地界，他的巡視日程根據天象和星辰的運行而變幻莫測，巡視的路線則追溯著一條傳說中的運河南下。傳說中黃金樓船造好的日子，也是運河通航的日子。可平羊郡人人都知道，南方三郡聯合奉獻的黃金樓船已經運抵京城，北方四郡負責的運河還沒有開鑿，不知道是誰吃了豹子膽欺騙了國王，一個畫師憑空畫出了長達七丈的運河風光圖，那畫卷上的新運河百舟競發，帆檣林立，運河兩岸風光旖旎，人畜兩旺，國王被他的江山美景深深地打動了。一個奇怪的消息傳遍了平羊郡，消息稱國王的人馬帶著那幅運河圖出發南下，他們拖著一條黃金樓船在平羊郡地界尋找運河的碼頭，已經尋找了很多天了。

五穀城的城門前無數人在談論受騙的國王，談論那幅運河美圖，談論那條由九百個能工巧匠聯手製造的樓船，有人從靠近京城的地方來，說國王的人馬浩浩蕩蕩，最炫目的就是那條黃金樓船，說那樓船在國王的車輦裡像一條巨龍，它追隨國王向南方遊來，所過之處，風起雲湧，遍地金光。有個小孩子在人群裡高聲說，沒有運河，樓船不能下水的，這麼走下去，國王遲早會發現有人騙他，欺騙國王，要殺頭的！城門前的人都回頭看著那個小孩，嘖嘴道，連小孩子都知道的後果，怎麼那些官大人會不知道？怕是另有隱情呀！還有個男孩以他的想像招徠別人注意的目光，他說，運河也不一定是在地上的，國王的運河憑什麼給你們看見？它挖在地下，在地下流，那黃金樓船，在地下開！那男孩的奇談引起了大人們的哄笑，有人指指自己的腦門，用眼神、手勢和自己的腦門來示意一個更可怕的謠言，國王的腦子最近出了點問題！人堆裡立刻有人提醒他，說，你別以為用手戳自己腦門就沒事，你管住你的舌頭，還要管住自己的手，小心讓捕吏看見你的手，亂比畫，也要殺頭的！

碧奴聽見了流民們談論的國事，她聽不懂。她看見好多人在朝城門上張望，她也朝城門看了一眼，第一眼沒看清楚，說，那一溜東西是什麼？是瓜呀，掛得那麼高？旁邊一個老漢笑著說，是瓜嗎？瓜還能吃呢，妳再看一眼！碧奴再看一眼，突然尖叫一聲，她揮起袍袖蒙眼睛，袍袖中途墜落，人已經栽倒在那老漢懷裡了。那老漢扶著個陌生女子，不知如何是好，就把她放在地上了，眾人都盯著他，盯得他有點羞惱，不知道是哪兒來的鄉下女子！他憤憤地嘟囔著拂袖而去，這麼大個女子了，連人頭也沒見過！

也有好心人過來拍碧奴的臉，鼓勵她睜開眼睛，妳是良家婦女，怕什麼人頭？刺客和強盜才怕人頭呢。幾個好心人熱情地捉住碧奴的手，強迫她睜開眼睛，快把眼睛睜開來，睜開來再看一眼，以後就敢看了，看人頭不會變瞎子的，看看人頭對妳有好處，以後說話做事情就小心啦！有個身寬體壯的婦人擠過來掐碧奴的人中，掐了幾下把人掐醒了。那婦人把碧奴的頭從地上扶起來，靠在她碩大的胸口上，向碧奴耐心地指點掛在城牆上示眾的那排人頭，一一介紹起人頭的罪名來，介紹得聲情並茂。她說掛在最高處的人頭屬於兩個過路客，他們投宿在南門的客棧裡，本來已經搜了身過了城門關的，可是他們吝嗇，不肯給客棧的夥計賞錢，結果客棧的夥計夜裡翻他們的東西，發現他們的褡褳縫了夾層，夾層裡藏著刀！那婦女認爲兩個過路客死得不冤枉，不僅是官府，老百姓看見那褡褳，也都斷定他們是潛入五穀城的刺客，伺機刺殺國王。其餘幾個就有點冤枉，都是管不住舌頭惹的禍，一個貨郎死於自己的舌頭，是因爲他當眾散布國王已經瘋癲的謠言。另一個訴訟成癖的老漢以爲自己能說會道，騎著驢子準備去拜訪國王，告郡守的狀，沒走到城外就被官兵拿下了。官兵說，我們把你接回去給你嘴裡安個金舌頭，你再去找國王告狀！還有個女子的人頭昨天還在，今天不巧，剛剛換掉，妳看不見了。她是我街坊鄰居呀，賣豆腐的張四娘！她算個帳偏個秤比誰都精明，就是管不住嘴巴，聽到什麼就傳什麼。誰是奸臣誰是賊子，我們老百姓怎麼敢亂傳呢？這耳朵聽了，那耳朵就出去了。那張四娘不，到哪兒都要顯出她來，一個婦道人家呀，也不認識個誰，就在城門口指名道姓地罵這個大臣罵那個丞相，這下好了，官府的寒大人路過城門，正好聽見，說他倒要看看哪個長舌婦管不住自己的舌頭，造起朝廷的謠來了。她是舌頭太長才管不住的吧，我來替她管！這位大姊妳猜猜，寒大人怎麼管張四娘的舌頭的？

碧奴驚愕地瞪著那婦女，下意識地抿緊嘴藏起自己的舌頭，過了一會兒她憋不住氣，嘴又張開了，說，割舌頭！大嫂妳不是嚇我吧？說幾句閒話還能把舌頭說丟了？我們桃村那兒不讓流眼淚，不流眼淚沒什麼，我們習慣了，不讓人說閒話可怎麼辦？豈不人人都成活啞巴了？

不是不讓妳說閒話，看是什麼閒話！那婦女皺起了眉頭，妳這閒話就不好，什麼活啞巴死啞巴的？官府聽見了，說不定又要問妳的罪，反正要管住自己的舌頭，該說的才說，不該說的不說！

碧奴注意了她的舌頭，發現那婦人說話時嘴唇翻得飛快，舌頭卻深藏不露。碧奴有點羨慕地說，大嫂妳在這裡住久了，知道怎麼管舌頭，我是去大燕嶺被困在這兒的，不知道這五穀城的規矩，不知道什麼可以說，什麼不可以說呀！

那婦人驀然有點緊張，她向旁邊的人群掃視了一番，臉上露出一絲警惕的表情，然後她讓碧奴吐出舌頭，仔細地檢查了一番。妳的舌頭，不算長，但也不算短！婦人匆匆地對碧奴的舌頭做出了評定，又壓低聲音問碧奴，這大姊平時是不是愛說話呀？碧奴說，有時候喜歡說，有時候不喜歡。婦人又問，妳一個人出門在外，知不知道什麼話該問什麼話不該問嗎？知不知道什麼話該說什麼話不該說嗎？碧奴茫然地搖了搖頭。那婦人斜著眼睛，慈祥地看著她，突然從懷裡拿出一個小布袋說，妳應該買點我的聰明藥，吃了聰明藥，保證妳學會什麼時候該說什麼話，見什麼人該說什麼話，妳的舌頭就不會給妳惹禍啦。

碧奴看見那小布袋裡裝著一些黃綠色的藥粉，她幾乎用手指蘸到了藥粉，看看那婦人敏捷地收攏了布袋。知道她的意思，藥是要花錢買的，碧奴就縮回手，歎了口氣說，大姊，再好的聰明藥，我也沒錢買呀。

那婦女訕訕地收起了她的小布袋，不買就不買，省了錢丟了命就不值得了。她抽身往人群裡走，邊走邊說，像我們這樣的女子，本來聰明不聰明也派不上用場，我是看妳一臉晦氣，可憐妳才賣藥給妳，別人要我的藥，我還不一定賣給她呢。

城樓上的大銅鐘敲響了，是催促人們進城的鐘聲。城門外的人流開始騷動，湧向不同的城門洞，鐘聲令人心慌，也使懶散的人群一下振奮起來，喧鬧聲中有婦人尖聲呼喊著兒女的名字，紛亂的人流沿著城牆奔跑，除了孩子，再也沒人抬頭關注城牆上懸掛的人頭。

人群一堆堆地分了三六九等，碧奴不知道她應該跟著哪一堆，就去跟住了一批衣衫襤褸的流民。到了城門口，這支隊伍又散開了，男人排在大門洞口，女人和孩子則排到了小門洞那邊，碧奴就跟住女人和孩子，往小門洞那兒走。一個郡兵朝著碧奴跑來，他打量著碧奴身上那件發黑的喪服，說，妳家裡死了什麼人？喪服怎麼會這麼髒？碧奴正要說話，突然想起來要管好自己的舌頭，就朝北方的方向指了指，什麼也沒回答。郡兵認爲她剛剛守了新寡，他對碧奴的盤問是圍繞著死人展開的，妳男人怎麼死的？是打家劫舍讓官府殺了頭，還是夏天時候染了瘟疫死的？還是戍邊死在邊疆了？碧奴知道說實話會惹來麻煩，又不知道該怎麼撒謊，乾脆就咬著舌頭不說話，只是用手指著北方。妳男人死在北方了？妳是啞巴？怎麼又來了一個啞巴？他端詳著碧奴的表情，看上去有點懷疑，見鬼了，今天官道上怎麼下來這麼多啞巴？給我到西邊去，啞巴，瞎子，瘸子，病人，外國人，都到西側門去接受檢查！

西側門裡排隊的人不多，她的前面站著一個賣糖人的黑袍男子，那男子的背影看上去高大魁偉。碧奴覺得奇怪，自從春天開始徵召男丁去北方之後，路途上這樣年輕力壯的男人已經絕跡。人家都去了長城去了萬年宮，人家都在做牛做馬，他怎麼能走來走去地賣糖人呢？碧奴趨步繞到他前面，用好奇的目光看了他一眼。那男子坦然地轉過臉來，這位大姊，妳要買個糖人嗎？

碧奴看見了那男子憔悴而年輕的臉，一雙銳利明亮的眼睛，像鷹一樣冷靜，帶著莫名的威懾。她搖搖頭，往後退了一步，突然記起來一個人，她記得這個人的眼睛，是車夫無掌在藍草澗迎候的那個門客。那蒙面門客的身影也是這麼高大，眼睛也是這麼寒冷。她還記得那個蒙面的門客黑袍上散發的麝香和甘草混雜的氣味。現在風從城門裡穿過，拂起男子的袍角，碧奴又聞到了那股奇特的氣味。

碧奴正要說話，忽然記起那賣聰明藥的婦人的告誡，就用袍袖把嘴遮住，用手指捅了捅賣糖人的男子。那男子再次回過頭來，眼神裡已經充滿了厭惡。

這位大姊，妳不買糖人就別捅我，看看妳還穿著個喪服呢，沒見過妳這麼輕佻的女子！

碧奴讓他說得脹紅了臉，瞪著前面的背影，怎麼看也是牛車上那個男子，爲什麼到五穀城來賣糖人呢？我不認識你才不會捅你！碧奴忍不住，該說還是要說，大哥你是百春台的門客呀，怎麼到這兒賣起糖人來了？她說，我捅你是要跟你打聽個人呢，那用腳趕車的車夫大哥，他回到百春台了嗎？

什麼用腳趕車用手趕車？我不認識什麼趕車的，也不認識妳！

你不認識我，我認識你，大哥！我的眼睛可靈了，別說是人，就是頭頂上飛過的鳥，今年飛去，明年再飛回來，我也認得出來，大哥，你也是要去大燕嶺吧？不去大燕嶺，也不會從這五穀城過！碧奴說，走了這麼多天，好不容易遇見個熟人呀，大哥你是去大燕嶺吧，等國王走了，我們搭個伴一起走，路上好有個照應。

我不去什麼大燕嶺，也沒法照應妳。我是個瘸子，妳有兩條腿，我只剩下一條腿，一條腿的人怎麼能照應兩條腿的人？那男子冷冷地注視著碧奴，突然掀開袍子，說，讓妳先看我的腿，看看就知道了，我只有一條腿，我要是好端端的，他們怎麼會讓我到西側門來排隊進城？

碧奴疑惑地彎下腰，發現他的黑袍下面果然空空蕩蕩的，果然只有一條腿，另一條腿只有一截，用布綁好了懸在半空中。你有兩條腿的，我記得清清楚楚的，你從藍草澗的山上下來，跑得比馬還快呢。碧奴忍不住抓著那半截腿察看，嘴裡驚訝地說，我從藍草澗過來，也就半個月的時辰，好好的你怎麼把一條腿弄沒了呢？

沒見過妳這麼輕佻的女子！人賤手也賤，男人的腿，妳也敢隨便抓？

碧奴的手被什麼東西突然打了一下，是那男子用糖人架子打她的手，她抬起頭，注意到那男子冰冷的眼睛裡已經露出了仇恨的火焰，他說，給我管住自己的手，管住自己的舌頭！我告訴妳五穀城裡很亂，殺一個蕩婦，比踩死一隻蒼蠅更容易！

西側門裡的人都回過頭來了，他們打量碧奴的眼神很曖昧，有個女乞丐用一種居高臨下的語氣說，日子再艱難，婦道還是要守的呀，你們看她喪袍還沒脫呢，就這麼明目張膽地勾引男人！前面有一對貌似啞巴的男女回頭斜睨著碧奴，用手語憤怒地交流著，一起咒罵她，下流的女子，母狗發情還知道挑個地方，她都不挑！碧奴羞出了眼淚，他們都把她當什麼人了！人群團結一致的目光讓她很害怕，她後悔沒聽那賣聰明藥的婦人，到了五穀城，是不可以隨便說話的，說了三句話就被別人當成了那種女人！碧奴又羞又氣，她想按照桃村的方式朝那些人啐三口的，無奈沒有那份勇氣，最後她乾脆舉起袖子掩好自己的嘴，一貓腰，將自己的身體藏到人堆裡去了。

城樓上的鐘聲停了，進城的人流更急切地向城門洞湧動著。碧奴心有餘悸地看著眾人的背影。人流向前動了一步，她也跟著邁一步。現在她不敢靠近那神祕的瘸腿男子了，隔著幾個人的腦袋和肩膀，看得見那男子的糖人架，架上的小糖人在半空中快樂地晃動，也只有那些彩色的小糖人，仙女神鬼和散財童子，向碧奴送來一個個僵硬的微笑。

城門洞裡飄散著人體和衣物行囊散發的酸臭味，有人在這裡那裡咳嗽，乾咳或者爽快地吐出了痰。碧奴身後歪歪斜斜地站著一個患癆病的男人，那人明顯受到了公眾輿論的影響，判定碧奴是個放蕩的女子，因此在一陣劇烈的咳嗽之後，他的手摸到碧奴的袍子裡去了。第一次碧奴沒有叫，她打掉了那隻手，裹緊袍子往前站了一步，但那男子的身體很快又貼上來了，一隻枯瘦如柴的手和一個隱祕的軟組織，一起上來緊緊地貼著碧奴的臀部。碧奴這次尖叫起來，把那男人推到了一邊，西側門的人群都回過頭來，輕蔑地看著碧奴，碧奴想告訴他們什麼，嘴動了幾下，眼淚湧出來了，她就用袍袖蒙住了眼睛。那男子倒不避諱什麼，義憤地指著碧奴，你們看這女子，剛剛還在做婊子，這會兒又給大家立牌坊呢，我咳嗽咳得這樣，能怎麼她？不小心碰她一下，她倒鬼叫起來，還他媽的流眼淚呢！

人群騷動了一會兒，響起一個貌似公正的聲音，花香招蜜蜂，魚臭招蒼蠅，男的女的，都不是好東西！那癆病患者沒有得到輿論的支持，突然憤怒起來，妳不是不願意排在我前面嗎，我知道妳要排哪兒去，走，妳滾到他身邊去！雖然患著病，畢竟是個男人，那癆病患者雙手扣住碧奴的腰部，人拉成一把弓，用著蠻力推碧奴。碧奴怎麼也甩不開他的手，人像一只輪子一樣被推出去了，踩到了好多人的腳。有人不計較，有人卻伸過手來打她，嚷道，妳往哪裡踩？幾個男人咯咯地笑得很興奮，說，推，推，好好推，別看這癆病鬼半死不活的樣子，見了女子，力氣這麼大！碧奴一路跟蹌一路掙扎，手揮到了好多人的臉上，眾人為了避免碰撞和誤傷，乾脆給他們讓出了一條路，於是碧奴像一只輪子一樣滾到了賣糖人的男子身邊。

那賣糖人的男子原先站著不動，看見碧奴撞過來，人拔地而起，單腿一跳就輕盈地躲開了碧奴。碧奴跌坐在地上的時候已經淚流滿面，眾人看她手指著那癆病患者，嘴唇在動，最終卻沒有發出任何聲音。他們只是聽見一種清脆的哭泣聲響起來了，像一個嬰兒的哭聲！有人好奇地鑑別碧奴的哭聲，說，這女子哪兒來的？這麼大個女子，哭起來像一個嬰兒！有人被碧奴哭動了惻隱之心，上去拉扯碧奴，哭不得，哭不得，進城門不能哭的，這是五穀城一百年的老規矩！碧奴甩開了所有的手，固執地坐在地上，坐在地上哭，哭得淚水四濺。好多上去拉扯她的人都以手遮面跳開了，說，這女子哪兒來的？一定是水裡來的，哭得像下雨呀，把我袍子都打濕了！碧奴的哭聲把城門口的守衛引來了，幾個守衛一路跑過來一路嚷著，誰在哭？是誰在城門口哭？活得不耐煩了！忙於躲閃的人群都指著碧奴，說，快管管這女子，受了點委屈哭成這樣，哭得像下雨！守衛打量著碧奴身上的喪袍，看見那喪袍的袍角已經浸在一潭淚水裡了。他們把她從地上一把拉起來了，說，哪來的女子這麼大的膽？妳不在墳上哭，跑到城門口來哭？連三歲的小孩都知道五穀城的規矩，城門不沾人的淚，在城門口哭犯的是死罪！妳這麼大個人竟然不知道？

她是在尋死呢！那癆病病人此時已經鑽到了人堆裡，他在人堆裡高聲說，五穀城的好風水，一定被她哭破了，這女子，犯了殺頭之罪啦！

人群一下子肅穆起來，每個人都凝視著守兵們，緊張地等待著什麼。守兵們是在交頭接耳地商量，卻不知道商量出了什麼結果，終於有一個年輕的守兵持矛過來了，他圍著碧奴兜了幾個圈，人群的目光都集中在那閃亮的矛尖上了。要當場殺頭了，要殺頭了！有熟悉殺頭場面的人在小聲地挑剔守兵手中的兵器，怎麼用矛挑？不是都用鬼頭刀的嘛！還有個婦人顫聲叮囑著自己的孩子，乖一點，乖，別湊那麼近，別讓血濺到你的衣服上！

漸漸地人群裡發出了各種疑惑不解的聲音，咦，不像是要殺頭！不殺了吧？不殺啦，又不殺啦！那個年輕守衛的舉動出乎旁觀者的預料，他只是用矛尖挑開了碧奴掩面的袍袖，饒有興趣地研究著那女子的一張淚臉，哭，哭出來呀，我們讓妳哭個夠！聽不出來他是在逗弄碧奴，還是眞的在催促她。人們看見他用食指在那女子臉上蘸了蘸，然後他盯著自己的食指叫起來：看這眼淚，這麼大，像珍珠一樣呀，一滴滴能站在手指頭上的！旁邊的守兵說，別光顧著看，淚珠子再大，味道不行有什麼用？趕緊嚐嚐她的眼淚什麼味道吧！那年輕的守衛轟走了幾個大膽的孩子，靦腆地背過身去，將蘸過淚水的食指塞到嘴裡，嗞，嗞，嗞嗞嗞。聽得見他用舌頭吮咂手指的聲音，那聲音響亮而具有豐富的節律。眾人不解其意，一雙雙眼睛盯著品嚐眼淚的守衛，嘴裡驚呼起來，怎麼吃起眼淚來了？這是幹什麼？難道那女子的眼淚是什麼山珍海味嗎？那年輕的守衛品嚐得非常專心，過了一會兒他緊張的舌頭停止了工作，緊皺的眉頭舒展開來，眼睛裡閃出了亢奮的光芒，好淚！他突然欣喜若狂地叫起來，好淚呀！不那麼鹹，鹹裡帶甜，甜裡帶酸，有一點兒苦，還有一點辣，肯定是五穀城最好的眼淚！旁邊的守衛們一片雀躍，一個軍吏打扮的人熱烈地鼓著掌，上去拍著那年輕人的肩膀，稱讚道，好，你沒白在藥鋪裡混，找到五穀城最好的眼淚，都靠了你的舌頭！

那天五穀城的守衛們一反常態，他們陶醉於一個女子淚水的滋味，臉上流露出邀功請賞前的得意表情，路人們不知道他們葫蘆裡賣的什麼藥。一個可遇不可求的殺頭戲剛剛拉開帷幕，什麼都沒開始，戲就匆匆地散了，這讓城門口的人們難免感到一絲失落。有人追著守兵們詢問其中的奧祕，怎麼啦？爲什麼饒了這女子？今天是國王的什麼好日子，是大赦天下嗎？守兵們不便細說，只是暗示這女子命大。有人不依不饒地追問，爲什麼她命那麼大呢？憑了什麼本事？守兵不耐煩了，突然叫道，憑她的眼淚珠子大，憑她的眼淚有五種味道！這又不是什麼高興事，你們也來眼紅！

在眾人驚詫的目光中，哭泣的碧奴拖曳著一道銀色的淚光，被守兵們架出了城門洞。排在前面的人看見他們把碧奴架到一堆劈柴前，讓她和一輛運柴的獨輪車站在一起，前面便有人自作聰明地叫起來，還是難逃一死呀，要把這女子當柴火燒啦！後面的人一陣騷亂，大家都跳起來看那獨輪車，獨輪車裡堆滿了劈修過的柴火，每一捆柴火上都用紅漆寫著「詹府」兩個字，有人說，啊呀，原來要把她送到詹刺史府上去！推車的車夫也穿著詹府的褐色家袍，看上去他與守兵們意見不合，斜眼看著碧奴，抓耳撓腮地發牢騷，說，你們當兵的就會眉毛鬍子一把抓，送淚人歸送淚人，送柴火歸送柴火，應該分開的。這麼小的車子，又拉柴火又拉人，擠不下呀！一個守兵就上去把一車柴火都傾倒出來，嘴裡罵那個車夫，詹大人是白餵飽你的肚子了，我們好不容易找到了這麼好的眼淚，你個奴才竟敢作怪！我問你，是你的柴火重要還是詹刺史的藥爐重要？那車夫一時語塞，囁嚅道，淚人歸藥膳房管，我是柴房的，柴房就管柴火呀！另一個守兵走過來用一片柴火敲了敲車夫的頭頂，你就管柴火，腦袋瓜也成了柴火！你沒聽說你們詹大人的藥爐子裡淚湯快乾了？一個送柴火的倒跟我們打起官腔來？讓你連人帶柴一起推，你就給我一起推走！

城門口的流民們看見碧奴被拉出來，推進去，人和柴火幾次三番地調整，最終碧奴是坐在獨輪車裡面了，準確地說，不是坐，是堆在柴火裡了，他們只看見碧奴的臉和肩膀一側露在外面。她仰面哭泣著，身體被柴火捆淹沒了，淚水雨點般地灑在柴火上，令人不由得擔心那些柴火進了灶膛是否還能正常燃燒。柴車走了很久，人們才知道那女子不是推去做柴火的，她不僅倖免於難，而且進詹府做事去了！去詹府做什麼事？去哭，去做淚人，原來詹府急需人的眼淚熬藥！眾人都不相信自己的耳朵。由不得他們不信，一個與詹府藥膳房過從甚密的藥販一一道出了原委，原來刺史府中最近籠罩著病魔的陰雲，刺史的老母親言氏不小心讓一根雞毛潛入嘴裡，喉管奇癢難忍，導致終日咳嗽，咯出了血，請遍城內名醫，那些丹心聖手也沒取出一根該死的雞毛；刺史最寵愛的小公子早晨出門，遇到一陣風，那一陣風竟然把小公子的嘴巴吹歪了！刺史家眾多的妻妾女眷也受到了小病小災的眷顧，美貌的大多得了花斑癬、銀屑病，斑癬偏偏長在臉上；勤勞能幹的大多得了嗜睡症，白天黑夜賴在床榻上。詹刺史從松林寺請來了一個歸隱的長壽宮御醫，御醫認爲府中邪氣太盛，關鍵還要補氣扶氣。他給病人們留下的藥方沒有什麼過人之處，那熬藥的湯水卻出奇，不准用水，要五味淚湯，要人的眼淚、苦的淚、鹹的淚、甜的淚，還要酸的淚、辣的淚！詹刺史曾經以爲請來的御醫是在捉弄他，但是看那老人仙風道骨、德高望重的樣子，又想起他曾經爲三代國王治療過多種疑難雜症，就不敢不從了。詹刺史在五穀城一手遮天，但再大的權勢和再多的金錢也買不來那麼多的眼淚，只好下令五穀城官兵，在全城範圍內搜尋善哭的女子作爲淚人，向詹府的藥爐提供淚水。由於時間緊迫，官兵們無法仔細考察淚人們的品行道德和眼淚的品質，他們一味地在人群中篩選悲傷的面孔，不免走眼。有人急於向刺史表示忠心，錯抓了一個整天垂淚不止的瘋女子去刺史府中，結果那瘋女子的眼淚是帶有魚腥味的，不合五味淚湯的標準不說，還壞了好好的一爐淚湯！刺史大發雷霆，各部門都從中吸取了教訓，向刺史大人發誓，一定要抓到五穀城最傷心的女子，把最大滴的眼淚和味道最好的眼淚奉獻給他的藥爐。

這一天，城門口的官兵們幸運地發現了碧奴的眼淚，而流民們有的半信半疑地議論著眼淚的藥用價值，有的乾脆蘸了一滴自己的眼淚，舉著手指到處追逐那個嚐淚的年輕守兵，他們的毛遂自薦統統遭到了拒絕。獨輪車一走，城樓上高高的三角旗臨風飛舞起來，旗兵在向四方的角樓發送一種深奧的旗語，城門下有個老人年輕時候恰好做過旗兵，他把那旗語一字一字地念了出來：抓到了最傷心的女子！最大最好的眼淚已經在送往詹府的途中！

淚湯

柴房的僕人們讓碧奴脫下她的喪袍再進詹府，一件發黑的喪袍脫了半天，終於脫下來了，碧奴拿著那件袍子站在柴房裡哭。僕人過來說，現在別哭，我們這裡沒有淚罐子，這麼多眼淚都掉在柴堆上，妳哭了也白哭！他們從碧奴手裡抓過那件袍子，往柴堆上一扔，看見碧奴的淚眼盯著柴堆上的袍子，僕人猜測著她的心思，說，妳這女子，還怕我們私吞這破喪袍呀？我們詹府辦喪事的時候，連石獅子穿的白袍，都是軟緞的料子，妳別以爲我們在柴房搬柴，就門縫裡看人！碧奴沒說什麼，她的目光還是定定地看著那袍子。僕人的臉上便有了譏諷的表情，過去拿根長木棍挑起喪袍，挑到了最高的柴堆上：妳不捨得？不捨得我們就不燒它了，給妳留著，妳哭好了再來柴房拿吧。

有個留著長髯的老頭來帶碧奴。他們沿著一個迴廊走，走過了庭院，院子裡曬著好多絲棉、紅棗和臘肉，女僕在水井邊咚咚地捶衣，三大排晾衣架上滿目錦繡，掛滿了男人女人的衣物，有的洗過了，有的是曬個太陽做冬裝的，掛在最高處的一件青色的裘皮袍子鑲了豹袖，還有一件鳳鳥花卉的黃絹面袍，看得人眼睛發花。三頂皮冠，分別是白鹿皮、熊皮和豹皮的，搭在架子上，看上去像那些動物的幽靈正在曬太陽。碧奴猜得到那袍子的主人應該是詹大人，但三頂皮冠她分不清是戴在頭上還是穿在腳上，或者是套在手上的？她盯著那三頂皮冠看，老僕人回頭不滿地叫道：妳別東張西望的，詹府裡的東西妳看懂了也沒用，都不是妳用的東西！

老僕人迎著一股濃烈的草藥味走，把碧奴帶到了一間黑屋子裡，是詹府熬藥的地方。藥爐煮沸了，噗噗地冒著熱氣，滿屋子嗆鼻的氣味，爐工專心致志地守著火，兩個藥工，一個在桌邊切藥材，一個手拿攪棒在爐邊忙碌。而在屋子的角落裡，幾個婦人、男孩和女孩正端坐在黑暗中，每個人捧著一只罈子，對著罈子哭泣。老僕人叫了一聲：新來的淚人，給她最大的罈子！有個胖婦人從黑暗中閃出來，給碧奴抱來了一只半人高的罈子，她說，聽說妳的眼淚又多又好，我倒要見識一下，妳的眼淚有多多，有多好！

也許是聽說了新來者的眼淚不同凡響，哭泣的淚人們偶爾從罈子上抬起頭打量碧奴，目光中盡是猜忌和敵意。倒是那個切藥的藥工走過來指點碧奴，對碧奴的吩咐也透出一些罕見的體貼：妳慢慢哭，對準罈子，哭一會兒歇一會兒，不用哭得太傷心，傷心沒用的，我們只要眼淚，哭滿半罈子就叫我，下爐前還要嚐的！

碧奴抱著罈子坐下來，看著旁邊的淚人們將淚水精確地瀉在罈子裡，這邊篤的一聲，那邊噹的一響，淚人們的眼睛好像雨後的屋簷，而這間屋子看上去是一個奇怪的淚水作坊。碧奴惘然四顧，她知道她現在應該哭，可是該哭的時候，她腦子裡還在琢磨那三頂皮冠的用途，聯想起豈粱的冬衣至今沒有著落，她憂心如焚，一時卻哭不出來。

我的淚水是甜的！一個男孩突然停止哭泣，瞪著碧奴問：妳的淚水是什麼味道的？你們大人眼淚再多，都是苦的澀的鹹的，你們流不出甜的淚！

碧奴沒來得及說什麼，旁邊一個婦人懷著莫名的嫉妒說，人家會流五穀城最好的眼淚，甜淚算什麼？人家會流五味淚，什麼味道都有，不知道會拿多少賞勞呢。

哪來什麼五味淚？一雙眼睛流出來的淚，只有一種味道！我嚐嚐就知道了，一定是騙人的。那男孩湊過來看碧奴的罈子，手指剛要探下去，一看是空的，就嚷起來，妳怎麼還不哭？妳不會哭？妳沒有碰到過傷心事嗎？

碧奴說，孩子，我會哭的，就是碰到的傷心事太多了，一坐到這裡，倒什麼也想不起來了。

想不起來也要想，想最傷心的事情，我就想我爹是怎麼把我扔在鴨寮裡的，人家來撿蛋，才把我抱出來，身上全是鴨毛鴨糞！人家到現在還叫我鴨毛，我一想我的名字，眼淚就來了！男孩說著，忙不迭地把臉對準淚罈，又攢了幾滴眼淚在罈裡，他說，我們小孩子的甜淚最難得，半罈子淚要攢很長時間，妳們婦人的傷心事我也不懂，怎麼引眼淚下來，妳去問問她們吧。

幾個忙於哭泣的婦人起先都很矜持，隔了一會兒聽碧奴的罈子還沒有動靜，便抬起頭瞪著碧奴：快點吧，罎子哭滿了才能拿錢，一看妳就是個苦命女子，怎麼會沒個傷心事？閉上眼睛想一想不就哭出來了？那胖婦人抱著罎子擠到了碧奴身邊，說，我看妳是在城門口哭得太厲害了，眼淚都浪費在地上，現在又撿不回來！城門口的人怎麼對妳的，不說我也猜得到，壞人比好人多嘛。可是到了這裡，妳不能指望誰惹妳哭了，詹大人把我們請來，總不能再搭上個欺負婦女的主來惹妳哭吧？反正是一雙眼睛，一只罎子，哭多少淚出來，都要靠妳自己的本事了！

碧奴點了點頭，她把臉放在罎口，憋了一會兒又抬起頭來，淚水還是沒有出來，碧奴有點慌，問那個胖婦人：大姊，我一路上哭得太多，會不會把眼淚哭乾了呢？

女人的眼淚哭不乾，放心吧，眼睛就是哭瞎了，還有眼淚！胖婦人指著自己的眼睛說，妳看我的眼睛，都腫成核桃了，不還是在這兒哭？我們幾個在這兒哭了好多天了，夫人、太太們的病不好，我們還要天天來哭，外面多少人眼紅我們呢，說是拿眼淚換刀幣換糧食，天下女子最便宜的差使，妳還不趕緊哭？快點哭吧！

那個藥工又過來了，他以為是其他淚人們妨礙了碧奴，把他們都從她身邊轟走了，又去鼓勵碧奴：爐上等著妳的五味淚呢，妳一罎淚興許能頂五罎淚用，妳得好好哭！

碧奴說，大哥，我是想好好哭的，可是這麼哭跟作戲似的，我怎麼也哭不出來。

藥工眨巴著眼睛觀察碧奴，他開始啓發碧奴的眼淚：妳家裡不是剛剛死了人嗎？是死了丈夫嗎？想想吧，死了丈夫妳下半輩子怎麼過，妳就哭出聲來啦。

別咒他！碧奴驚叫起來，我家豈梁在大燕嶺築長城呢，他沒死。這位老爺，麻煩你朝地上吐三口唾沫，快吐，吐三口！

藥工朝地上吐了三口唾沫，吐完之後，他用腳在地上碾了幾下，嘴邊浮現出一絲難以察覺的笑意。上了大燕嶺，別人咒不咒，他都只有半條命了！藥工看了一眼碧奴，又看了看那邊角落裡的幾個婦人，說，也不是妳一個人丈夫在大燕嶺，問問她們流苦淚的，問問她們的丈夫，有幾個活著從大燕嶺回來的？

一陣沉默之後，碧奴聽見蒐集苦淚的婦人中間響起了一片雜亂的告白：

我家那口子得了瘟疫，臉燒成了黑炭，死在工地上了。

在大燕嶺採石的人死得最多呀，是得罪了山神。山神一發怒，大燕嶺就山崩地裂，石頭專砸最賣命的人，我男人幹活最賣命，他是讓一塊石頭砸死的！

我們家死的人最多，我丈夫，加上三個兄弟，都死在大燕嶺了，最小的那個弟弟逃跑，逃到半路上又抓回去，抓回去活埋啦！

告白過後，屋子裡響起了一片慟哭之聲。碧奴扔下鑷子，來到那些大燕嶺寡婦面前，她抓住一個寡婦的手，說，大嫂妳說採石頭的會得罪山神，我家豈梁要是在大燕嶺砌牆，他不會得罪山神吧？那寡婦抽掉了自己的手，在空中愴然地一揮：採石的得罪山神，砌城的也跑不了，都活不了！碧奴聽那婦人嘴毒，就跑到一個年輕的大燕嶺寡婦那裡，那寡婦看上去也就十七八歲的年紀，哭聲單調卻格外淒楚。碧奴去抓她的手，被她惡狠狠地甩開了，她說，妳們都爲死人哭，我爲自己哭，爲我肚子裡的小孩哭！男人死就死了，死了不怕他打不怕他罵了，可他死了也不放過妳，給妳肚子裡留下顆種，我一個人怎麼養這孩子？以後還有受不完的苦哇！

極度的悲傷和仇恨充滿了大燕嶺寡婦的心，也帶來了淚水的豐收，她們懷中的罈子開始噼啪作響，在那片豐收之聲的影響下，其他流酸淚的老人和流鹹淚辣淚的年輕婦人，甚至流甜淚的孩子，都一起盡情地哭起來。黑房間裡哭聲震天，伴隨著種種痛苦的嘶喊，淚人們將一張張扭曲的臉對準罈口，所有的罈子裡都響起了暴雨般清脆的淚點聲。爐工和藥工面對突然來臨的淚水生產的狂潮，不知是喜是憂，他們在淚人堆裡奔來奔去，高聲地提醒他們，只能流淚，不准哭嚎！那個切藥的藥工一直冷靜地關注著碧奴，他看見碧奴在淚人們的哭泣聲中顫抖，在黑暗的屋子裡，她的臉看上去蒼白如紙，眼睛裡銀光一閃，一道淚泉噴湧而出，藥工嚷了一句，對準罈子，快對準罈子！哭泣的碧奴卻把罈子扔下了，她站了起來。藥工看見她跌跌撞撞地往外面跑，所過之處淚飛如雨，他抱著罈子飛奔到碧奴身邊，前後左右地忙碌著，只勉強接住了幾顆珍貴的淚水，藥工急了，扔下罈子去追人，人已經沿著迴廊跑出去很遠了，他只來得及向那個失魂落魄的背影喊了一聲，回來，哭滿一罈子給妳七個刀幣呢！

但碧奴顧不上那七個刀幣了，碧奴在一個死亡的消息裡奔跑，跑得那麼瘋狂，似乎要一口氣跑到大燕嶺去。僕人們都從屋子裡跑出來，驚愕地看著碧奴的背影，說，這新來的淚人怎麼跑了？她不肯賣淚嗎？藥工沮喪地說，不是不賣淚，是引她的淚引過了頭，那女子被大燕嶺的消息嚇著了，她男人還在大燕嶺呢！僕人們都湧過去看地上的罈子，藥工小心地把罈子抱住，晃了晃裡面的幾滴珍珠般的淚水，說，可惜了那麼多五味淚，這女子糊塗呀，牽掛丈夫也不妨礙她賣淚掙錢，爲什麼要跑呢？這一口氣跑不到大燕嶺去，她丈夫該活就活，該死還得死，那白花花的七個刀幣，倒給她自己弄丟啦！

藍袍

官道還是封著，所有趕路客都被困在了五穀城，他們得到的是一個時間不定的迴避令，靜待國王的人馬通過。城門口張貼的告示說，國王過了五穀城，官道將重新開放，但是從官吏到消息靈通的市井人士，並沒有人知道國王的人馬什麼時候抵達五穀城。

城北的五穀塔位置得天獨厚，塔下有一片榆樹林，成爲流民們的最佳宿營地。流民吃光了敬奉在塔室裡祭祀五穀神的乾果和麵餅，把燒香的燭台也拿走做成碗，舀水喝，居民們就不去五穀塔敬神燒香了，來的是城裡的小商販們。他們拖著蘆席捲、炊爐和柴火在樹林外擺攤設點，看見榆樹早已光禿禿的，還有人爬在榆樹上晃樹，小販們便對著樹上喊，樹葉給你們吃光了，連樹皮都剝光了，你們還在晃什麼？樹上的人說，看看能不能晃下皮蟲來，皮蟲也可以吃！小販們要把蘆席捲賣給流民睡覺，流民們走過一張張蘆席，看都不看它一眼，商販說，這麼冷的天，你們睡在地上怎麼行？睡蘆席嘛！流民們說，天是冷了，睡在地上冷，睡在蘆席上也冷，誰花那個冤枉錢？賣柴火的說，冷就烤火嘛，快來買點柴火，夜裡起堆火，大家圍著就不冷了，你們燒樹皮湯喝也要用柴，過日子怎麼離得開柴火？流民說，過日子才用柴火，我們不是過日子，我們是熬日子，不要柴火！又有人在樹上說，我們是在數日子，數到國王來的那天開倉放糧，有糧食吃了，才開始過日子，我們拿到多少口糧就過多少天日子！賣麵餅的人是小商販中唯一有生意的，只是他的生意在五穀塔下做得格外辛苦，一個流民買了他一只麵餅，旁邊後面就有好幾雙手伸到炊爐裡去了，他一雙眼睛應付不了那麼多饑餓的眼睛，一雙手抓不住那麼多雙貪婪的手，乾脆就推著炊爐打道回府了。賣麵餅的人心裡有氣，臨走的時候對五穀塔下的流民罵罵咧咧的，說，給錢也不賣你們了，你們不是會偷嗎，去偷泥巴吃，去偷樹葉吃，去偷茅坑裡的屎粑粑吃！賣麵餅的人儘管侮辱了所有人，還是受到了眾人的挽留，可是他卻不接受流民們誠懇的挽留，還回頭惡狠狠地威脅他們，餓死你們！看你們就沒一個正經人，天都這麼冷了，正經人這會兒誰還在外面浪蕩？

早晨有人爬到高高的五穀塔上，守望著國王的人馬，他們看見的是一片深秋的曠野，在初起的北風中瑟縮顫抖，曠野無處可去，它也在默默地等待，五穀塔上的人在守望國王的黃金樓船，而曠野守望著一條在傳說中流淌的運河，國王來了，樓船來了，也許運河也會奔騰而來了。

五穀塔上總有幾個頑劣的孩子，存心欺騙他人，他們在塔上虛張聲勢地歡呼：看，看啊，運河在流了，黃金樓船來了，國王來了！起初有人上了孩子的當，有的聞聲往塔上爬，有的則乾脆撒腿直接奔向城門，後來任憑孩子們怎麼叫喊，也沒人理會他們了。流民們開始聚集在塔下猜測國王的行蹤，大多數人持有莫名其妙的悲觀態度，懷疑十天半月之內國王是否能夠通過五穀城，也懷疑自己是否能夠活著離開五穀城，甚至有人怨天尤人地嘀咕，萬一國王發現運河沒有開鑿怎麼辦？萬一他當場要在五穀城外鑿一條運河，那大家就遭殃了，還等什麼開倉放糧的好事，誰也別想走，誰也別想回家，男女老少，都留下來做河工吧！

所有人登上五穀塔，都是爲了搜尋國王的蹤影，只有碧奴擠到塔上來，是爲了看大燕嶺的山影。霸占塔頂的孩子們都看見過那古怪的女子，早晨她被北門的守兵押回榆樹林，左手上蓋了一個黑色的徽印，中午她又被東關的守兵一路推搡到了塔下。流民們看見她右手上也蓋了一個黑徽印，好多人情不自禁地叫起來，妳這死腦筋的女子，別再往城外跑了，左手有了，右手也有了，再跑就不蓋那徽印了，當場殺頭啦！碧奴後來不往城外跑了，她站在塔上向北方張望，一站就是一個黃昏。孩子們說，妳個傻女子，就知道看山，看見了大燕嶺也看不見妳丈夫，看見了妳丈夫又能怎麼樣？官道上連野兔都不讓過了，妳到不了大燕嶺！碧奴迷惘地望著天上的幾隻鳥影，她說，我要是鳥就好了，長了翅膀就能飛過去了！

夜宿五穀塔的流民們也都見過碧奴，有人好心地邀請她到窩棚裡過夜，她看見棚裡有幾個半大的少年，怎麼也不肯進去。好心人給她氣壞了，說，也不看看自己過的什麼日子，還這麼臭講究！碧奴在一棵楡樹下坐了一夜，第二天那棵楡樹被好多人選中做了茅廁，坐不下去了，碧奴就換了一棵樹，那樹下已經睡了一個婦人和她的一群小女孩，碧奴就靠著那樹過了一夜。天一亮，碧奴的人影從樹下消失了，睡在那兒的婦人醒來，只看見碧奴留在樹下的兩個深深的足印，她問女孩們，那個站著睡覺的女子去哪兒了？女孩子們異口同聲地說，她到估衣街去了，去給她男人買冬衣！那婦人不相信，朝著她們嚷，妳們又編了鬼話來哄我買冬衣，我沒有錢，她也沒有錢，還買冬衣呢，買上吊繩的錢也沒有！那稍大一點的女孩兒脾氣犟，怨恨地對母親說，別人再窮，買舊衣服的錢也有，就妳一文錢也沒有！做母親的有點疑惑起來，心裡猜測著，嘴裡歎起氣來，說，哪兒來的糊塗女子？自己站著睡覺，省下錢給男人買冬衣！

其實樹下的小女孩們沒有聽懂碧奴的心事。碧奴沒有錢，再破舊的衣服也買不到，她是去估衣街看男人的舊冬衣了，是去看，不是去買。碧奴抱著一件摺好的喪袍到南門去。五穀城的南門在混亂中保持著繁華，一條長長的估衣街上掛著多少衣服，攤了多少鞋帽，一件穿過的男人的舊冬袍只要兩個刀幣，價錢不貴，可是碧奴拿不出兩個刀幣了，她只好站在一邊看，一隻手忍不住去捏冬袍夾層裡的棉花。那守攤的是個精明潑辣的婦人，拿了一枝樹枝做的衣叉，誰摸她的衣服就用衣叉叉誰的手。碧奴的手被叉了好幾次，她說，大姊，妳別這樣凶，我又不偷妳的衣服，我就是捏捏裡面的棉花，看棉花夠不夠厚。那婦人說，妳還怨我叉妳手呢，妳在這裡站了半天了，從鞋子捏到帽子，從帽子捏到冬袍，妳什麼都不買，棉花捏出個厚薄來，又有什麼用！

碧奴讓那婦人一通搶白，脹紅了臉，掉臉就走，走了兩步終究不捨得離開，轉回來把懷裡的喪袍展開了，給婦人看，她說，大姊，我這喪袍雖然穿髒了，料子倒是好的，妳這兒收不收舊喪袍的？不收跟妳換一件舊冬衣，妳給我一件薄棉的就行！

那婦人朝地上呸呸地連啐幾口，說，要死了，今天這麼大一個太陽天，怎麼遇到妳這個喪門星？我賣衣服這麼多年，窮人也見過不少，從來沒見過窮成妳這樣的，妳那舊喪袍，早就該扔了，扔在地上都沒人撿的東西，還拿它來換我的冬衣？虧妳想得出來！

碧奴也不怪那婦人刻薄，估衣街的人什麼舊衣買賣都做，就是不肯做舊喪袍的買賣。她走遍一條熱鬧的街市場，發現自己唯一的財產無法變賣，只能招來一個個白眼。街口一個賣笤帚拖把的人倒是看中了碧奴的喪袍，說一條條剪了那白袍，可以紮一支結實耐用的麻布拖把。他要用一支拖把一把笤帚換下喪袍，碧奴抱緊喪袍拒絕了這個交易，她說，老伯我趕路去大燕嶺呀，要了笤帚拖把沒有用。那賣拖把的老人看出碧奴是窮得沒辦法了，他問碧奴那喪袍是不是從辦喪事的富人家門外撿的。碧奴搖著頭，想說什麼，千言萬語又說不出來，眼圈一下就紅了。那老人連忙擺手，大姊妳別誤會，我不是故意埋汰妳，五穀城人人都知道的省錢門道嘛，富人家的喪事一辦完，就有一幫窮人等在門外撿喪袍，撿回去染了顏色，當新衣服穿！這一番話提醒了碧奴，她一邊留戀地撫摸著那袍子，眼睛亮了起來：老伯，你知道五穀城裡哪兒有染鋪的？

賣拖把的人一下就明白了碧奴的心思，他告訴了碧奴染鋪的位置，而且特意關照要合染。碧奴不懂什麼叫合染，那老漢就做了一個手勢，說，合染就是合著別人的東西一大缸子染！我知道妳窮，單染妳染不起的！

染鋪倒是不遠，從估衣街走出去，在米市那裡拐彎，穿過粥坊裡大片喝粥的人群，看見一大排大染缸，一大片飄著紅紅綠綠布料的晾架，就是染鋪了。染鋪裡的人很忙碌，他們瞄一眼碧奴懷裡的袍子，就不願意聽碧奴說話了。他們甚至連拒絕碧奴的興趣也沒有，只是說，出去，出去，我們忙死了，別在這兒礙我們手腳！碧奴堅強地抱著那件喪袍，追著一個老染工跑。老染工說，妳這女子怎麼這樣犟呢？也不看看這染房是不是妳來的地方，妳沒看見我們忙著給袁將軍家的小姐染嫁妝呢，哪有閒心染妳這件爛喪袍？碧奴就站到一口靛藍大缸後去了，那缸裡東西最多，無數圓形方形的布料，優雅地一沉一浮，碧奴猜不出那些布料是做什麼用的，她的眼睛被那一缸藍色深深地吸引，想起賣拖把的老人的關照，要合染不要單染，手一鬆，那袍子便投奔到一缸美麗的顏色和布料中去了。

老染工發現了碧奴大膽的舉動，他拿著攪棒要去打碧奴，看看那女子渾身瑟瑟顫抖，又下不了手，那攪棒就換了方向，對準缸裡那袍子，狠狠地攪了幾下。他說，妳這女子膽子大了，敢把喪袍往我們染缸裡放！我們主人要是知道了，讓妳賠這缸染料，袁將軍家要是看見了，讓妳賠這塊嫁妝，妳都賠不起的！

碧奴膽怯地申辯道，是合染呀，我沒有單染。

什麼合染？你也不看看，你的喪袍子和誰的東西合在一起！

老染工的眼睛朝四周張望著，兩隻手始終很麻利地在缸裡划動著攪棒，幸虧妳撞見我了，幸虧我們主人不在！他數落著碧奴，攪棒朝缸裡一挑，把那袍子準確地挑了出來，趕緊拿著袍子走吧，自己去捶色，自己拿到太陽地裡去晾起來，別人要問，千萬別說是在我們這兒染的！

碧奴捧著變了藍色的袍子跑出了染鋪，多少天來她的臉上頭一次出現了喜悅的微笑。靛藍汁從她的手上流下來，流到她的秋袍上，秋袍上好像染了幾朵藍花，她一點也不介意。秋陽高照五穀城，處處是晾曬的好地方，碧奴把藍袍子搭在路邊的棗樹上，路人們都停下腳步，看樹上那件濕漉漉的藍袍子，他們正要張嘴問什麼呢，碧奴已經警惕地抓起袍子跑了。她從大路上拐到一條僻靜的小街，看見一戶富裕人家的高台上淌滿了陽光，她把藍袍在高台上鋪開，陽光便慷慨地灑在藍袍上了，她幾乎聽見了陽光動聽的噼啪響聲。碧奴守護著藍袍，那是她漫長的北上旅途中得到的唯一一件財產，她端詳著這件來之不易的財產，忍不住地伸手去摸它，摸了幾次她又開始發愁了：畢竟是一件喪袍，雖然看上去是新的，袍子的式樣還是喪袍的式樣，她要是把它帶到估衣街去，那些精明的舊衣販子也許一眼就看出來了，就算他們看不出來，這麼一件染過顏色的舊袍子，怎麼換得到豈梁的冬衣？

高台上大紅門吱扭一響，出來了一個小女孩，還有一條狗，那狗吠叫著衝過來嗅地上的藍袍，小女孩站在台階上，說，你們這些流民討厭死了，把什麼東西晾在我家台子上了？快拿走，早晨我們僕人才洗過的台子，又給妳弄髒了！

碧奴攆走了狗，匆匆地把藍袍收起來，她朝台階上那小女孩看了一眼，抱起藍袍就走，一件袍子怎麼能弄髒妳家的台子呢？這麼小的孩子，怎麼就學會勢利眼了？碧奴一說話那狗就又來了，狗追著她追了好遠，一路追一路吠，碧奴嚇得跳到一戶人家的磨盤上，那小女孩一邊捣嘴笑一邊把狗喊回去了，說，不怪我家狗狗凶，你們身上臭嘛，誰讓你們不肯回家，誰讓你們非要出來做流民？碧奴氣得臉都白了，站在磨盤上對高台上的小女孩說，身上臭就該讓狗欺負嗎？誰願意做流民？誰願意守著這勢利眼的五穀城？都是沒辦法呀，離家好幾百里了，出來容易回去難！

也許是防備城裡眾多的流民，五穀城的所有朱門高台都把惡狗凶犬放在門外。碧奴後來就繞開那些有錢人家，抱著藍袍朝織室街那裡走。織室街也不是她該去的地方，可是她不能不去，事關她對兩件袍子的調整和安排。碧奴不敢把染了色的喪袍拿到估衣街去賣，讓豈梁穿一件染色的喪袍，怕他不肯穿，她自己也不忍心，想來想去還是自己穿最好。碧奴決定把自己的秋袍改了給豈梁穿，她必須去織室街碰碰運氣，看看有沒有又好心又手巧的織工，肯替她把一件女人的秋袍改成男人的冬袍。

織室街上空始終瀰漫著一種沉重的雜音，是新發明的花樓機織布的聲音，好多流民的孩子被那巨大的聲音所吸引，湧到織室街去，去看平羊郡最大的花樓機。他們看了花樓機歸來，仍然掩飾不住激動的心情，在街口攔住碧奴，說那花樓機比房子還高大——有人站在上面，有人坐在上面，一天可以織出三匹布來！碧奴憐惜地看著幾個光屁股的小男孩，說，可憐的孩子，你們替別人高興呢，那花樓機就是一天織出九匹布來，我們窮人也攤不上一塊布條呀。

人人都往花樓機那裡湧，只有碧奴來到了安靜的縫衣鋪子裡，怯怯地注視著幾個飛針走線的縫衣女。縫衣女們不知道碧奴是來觀摩她們的手藝，還是來顯示自己的手藝的，但無論哪一種，她們都不歡迎，就一個個背對著她。一個縫衣女防患於未然地提醒碧奴，這兒沒有工錢的，五穀城裡活人難，我們這活計也不好做，縫一天衣服，就拿三塊麵餅！

碧奴鼓起勇氣走過去，問誰能把她身上的秋袍改成冬袍，縫衣女們知道了她的來意，都疑惑地看她，還有她手裡那團半乾半濕的藍袍，她們說，秋袍改冬袍，改是可以改的，就是費事，妳要把這件濕袍子拆了做冬袍裡子？光有裡子不行，還要有棉花，妳的棉花呢？碧奴說，我沒有棉花，這袍子也不能拆，拆了我就沒袍子穿了。縫衣女說，那怎麼改？妳不知道巧媳婦難爲無米炊？沒有棉花也沒有裡子，秋袍永遠改不成冬袍！碧奴說，冬袍是給我家豈梁改的，他在大燕嶺築長城呢，我想來想去還是要把我的秋袍脫給他穿，我的秋袍暖和，就怕他凍死也不肯穿女子的秋袍呢，改不了冬袍就不改冬袍，好姊姊們，妳們能不能行行好，幫我把這秋袍改成男人的秋袍呢？縫衣女們一個個都笑起來，說，妳這人怎麼一會兒聰明一會兒糊塗的，妳也是女子，不懂針線還不懂道理了？只聽說過大人的衣服改小給孩子，男人的衣服改瘦了給女人穿，妳什麼時候聽說過，女人的秋袍改給男人穿的？碧奴焦急地辯解道，我沒糊塗，我家豈梁本來就瘦，現在做工辛苦一定更瘦了，我的秋袍，他能穿下的！縫衣女說，能穿下也改不了，男人的袍子左開襟，女人的袍子右開襟，大小能湊合，左右不好湊合的，只有一個辦法了，妳非要把妳的秋袍給妳男人，讓妳男人反著穿！

縫衣鋪裡響起一片尖利放肆的笑聲，碧奴堅強地站了一會兒，臉上終於掛不住了，不甘心地說，我娘死得早，她沒教我針線活，我要自己會針線，怎麼樣也能把秋袍改出來！

一個縫衣女不知是爲碧奴著想，還是要打發她走，給了碧奴一根針，一團線，她把針插在線團裡，對碧奴說，針線活都是學出來的，好了，這下妳針線都齊了，去改妳的秋袍吧，改成了我們就拜妳做師傅，跟妳學手藝了！

捕吏

碧奴走出縫衣鋪子的時候，手裡多了一針一線，她原本是要回五穀塔去的，可是她手裡的針是平羊郡的細針，線是平羊郡的粗線，她都不知道怎麼把粗線穿到細針裡，怎麼給豈梁改秋袍呢？碧奴有骨氣，她不願意進去問那些女子，就站在外面偷偷地看，她站在那裡端詳縫衣女的針線，冷眼裡瞥見有人在朝她張望，是那個賣糖人的瘸子，一條高大的身影在織室街狹長的背陰處半掩半藏，像一座山。兩天不見，那人憔悴多了，一張英氣逼人的臉布滿了陰雲，看上去鬱鬱寡歡。碧奴注意到瘸子光著唯一的腳，他那隻青雲郡男子常穿的草靴不見了，而那糖人架子斜倚在牆上，昨天滿滿的糖人兒，一半不見了，另一半惆悵地站在架上。

碧奴開始想躲開那目光，誰看見她被人欺負過，她就不願意看見誰。如果山羊看見她被狗欺負，她不願意看見狗，更不願意再看見山羊，這是碧奴從小就有的毛病。她一貓腰就離開了牆邊，可是她走了幾步，又回頭了。那瘸子的眼睛昨天冷峻而明亮，像藍草澗山上下來的人，今天他的眼睛焦灼而憂傷，那目光讓碧奴想起了夏天蠶房裡的豈梁，他不是豈梁，可他是從藍草澗山上下來的那個人，在舉目無親的五穀城裡，一個牛車旅伴的身影無論多麼冷淡，都比別人親切。碧奴猶豫了好久，終於還是把針線往藍袍裡面一插，走過去了。她站在幾步遠的地方，看著那男子光裸的腳，大哥，這麼冷的天不能光著腳了，腿腳會得病的！

賣糖人的男子朝織室那裡瞟了一眼，惡聲惡氣地說：天下這麼大，五穀城裡這麼多的大街小巷，妳這女子怎麼偏偏就往我身邊撞？

碧奴瞪大眼睛問他，這話是怎麼說的？出門在外，誰不遇見個熟人熟面？又不是你家的路我不能走，怎麼是我往你身邊撞？

妳這女子還敢多嘴，那天在城門口多嘴惹出了一場禍來，還不長記性？那天人家把妳跟柴火一起推走，今天沒那麼便宜了，再多嘴，看人家不把妳往斷頭柱前推！

碧奴被他凶惡的腔調嚇了一跳，你這大哥，嘴比砒霜還毒呢！那天也怪你的嘴，隨便冤枉人，我不怪你，你倒怪起我的嘴來了？碧奴氣得掉頭就走，走了幾步不甘心，回頭說，誰稀罕跟你說話呀？我是看你賣糖人走街串巷，知道的多，就是要問你一聲呢，國王什麼時候來？官道什麼時候開？

國王什麼時候來，問國王去！官道什麼時候開，我都走不上了，不關我的事了！賣糖人的男子轉過身去背對碧奴，他對著牆說，五穀塔上的孩子偷了我的靴子！我大風大浪裡走了這麼多年，沒想到一世英名壞在幾個孩子手裡，陰溝裡翻了船，翻船啦！

碧奴在氣頭上，回敬了他一句：一個大男人，丟了隻草靴就急成這樣，你就是一張嘴凶，就是一張嘴出息大！

我的出息告訴妳妳也不懂，快走！那男子始終面對著牆，說，妳要是看見哪個孩子穿了我的靴子就告訴我，沒看見就走開，別跟我說話，跟我說話不如去跟閻王說話，賠上性命都不知道賠給了誰！

碧奴站住了，說，大哥，我是在走開，你不願意好好說話就不說，別拿死來嚇唬我，別人怕死，我不怕死的。碧奴忿忿地走了幾步，想起他剩下一條腿，又丟了靴子，惻隱之心湧上來，忍不住指指那邊的織室，指指他的糖人架，提醒道，孩子們都在看花樓機呢，你該去那兒問問他們的，孩子們也不是存心害你，他們嘴饞，偷你的鞋子還是爲了肚子，要你拿糖人去換鞋子呢。

還換個狗屁，來不及了，現在拿什麼都換不回我的鞋子了！賣糖人的聲音聽上去低沉而暴躁，他冷酷地回過頭來，瞪著碧奴，別怪我連累妳，我告訴妳了，我丟了靴子就丟了命，四下看看吧，妳看不見有人在盯我的梢？妳如果不想死，就離我遠一點，越遠越好！

碧奴朝織室街兩端望了望，看見幾輛運棉花的車停在街上，有車夫愜意地睡在棉花裡，有修輪轂的捧著一手豬油坐在車肚下，給車輪抹油。添置了花樓機的那個織室門口圍著一群人，主要是一群吵嚷的孩子，還有幾個大人的腦袋靜靜地浮在孩子堆裡，對著裡面的花樓機張望。碧奴說，大哥，你不愛跟婦人說話是好事，我家豈梁也不愛跟婦人搭話的，可你說話爲什麼凶神惡煞的呢？你也是個流民，這五穀城的人都瞧不起流民，盯你的梢圖什麼？人家沒看你，都在看那花樓機織布呢！

妳這女子笨，笨得可憐了！我連累別人是賺的，連累妳我不願意，快閉上妳的嘴，逃命去吧！賣糖人突然對著她的耳朵低低地吼了起來：記得北山嗎？記得信桃君嗎？告訴妳我是誰妳別哭，我是刺客少器！信桃君留在世上的最後一滴骨血！我祖父已經連累了你們北山三百個百姓了，我不想再連累妳，妳還不快跑！

碧奴一時怔住了，她不相信賣糖人的話，關於北山、眼淚和父輩的記憶已經離她而去，她不知道賣糖人爲什麼突然透露了這個恐怖的身分。信桃君留在南方三郡的家族成員，上到白髮老人，下到新生嬰兒，早已經滿門抄斬。北山下長大的人，人人都知道信桃君留在世上的，只有山頂上的一個大坑。碧奴忍不住叫了一聲，大哥，你這不是在嚇唬我，是把自己往火坑裡推呀！路兩邊的織室裡有織工探出頭來，朝他們這裡打量。碧奴緊張起來，壓低聲音對他說，誰要是冤枉你，我可以替你作證的，你不是信桃君的孫子！你不認識我，我認識你的，你是青雲郡衡明君的門客！

我是信桃君的孫子，才做了衡明君的門客！賣糖人失去了耐心，他朝棉花車那裡看了一眼，說，天下再傻的女子傻不過妳，再笨的女子笨不過妳，妳還指望給我作證呢，再不逃命，到時就沒有人給妳作證了！

碧奴聽見那男子罵了句髒話，然後她驚愕地看見他舉起糖人架朝她砸過來，糖人散了一地。她尖叫著往東邊跑的時候，東邊已經來一群捕吏，捕吏們手舉狼牙棒黑壓壓地朝她湧過來，碧奴返身往西邊跑，跑了幾步便看見棉花車上的人都跳了下來，紛紛從棉花堆裡抽出了槍棒，更遠的西邊已有騎兵馳騁而來，幾匹高頭大馬把織室街的出路封住了。

被圍困的碧奴死死地抱著那件半乾半濕的藍袍，她仍然不知道災難因何而起。起初她以爲那是染房主人派來的捕吏，轉念一想爲那麼一缸藍靛，不用派那麼多人，她又懷疑是詹刺史派來的捕吏，他要派多少人出來就可以派多少人，可是抓她一個女子，抓一點做藥的眼淚，派那麼多人幹什麼？碧奴茫然地站在街上，看見那群捕吏從她身邊衝過去了，他們擒住了賣糖人，一個官吏模樣的人高聲命令，別讓他靠著牆，他會飛牆，抓緊他的胳膊，別讓他飛！在街兩邊織工、縫衣女和孩子們的驚呼聲中，捕吏們雜亂的紅色身影淹沒了賣糖人，一個捕吏從糖人架子裡抽出了一把雪亮的長劍，刺客！刺客！抓住刺客了！

街上響起了此起彼伏的吶喊和歡呼聲。「刺客」兩個字讓碧奴跳了起來，碧奴開始奔跑，她一跑懷裡的藍袍就掉在地上了，碧奴停下來撿藍袍子時聽見有人在叫喊，那女子是同黨，別讓她撿，那藍袍子裡有凶器！她不知道他們在說什麼，所以她回頭喊了一聲，我不是刺客！然而幾個織工打扮的男子已經從織室的窗戶裡跳出來，朝碧奴衝過來了。碧奴最後看見的是一條翻倒的織室街，滿天棉絮和絲絨從地面上飄起來，倒著看很像天上落下來的雪，而她新染的藍袍被好多馬蹄和人腳踩踏著，在街上流出了一條暗藍色的溪流。

刺客

滿城風雨，雨水在五穀城裡遍地流淌，刺客的故事也像雨水一樣遍地流淌。

男人們都在街頭談論那個賣糖人的刺客，或許缺胳膊少腿的人太多了，所以並沒有多少人去探討刺客的一條腿是如何失去的。他們眉飛色舞地談論刺客少器的靴子，那靴子的夾底裡藏了毒藥和匕首，說青雲郡的鞋匠手藝多麼高明，竟然把一個瘸子的靴底做成了兵器庫！刺客少器的糖人架子更是一個奇蹟，誰都覺得那架子形狀古怪，但沒有一個人發現他的糖人架子彎起來就是一把弓，他的糖人有的賣，有的不賣，那些不賣的都是祕密，敲開外面的糖人殼，拔出來的是一支支箭！

男孩子們則冒著細雨四處追逐一個名叫阿寶的流浪兒。人們說若不是阿寶偷到了刺客的靴子，國王說不定就在五穀城外遇刺身亡了。又有一個未經證實的消息稱，國王一進五穀城就要召見阿寶。爲了五穀城的榮譽，官府已經提前爲阿寶梳洗沐浴，並且爲他特別準備了一套錦緞製的小官袍。有人說現在誰也認不出阿寶了，他蓬亂骯髒的頭髮裡的蝨子，已經被一一捉光，他嘴角上長年潰爛的膿痂也不再招惹蒼蠅，城裡最好的郎中把一塊昂貴的膏藥敷到了他的嘴角上。流浪兒阿寶現在成了孩子們心目中的英雄，甚至有兩個小女孩子追到五穀塔下，大膽地用歌聲向他表白，長大以後非阿寶不嫁。

流浪兒阿寶承受不了人們狂熱的崇拜，躲在五穀塔上，派了幾個男孩把守塔門，說除了國王和官府大員，誰也不見。好多慕名而來的人只好對著高高的五穀塔，空想著那個傳奇的孩子，他們感歎道，什麼行當都出能人，那孩子偷人鞋履，也偷出了功名！五穀塔下聚集了好多手腳不乾淨的人，他們聽多了對阿寶的溢美之詞，心裡不受用，就酸溜溜地說，那孩子偷不了別的，他只會扒人鞋子！

那不是謊話，阿寶年幼無力，個子矮小，挑力所能及的偷，就挑了別人的鞋履。他專門扒人鞋靴，趁人睡著的時候扒，不睡也沒關係，只要你的鞋靴沒有踩著地，你就是架腿坐著，阿寶從你身邊經過，架左腿的人會丟了左腳的鞋子，架右腿的會丟右腳的鞋子。露宿五穀塔下的好多人都知道阿寶的厲害，夜裡只要阿寶在附近，他們用繩子把鞋靴捆綁好幾道才放心入睡。有的怎麼也不放心，乾脆就站著睡。他們說刺客少器不知道阿寶的厲害，才那麼四仰八叉地睡在五穀塔下，給了阿寶一個光宗耀祖的好機會！夜裡有人看見阿寶抱著刺客的靴子歸來，他嘴裡還埋怨刺客只有一條腿呢，說那麼好的靴子，他才偷到一隻，要賣也只能賣給另一個瘸子。男孩子們說阿寶平時從來不試穿偷來的鞋子，別人的鞋子臭，那刺客的靴子裡卻散發著奇異的麝香味，他就把腳伸進去了。男女老少的鞋靴，阿寶見多了，這一隻他一試就叫起來，說，鞋底有東西，是刀幣！後來好幾個流浪兒圍過去看他把靴底剪開，他們看見的不是刀幣，是三把匕首，一包毒藥。

人們對刺客少器的名聲早就有所耳聞，有人懷疑他作為信桃君後代的高尚血統，說信桃君的所有後代經過國王的十年追殺，早已在人間消失。可是另一個疑問是，如果他不是信桃君的後代，誰會對國王懷有如此深的仇恨，誰會把刺殺萬人膜拜的國王作為一生的事業？刺客少器的人生履歷雖然短促，卻已經寫滿了瘋狂和冒險，二十年亂世，他為刺殺國王而生，並且隨時準備為刺殺國王而死。有時候一腔沸騰的熱血對於暗殺大業是有害的，更多時候兩者構成一種尖銳的矛盾，刺客少器兩次行刺國王的計畫都由於缺乏周密的準備而流產。一次在國王的避暑行宮，錦衣衛兵們在獵場外的一棵大樹上發現了一個手執弓箭、滿臉稚氣的少年，少年在樹上至少潛伏了一夜，他戰勝了睡魔，卻憋不住一泡小便，是一泡從樹上飛瀉而下的小便洩漏了他的行蹤，讓早晨在行宮外巡邏的錦衣衛兵們發現了那棵樹。當錦衣衛兵們讓他從樹上下來接受檢查時，他們驚訝地發現那少年如同一隻松鼠，穿行在樹枝間，疾步如飛，竟然像一陣風似地從獵場外的樹林裡消失了。如果不是從少年箭囊中掉落的一支箭毒死了衛兵們的狗，沒有人會相信那唇紅齒白的少年是一個刺客，國王追查少年刺客和幕後人的工作持續了多年，直至收養少器的一戶藥農全家被砍頭，那少年的蹤跡和真正的幕後策畫者仍然是一個謎。

刺客少器的第二次行刺也是有驚無險。正逢國王四十大壽，萬壽宮內外嘉賓雲集，來自五湖四海的禮綱車幾乎壓壞了宮門外的青石路面。那時刺客少器已經是一個英氣逼人的青年，跟隨一輛從南方邊陲蘄來郡來的禮車混入了萬壽宮。他換上了宦官的紫袍，守在清靜的禮綱庫裡，攀梯清點堆積如山的禮品，可是他英俊高大的相貌引起了宮女們的注意，宮女們都尋找各種藉口到禮綱庫來看那個梯子上的美男子宦官。在萬壽宮中，樹大並不招風，美女都屬於國王，一個散發著英雄氣息的美男子卻是危險的，舉手投足都是破綻。錦衣衛們從騷動的宮女們身上嗅出了一絲異樣的空氣，他們聞訊趕到萬壽宮禮庫時，最後幾個有幸窺見美男子的宮女還在門口，滿臉緋紅地談論著他的眼睛、他的嘴唇和肩膀。他們進入禮庫，那來歷不明的美男子已經不見了，只有一件紫色的宦袍扔在後窗下。這一次刺客少器連累的是禮車的主人蘄來郡郡守和禮庫主簿，還有從遙遠的南方邊陲運來的翡翠石和一群孔雀。對人的處罰是舉手之勞，禮庫主簿和蘄來郡守一夜之間人頭落地，讓人難忘的是國王對翡翠石和孔雀的處置，他按照自己特殊的愛好，下令焚燒來自蘄來郡的所有禮物，宮役們只好把美麗而善跑的孔雀像囚犯一樣關在籠子裡，籠子投入火中，而如何焚燒翡翠石是一件極其困難的事情，需要學習，需要取經。宮役們走遍京城尋訪所有技藝高超的鐵匠、窯工，最後勉強把翡翠石燒成了一堆綠色的灰。

五穀城滿城風雨，秋雨從好奇的南方奔馳而來，穿梭於城北的官商富豪之家和城南的煙花柳巷。雨點屏住呼吸，偷聽錦簾花窗後的人們談論刺客，雨點偷聽到的，都是內幕，是刺客背後的那個人。已經有消息傳出，刺客來自青雲郡的百春台，所以他們在談論百春台和衡明君，談論他富可敵國的財產、稀奇古怪的數百門客和遍布四周的機關暗道；而在燈紅酒綠的城南，一個酒醉的嫖客不知從哪兒聽來一個驚人的消息，他不停地向美人街妓寮裡的老鴇兒宣布：國王永遠到不了五穀城了，江山即將易主，青雲郡的衡明君將在冬天成爲新的國王。那老鴇兒不知嫖客身分，被他嚇壞了，不敢重複他的酒話，也不敢告官，就動員幾個力氣大的妓女把他抬出去，說抬得越遠越好。幾個大力氣的妓女就抬著他在美人街上走，一直走到河溝邊，把酒醉的嫖客扔到水裡去了。

滿城風雨中幾個歸隱的刺客、強盜和縱火者在無醉樓祕密集會，他們在雨聲的掩護下，爲一個年輕的刺客扼腕歎息。這些昔日的英雄如今無奈地落入遲暮之年，除了縱火者偶爾以火發洩他對鄰居的仇恨，其他人都已經金盆洗手。他們聚集在強盜下山後開設的無醉樓酒館，一起飲了幾罈美酒，儘管告別了險惡的江湖，儘管酒意微醺，他們對一個刺客成敗得失的分析，遠比尋常百姓高明許多，也要透徹許多。以他們的分析來看，刺客少器一次次的失手不是偶然，也不是什麼靴子和孩子的功勞，而是一種悲劇命運的安排，悲劇在於一個不適宜做刺客的人去做了刺客！他們一致承認刺客少器身手不凡，搭箭可以百步穿楊，俯身可以靴中跳刀，飛簷走壁是他的第二種行路姿勢，但他英俊的面孔和高大健壯的身形，還有他心中燃燒多年的憤怒之火，始終是刺客的大忌。一個刺客可以醜陋，但絕不可以英俊！一個刺客可以溫柔，卻萬萬不能憤怒！那個滿頭癩痢、面目如鼠的老刺客認定，除了好色者陽痿不舉，貪財者終生貧寒以外，一個憤怒的美男子去當刺客，也算是人世間最大的煩惱！

歸隱的強盜自稱在南方長年乾旱的孩兒山巧遇刺客少器，他像祖父信桃君一樣隱居荒涼的山間，守著孩兒山唯一一口水井，那口井被當地人稱爲醜井。孩兒山一帶的人體形普遍短小精悍，容貌則醜陋不堪，都說是醜井之水哺育了他們。醜井之水令人年華倒退，長年飲用身體會越縮越小，眼睛會爛，鼻梁會塌，皮膚會變得像樹皮一樣粗糙發黑。刺客少器長年爲自己的外貌而苦惱，爲了讓醜井之水改變他的容貌，他蟄伏孩兒山多年，避不見人，遺憾的是醜井的水對於一個高貴的血統是無效的，它沒有縮小刺客少器高大的身體，也沒有能改變他俊美的面容。刺客少器每次經過孩兒山上的大栗樹，便要去查看樹幹上的刻痕，每一次都是失望而歸，他的身體沒有萎縮，反而在長高。他多次蹲在醜井前，以水作鏡，觀察自己臉孔的變化，還是一無所獲。他僅僅在自己的眉宇間發現了一絲憂傷，在長長的亂髮裡搜到了幾根早白的頭髮，白髮上結滿了歲月的風霜，還有他沉重的心事。強盜稱他的一個兄弟不久前在青雲郡翦徑，還在山路上看見過刺客少器，說少器幾年的辛苦付諸東流，在無奈中他選擇了黑袍裹身藍巾蒙面，遠遠地看上去像一個打家劫舍的強盜，路人紛紛躲避，而他那位兄弟差點把少器當作搶山頭的同行。這時候縱火者聽出了傳說中常有的漏洞，他冷笑起來，還搶山頭呢，他剩一條腿在山路上蹦，誰還怕他？

無醉樓上冷靜的交流自此開始變得不冷靜了，爭議的焦點在刺客少器的獨腿上。人人都懂得獨腿是一張通行證，那也是美男子少器能夠順利混入五穀城的原因，可他到底是什麼時候變成一個獨腿瘸子的？他是怎麼失去那條腿？一個刺客喬裝打扮是正常的，喬裝打扮拿掉一條腿，卻是不正常的。爲此，強盜、刺客和縱火者開始爭論起來。

縱火者堅信刺客少器離開孩兒山時已經是一個獨腿瘸子，否則他從孩兒山到不了青雲郡，人們就是認不出他是刺客，也不能容忍一個這麼英俊這麼剽悍的年輕男子在路上遊蕩，早就把他當作逃役犯告了官。他用自己的縱火經驗來印證自己的觀點，說他要去哪兒放火，一定提前在身上放好了火種，你去燒別人家的牛棚也好，燒別人家的房子也好，總不能開口跟人家主人借火吧？英雄斷腕，刺客斷腿，都是一閉眼的事，只要去跟屠戶借把刀嘛！

他的見解合情合理，無意中卻使強盜的說法變成了謊話，強盜嚷起來，我兄弟從不說謊的，他看見他下山時是兩條腿，就是兩條腿！不是兩條腿走路，怎麼能腳底生風？縱使他有天大的本事，也不能用一條腿，從孩兒山蹦到百春台去，幾百里路呢！

縱火者應聲叫道，你說得不錯，幾百里路呢！他斷了腿趕路，別人才會放過他，他要是腳底生風地跑，別說路上那麼多關卡那麼多官兵，就是野地裡的鬼魂，也要抓住他盤問一番，別人都去築長城修宮殿去了，你那麼好的身體，你那麼年輕，這是往哪兒跑？

強盜申辯道，他走的是山道，碰不到官兵！

縱火者說，碰不到官兵，可碰得到奸細，你沒聽說南方三郡處處都有官府的眼睛？住在路邊的人都被官府收買做了眼線，山道也一樣，好多放牛娃都做了奸細！

他們爭論不休的時候，老刺客一直沉默不語，他喝下一盅酒突然長歎一聲，說，你們沒當過刺客，不知道刺客的苦處呀！什麼英雄斷腕刺客斷腿？都是放屁，最愛惜自己身體的就是做刺客的！斷了胳膊怎麼舞刀飛鏢？斷了腿怎麼飛簷走壁？那少器如果不是斷了條腿，憑五穀城那幾個捕吏，怎麼抓得住他？少器這腿，斷得蹊蹺呀！

兩個同伴都點頭稱是，說這個少器的獨腿不僅蹊蹺，也有點滑稽，機關算盡也沒用，一條腿的刺客，還做得了什麼驚天大業？倒便宜了五穀城那幫捕吏，國王一來就可以獻出個活禮，那昏庸無能的詹刺史以後不知道要怎麼翹尾巴呢！他們向老刺客求證少器的腿到底是怎麼斷的，老刺客只顧在紅泥爐上溫酒，專心地撥弄著火苗，他說，我不是少器的師傅，也不是百春台的門客，不知道他們留活條的規矩，我就知道這活條留得有學問！兩個同伴急得叫起來，什麼活條死條的？你倒是說個明白，別跟我們故弄玄虛呀！

白髮蒼蒼的老刺客第一次向同伴們亮出了他的腳趾，他的腳趾只有八顆，左腳右腳，每隻腳掌上只有四顆腳趾。看看我的腳趾就知道我在說什麼了！老刺客飲下一杯酒，娓娓道來：我年輕時候替牧城孫家辦事，拿了錢正要出發，孫家把我拉住了，說活條還沒留呢，要我留一個活條在孫府，我頭一次給大戶做事，哪兒知道什麼是活條？以爲要在什麼紙上按手印，等他們拿紙，一等等來了一個銅盆，盆裡躺了一把刀！原來活條是腳趾頭，他們不放心我，要我留下一顆腳趾頭，那銅盆就是給我放腳趾頭的！老刺客對著他殘缺的腳感慨著，看兩個同伴有點迷惑，說，你們不知道爲什麼要留腳趾頭？講究大得很呢，有錢人雇刺客不光算計仇人，也算計刺客，他們怕刺客殺人殺多了敗露身分，牽連自己，都讓那刺客保證幹一票罷手，剁你一顆腳趾，不傷你的本事，卻天天提醒你，不要食言！縱火者和強盜聽得嘴裡驚叫起來，眼睛都看著自己的腳趾。過了一會兒，他們在樓外的雨聲中鎮定下來，又討論起少器的那條腿，強盜感歎世道變得快，以前是拿腳趾做活條，現在竟然要拿一條整腿了！老刺客還是比他們想得遠想得深，說，這少器跟我們又不一樣，他刺的是國王，成不成都是一票買賣，他那條腿恐怕不光是一個活條呢，還是衡明君的一條後路，事情要是敗露了，百春台會把那條腿獻給國王，說早就識破了刺客的野心，斷下了他的腿斷了他的念頭，留下少器那條腿，衡明君自己也擺脫了干係啦！

城門

刺客的首級沒有掛在城牆上，城牆上的人頭還是老的，傳說斬刑要推遲到國王駕臨五穀城以後舉行。除了幾個官府要員，五穀城百姓沒有人知道刺客少器關押在何處，但那個青雲郡女子的下落是人人都知道的，碧奴在城門口示眾，站在一只大鐵籠子裡。

城門口雨聲激濺，守吏都去躲雨了，看熱鬧的大人都跑到了店鋪的屋簷下，只剩下一些孩子在雨地裡跑，趁守吏疏忽，跑到鐵籠子旁邊來，向籠子裡的碧奴打量一眼，塞一根玉米芯子進去，或者什麼也不敢塞，那些膽大的孩子跑回人群裡，宣布最新的消息，說，那女刺客也不知道害怕，也不怕雨，她在籠子裡睡著了！

有知情的人耐心地告訴孩子，她不一定是刺客，是天生多嘴，在織室街和刺客多說了幾句話！她多嘴，偏偏讓捕吏抓住後又說不清話了，爲什麼跑到五穀城來她都說不清楚，說是走了一千里路給她丈夫送冬衣，偏偏又拿不出她丈夫的冬衣，她算是可疑嫌犯！官府把她關在籠子裡等國王來，國王一來，可疑嫌犯就可以從籠子裡出來了，那就是大赦天下！

綿綿細雨中有人身在城門一側，心卻在衙門口。那些看客對籠子裡女子的身分，始終看法不一，也有人站在官府的立場，堅信碧奴是懷著不可告人的目的潛入五穀城的，說她要是淸白，爲什麼會站在籠子裡？這些人大多不滿意捕吏們把男女刺客分開關押，既然是同黨，怎麼一個在這裡示眾，另一個卻關在衙門的高牆後，不見廬山眞面目？有人看碧奴看厭了，突然對城門上的守兵喊，我們不要看女的，要看男刺客，把男的也押過來，讓我們看！

城門上的守兵沒好氣地對下面喊，你們算什麼東西？看看女的就算有眼福了，想看那男的，除非你也做刺客，我們把你投到衙門大牢，你就能看見他了！

人群中有人對昨天與刺客擦肩而過追悔莫及，說，我看見那癟子在粥廠那裡賣糖人的，是穿了個黑袍呀，長得儀表堂堂的，我就是肚子餓得慌，忙著喝粥，沒朝他那裡多看一眼，結果就沒看淸他的糖人架！

也有人後悔自己粗心，缺乏警惕，失去了邀功請賞的時機，我家小孩子買了他的糖人，回家跟我鬧，說爲什麼有的糖人只能看不能吃，不公平。我心裡也納悶呢，做了糖人怎麼不賣？不能吃的糖人叫什麼糖人？我就是缺了個心眼，沒猜到那糖人肚子裡藏著箭！

雨勢一小，好多婦人也頂著草笠跑到城門口來了。她們對碧奴倒是充滿了興趣的，說看她老實本分的樣子，怎麼也看不出來是個女刺客。旁邊有人說，妳們看不出來是妳們白長了一雙眼睛，我就看出來了，她抱一件喪袍到處走，早就爲自己準備後事了！

織室街的幾個縫衣女換過了衣袍，儀態萬千地站在圍觀的人群中，她們一眼認出了籠子裡的碧奴，是她呀，怪不得要把女人的秋袍改成男人的冬袍！縫衣女向別人介紹碧奴修改衣袍的方案是多麼離譜，說世上女子都思夫，沒有她那樣的，思夫思壞了腦子！要不是腦子壞了，也不會當著滿街捕吏的面，和刺客說那麼多閒話。旁邊肉鋪的胖屠戶提醒縫衣女，妳們也別小看了她，思夫是裝的，說不定就是一個女刺客的詭計呢，她要把女袍改成男袍，是爲逃跑做準備，刺客誰不會喬裝打扮？扮成一個男子，大家就認不出她來了！這番話說得縫衣女們後怕起來，摀著胸口說，哎呀，幸虧沒替她改！那個贈送一針一線給碧奴的女子臉始終是白的，她指著綠腰帶上插著的一枚針，試探著問別人，刺客一般都用刀用劍，不會用這種針吧？人群一時都被問住了，大家都思考了一會兒，還是胖屠戶先嚷起來，說，怎麼不能用針？針上塗毒藥嘛，你們沒聽說那瘸子的靴子裡藏了毒藥，毒藥就是配毒針的！聰明的胖屠戶話音未落，那女子如被驚雷擊中，人搖晃了幾下，突然就一屁股坐到地上去了，人們都問她怎麼回事，她怕得說不出話，只是搖頭，其他的縫衣女就上去把她從積水裡拉起來，替她解圍道，她一向膽子小，又最崇敬國王，這是讓刺客氣出來的！

一群縫衣女架著那個失魂落魄的女子，倉皇離開了城門口，針的話題卻給留在原地的人們提供了豐富的靈感。幾個人不約而同地想到那女刺客丟在織室街的一件藍袍，裡面掖了一針一線，他們驚喜地叫起來，鬧了半天，男的有凶器，女的也有！那瘸子用他的糖人架，這女子是用針，是用毒針，她是要用毒針刺殺國王呀！

人們轉過了臉，很自然地去看籠子裡碧奴的手，她的手被套在木枷洞裡，看不清楚，她的髮髻已經散成亂髮，亂髮滴著雨水披散下來，遮住了她的臉，她的臉也看不清楚。幾個晚來的看客感到不滿，他們對城門上的守卒抗議道：示眾也得有個示眾的樣子，下這麼大的雨呀，又關在籠子裡，晚來一步就什麼都看不見，臉都看不見了，示的什麼眾？

一個守卒在眾人的強烈要求下，披著片大樹葉從城樓上下來了。他隔著鐵柵，笨手笨腳地替碧奴整理著頭髮，一邊向看客們埋怨道，你們就知道看，看！就不知道檢舉揭發，這女刺客裝了啞巴才進的城，好多人知道她會說話，你們要是當場揭發，她當場就被抓住了！

下面有人說，不怪我們，怪你們城門口檢查太慢問得太多呀，明明是個男的，偏偏要問你是男是女，好多人圖個省事才裝啞巴進的西側門，那麼多人裝啞巴呢，誰知道誰是刺客！

守卒說，你們就會狡辯，就會看熱鬧，看熱鬧還這麼著急，這女子的臉不美不醜的，有什麼可看的？以後有你們看的呢，就怕你們到時看得煩，又鬧著要看新的！

一個男孩在人群裡說，國王來了就赦免她了，以後看不見她的！

誰說要赦免的？守卒用目光搜尋著人群裡的聲音，說，國王是不是赦免她，要看國王高興不高興，要是不高興，這鐵籠子還得讓她騰出來，她的人頭還要掛在城牆上示眾呢！

下面的人又叫起來，誰稀罕看人頭？死人沒什麼好看的，我們要看活的，我們要看她的臉！

看客們繁複的要求令守卒有點惱怒，他就用一根狼牙棒把碧奴粗暴地推醒了。妳好大的本事，下這麼大的雨，關在鐵籠子裡，手和腦袋套在木枷裡，妳還睡得這麼香！不是我不讓妳睡，是老百姓不讓妳睡，我也沒辦法，妳就別睡了，反正是示眾，讓他們看個夠吧！

碧奴露出了一張蒼白而濕潤的面孔，守卒的描述對了一半，還有一半是錯的。婦人們在那張臉上發現了一個年輕女子俏麗的輪廓，只是她的美貌被疲倦和憔悴覆蓋了，變成了一小片蒼白的廢墟。碧奴在人們的目光中睜開了眼睛，她想說什麼，但嘴巴被一只蝶形鐵嚼子扣住了，發不出任何聲音，她的眼睛裡瀰漫著月光般皎潔的光華，那道白銀般的光華從臉上漫下來，大鐵籠子亮了一下，又亮了一下，人和籠子一齊閃爍著濕潤的光。籠子旁的守卒跳了一下，他看見一場豪雨過後，碧奴站立的鐵籠底下突然長出了一片暗綠色的青苔，她身體倚靠過的鐵柵上生出了星星點點的鏽斑。守卒驚叫著往後退，他知道那不是雨水的緣故，是那女子的淚在作祟。不准流淚，不准流，不准流！守卒對著籠子裡的碧奴喊道，我知道妳冤屈，再大的冤屈也不准流淚，不准流，妳把鐵籠子哭出了青苔我不管，妳要把鐵籠子哭爛了就是我的錯了，妳再哭就是爲難我，別怪我對妳不客氣！

碧奴的眼睛仰望著天空，天空漸漸泛出了明亮的蔚藍色，鐵籠頂上仍然有凝結的雨點落下來，打在碧奴的臉上。從她的臉上無法分辨哪些是雨水，哪些是她傳奇的淚水。

不准看天！守卒說，給我看著地，籠子裡的囚犯不准對天流淚，這是規矩！快看地，讓妳看地妳就看著地！

木枷妨礙了碧奴復甦的身體，看不出來她是順從還是違抗，她的腦袋輕微地動了動，眼睫低垂下來，她凝視著守卒，眼睛裡白色的淚光仍然一片片地瀉落下來。

守卒開始抹眼睛。看地呀，不准看我！讓妳別流淚，妳還在流，他們說妳的眼淚有毒呀！守卒指著城樓說，上面的幾個兄弟不小心碰到妳的眼淚，一個說頭疼得要裂開了，一上午都抱著個頭喊疼，什麼也不幹，另一個不知中了什麼邪，一直像個娘們似的，躲在一邊抹眼淚。他們說我是女巫的兒子，不怕淚咒，我上了當啦，現在我也不舒服了，眼睛發痠呢，那麼多鼻涕也不知是哪兒來的，我也不守在妳身邊了，諒妳一時半會兒也哭不爛這麼大的鐵籠，妳在這裡好好示眾吧。

匆忙間那個守卒披著樹葉往城樓上跑，城樓上不知道誰訓斥了他，守卒拿了一塊黑巾又下來了。他用雙手伸進籠子，把黑巾蒙在了碧奴眼睛上，說，長官說妳眼睛太危險，要嚴加防範，反正妳也不要看什麼風景，是那些人要看妳的風景！守卒顧忌著碧奴的眼淚，動作不免有點拖拉遲疑，他感到手上有一道滾燙的淚流過去了，也就是這時候，守卒聽見城牆上空滾過了幾個悶雷，看熱鬧的那堆人群開始有了異常的動靜。起初是幾個年幼的孩子無端地嚎哭，幾個老人噴嚏不斷，他們瞪著眼睛彎著腰，打了一個又等著下一個。一個老人慌張地抱怨道，癢死人了，哪來的邪風，吹到我鼻子裡啦！然後人群裡傳來噗通一聲巨響，守卒回過頭，看見鐵籠子的銀色光焰映白了很多張猙獰的罪惡的面孔，許多人的膝蓋突然不能自持，向著泥地慢慢傾下來，傾下來。來自肉鋪的胖屠戶第一個被看不見的淚潮沖垮，人已經跪在地上，他的膝蓋浸沒在水中，袍下肥胖的身體正在痛苦地抖動：女囚姊姊別看我，我沒有誣告妳，我誣告的是楊屠戶！胖屠戶淚流滿面，他不停地對著鐵籠子作揖鞠躬，嘴裡瘋狂地叫喊著，女囚姊姊妳別怪我，要怪就怪楊屠戶鋪子裡生意太紅火，逼得我要關鋪門啦，一樣的豬肉，別人提著籃子從我鋪子門口過，偏偏就不買我的豬肉，要去楊屠戶那裡買，我被他逼上了絕路，才去割了死人肉往他家鋪子裡放的！

第一聲罪惡的懺悔令人群一片譁然，他們的目光不約而同地投向高高的城牆，那楊屠戶的首級正掛在上面呢，半年來人人走過城牆都要對著那首級啐一口，五穀城誰家沒吃過他鋪子裡的肉？想起自己肚子裡的肉誰不噁心誰不反胃？他們說楊屠戶生意那麼好，還要豬肉人肉摻著賣，殺十次頭也不解心頭之氣，恨得那麼深，沒想到恨錯了，鬧半天楊屠戶是冤殺的冤大頭！楊屠戶年邁的母親正好也在人群裡，她的膝蓋本來已經快跪到地上了，胖屠戶莫名其妙的懺悔讓她又站了起來，儘管年邁多病，那老婦還是壓不住滿腔怒火，蹣跚地奔向那個跪著的人，在胖屠戶的耳朵上咬了一口，你這該死的胖子！做下了這等缺德事，你才該站那鐵籠子！你在這兒說給人聽不行，我們去見官，見了官再說！

幾個正義的男子衝過去揪住了胖屠戶，他們把那個肥胖的不停顫抖的身體從水窪裡抬起來，帶起來一片水花，圍觀者們靠得太近，閃躲不及，水花濺在好多人的臉上身上，身上濺濕的人驚叫起來，這水怎麼是熱的？秋天最後一場雨水了，怎麼會這麼熱？不小心讓水花濺到嘴裡的人則張開嘴呸呸地吐開了，一邊吐一邊叫，這水是苦的，比黃連水還苦！胖屠戶被幾個人拖拽著往城門洞去，所過之處人人喊打，打，打死這個胖屠戶！不知道是什麼人頂著民心替胖屠戶說話，他要死了，我們上哪兒割豬肉去呀？人群中立刻響起一片呼應，死了胖屠戶，不吃帶毛豬，怕什麼？也有人在胖屠戶悔罪的哭聲中開始崩潰，尤其是幾個私生活有失檢點的婦人，個個背對著鐵籠子哭得泣不成聲，一個紅杏出牆的婦人哭剩了半口氣，她抓住懷裡嬰兒的小手，強迫孩子打她的嘴巴，說，打死我，打死我，你爹去長城搬石頭，我在家裡偷漢子，我才該站在那鐵籠子裡！一個滿臉白鬚、道貌岸然的老漢想起年輕時候拿過一個乞丐的破鍋，他解下織錦彩紋的寬腰帶，一邊哭一邊用腰帶抽自己的手，說，我一生從不偷人東西，就是拿過那口破鍋，人家也可憐，只剩下一口破鍋，還讓我拿回家放豬食了，我該去站那鐵籠子！還有幾個人跪在地上哭得東歪西倒的，拍自己的心口，拍得咚咚地響，就是不肯坦白爲什麼哭，旁邊的人怎麼誘導，他們還是只拍胸口不悔罪。旁邊人都不敢多嘴了，這幾個人，說不定比胖屠戶還要凶險幾分，也許親手殺過人下過毒，問也不敢問，勸了也沒用，只好隨他們去哭了。

私塾先生等一批道德高尚的人此時得到了來自身體的報答。首先，他們的面部表情一如既往，平時嚴肅的仍然緊皺著眉頭，平時少言寡語的仍然神情呆滯，平時盲目樂觀的仍然咧著嘴傻笑。他們的身體姿態也經受住了衝擊，喜歡袖手的人仍然雙手交叉插在袍袖裡，喜歡彎腰站立的人還像柳樹一樣彎在那裡，喜歡四處抓癢的人仍然把手伸向了身體的四面八方。是這批人在城門口保持了五穀城居民最後的風範，他們穿梭在他人悔恨的哭聲和罪惡的身體中，互相讚美著，指著對方說：你也是清清白白做人的，看，讓水濺了就濺了，袍子潮了就潮了，我們沒什麼可哭的。他們帶著一絲欣慰感，冷靜地察看著城門四周，分析這場突如其來的哭泣風暴來自何處，很快他們都注意到從碧奴腳底奔湧而下的一注雨流，它細小清澈，卻流得那麼湍急，閃著寒光，像一支支水箭一樣射向人群。他們一致確定，一場豪雨加上那個女囚來自青雲郡的淚咒，是這場哭泣風暴共同的源頭，他們要合力堵住那個源頭。

可是雨水來自天上，女囚的鐵籠子嚴禁入內，他們搆不到那個源頭，而水是往低處流的，他們只能看著那危險的水流不斷地流到人群裡，情急之下有個人脫口而出，水來土擋！那人提議是否要去搬一些磚石來，擋住從女囚那裡流過來的神祕水流，其他幾人沉吟了一會兒，很快否定了這個貌似合理的建議，一是覺得麻煩，二是磚頭石頭也有主人，不容易找。他們的眼睛開始往半空轉移，城牆上的幾個守卒正躲在箭垛後猜拳劃令，下面怎麼吵鬧也不管。上面的人的悠閒身影提醒了私塾先生，他說最省事的辦法是站到更高的地方去，站得比那女子高了，不管是清白做人的，還是不清白的人，大家都安全了。

私塾先生登高的呼籲得到了人群的一片響應，人們紛紛就近尋找高處的目標，失態者逐步恢復了理智，被拖走的胖屠戶不知怎麼又回到了人群裡，此刻拖著沉重的身軀往米鋪的台階上跑，米鋪的主人不允許他上台階，說，下去，下去，我跟你無怨無仇，別到我鋪子來，你會把死人肉往楊屠戶家放，也會把毒米往我家米倉裡扔！胖屠戶脹紅了臉申辯道，我那是說著玩的，你也認真，我哪兒有毒米？他回頭朝碧奴一指，他們做刺客的身上才藏毒米呢！那個紅杏出牆的女子在眾人面前暴露了不貞，也開始遷怒於碧奴，對幾個買米的女子說，妳們別湊到她跟前去，那女刺客從青雲郡帶來了淚咒，中了她的淚咒，不知道會給妳帶什麼禍來呢！

幾個孩子爬到樹上去，脫離了地上危險的雨水，有個婦人仗著腿腳麻利，也抱住棵樹往上攀，攀了幾下就被私塾先生罵下來了，說妳個婦道人家再怎麼愛看熱鬧，也不能上樹呀，婦人爬樹成何體統？那婦人對私塾先生有幾分敬畏，下了樹，怏怏地站著拍打袍子，嘴裡埋怨道，誰都可以上樹，你們男人可以上，孩子可以上，雞犬也可以上樹，就是不給我們上，又要讓我們登高，又不讓上樹，你讓我們婦道人家站哪兒去？

那婦人的怨氣是有道理的，由於躲避淚咒要符合躲水和騰空兩個條件，四周並沒有幾個合適的地方容她們立足，米鋪、藥鋪、燈籠鋪的台階上已經站滿了人，各家店鋪的主人夥計又把眾人當賊防，不免多了口角。口角一多髒話就多，私塾先生聽不下去，和幾個人商量著，決定將老弱病殘們轉移到城門口的過家茶樓。那茶樓築在高處，有一個寬敞的平台，城門口的風景可以一覽無餘，美中不足的是茶樓主人生意做得精，要在茶樓駐足，必須要買一壺過家茶。私塾先生和幾個人商量了一番，決定好事做到底，以劈柴的方式分攤一壺茶的茶錢，請大家共飲一壺茶，於是一大堆人吵吵嚷嚷地爬到了上面的茶樓。儘管茶樓方面對這些客人很不尊重，但人們站的站，坐的坐，畢竟安頓下來了，大家在高處看那個鐵籠子，都感歎起來，說，這麼看真好，看得安心，也看得清楚多了！私塾先生注視著鐵籠子裡的女囚，感歎的是他知識的盲區，老夫今天也長了見識，一個小女子的淚，怎麼就亂了那麼多人心！他撫髯長歎，說，不知事出何因，回去要翻書，請教孔聖人去！

私塾先生他們剛剛在過家茶樓坐下，不遠處的五穀塔方向就傳來了一片騷動聲，城牆上那幾個守卒也繞著旗竿慌張地跑來跑去。下面店鋪的台階上有人在搭人梯，而樹上的孩子在往更高的樹枝攀爬，很快一片狂熱的歡呼聲在城門口上空迴盪起來，此起彼伏，黃金樓船來了，快看黃金樓船，國王來了！

運河沒有流到五穀城來，黃金樓船先來了，國王的人馬從陸路上拖來了那艘黃金樓船，國王眞的來了！他們擠在茶樓前向官道那裡極目眺望，官道上群鳥驚飛，天邊籠罩著一片金光，透過那片金色的朦朧的霧靄，他們果然看見了那傳說中黃金樓船的盤龍桅杆。騷動的人們在狂喜中鼓起掌來，有人眼尖，發現國王浩浩蕩蕩的車輦也像一條巨龍擱淺在官道上，華麗的盤龍桅杆停止不前，只有一面黑底鑲金的九龍旗在雨後的天空中高高飄揚，眼尖的人忍不住提醒別人，說，車馬和船都不在動呀，是不是擱淺了？這聲音立刻遭到了眾人的白眼，你以爲是你家的破驢車呀？那是國王的車輦，那是國王的黃金樓船，怎麼會擱淺！

國王

五穀城屏住熱切的呼吸等待國王的駕臨，城門上九龍旗獵獵飛舞，城門下人山人海，鑼鼓陣沿著高高的城牆擺成了萬歲的字樣，城裡最著名的舞獅人郭家班已經牽出了他們所有的獅人。米鋪的台階下面，一個由官府出資的領恩米倉巍然聳立，散發著米的清香，已經有人拿著笸籮在米倉前排隊，等候開倉放米，而在冷清的石台一側，兩個穿紅袍的劊子手靜立在鐵籠子旁邊，他們的表情淡泊安靜，手裡的刀卻閃爍著尖銳的寒光，看上去有點迫不及待。

城門洞裡夾道站立著五穀城的大員們，他們都穿上了黃色或絳色的官袍，遠看站得整齊而和睦，近看卻站得勾心鬥角的。有的官員認爲自己的站位和職位有出入，不甘心站在別人的後面，身體忍不住地向更顯赫的位置移動，這樣一移自然就有人被侵犯，被侵犯的官吏中有缺乏涵養的，不好開口罵人，就出手出腿，保衛自己的位置。一來一去，大員們的隊伍竟然出現了相互推搡的現象，幸虧詹刺史及時制止，城門洞裡才勉強保持了應有的肅靜。

等候的時間如此漫長，漫長得可疑。官員們開始竊竊私語起來，他們都用懷疑的目光盯著詹刺史，說，國王不到，御前軍也該到了，御前軍不來，國王的龍騎兵也該到了，如果他們都不進城，總會派個宮吏來的，怎麼就沒個人來呢？

詹刺史一臉焦灼，由於急火攻心，他被嘴角上的一個爛瘡折磨著，時不時地發出幾聲呻吟。宮吏來過啦，帶走了一車臭魚！詹刺史被問得急了，終於透露了來自國王的第一個消息，我以爲是傳旨的宮吏呢，結果是個要臭魚的！我問那宮吏爲什麼要臭魚，馬上進五穀城了，國王要多少鮮魚有多少鮮魚，帶臭魚走幹什麼？他就是不肯告訴我！

官員們都瞪大眼睛，不解臭魚之意，紛紛說國王畢竟是國王，吃東西也跟常人不同。萬壽宮的好多祕密聽起來都是很稀奇的，也許吃臭魚是延年益壽的祕方呢。

那個宮吏帶走一車臭魚後一去不返，給眾官員留下一個沉重的懸念。詹刺史派人上了城樓，時刻注意國王人馬的動向。在他聲嘶力竭的重複下，所有人都記住了歡迎儀式豐富的內容及程序規定：那邊黃金樓船的盤龍桅杆一動，這邊的鑼鼓就要敲起來，獅子就要舞起來，米倉就要開閘放下領恩米，國王一到五穀城城門，兩個劊子手應該舉起刀來問國王，女犯的首級該不該斬，按照常理，國王會在龍座上回應，刀下留人——這是詹刺史唯一擔心的細節。由於無人可以冒充國王的聲音，也不知到時候國王心情如何，是斬還是不斬，這個顯示國王恩澤的儀式也就不好排練，只能等待最後的結果。所有的安排都根據萬壽宮的典章，結合了五穀城的地域文化制定，應該是細緻而充滿特色的。天氣不幫忙也沒什麼，雨後道路泥濘，國王的車馬將通過一條撒滿穀糠和草灰的路，去到衙門口，從地下通道進入行宮。主要活動都在室內，可以有效地防止不測，除了迎合國王爲名山大川各城各縣題寫金匾的興趣，還有一個極大的驚喜會滿足國王發明新刑罰的愛好，別的地方五馬分屍，五穀城卻比別處多用一匹馬！刺客少器會被推到國王面前，六匹膘肥體壯的公馬已經接受了半個月的訓練，牠們將讓國王欣賞到五穀城獨創的六馬分屍的壯麗景象。那第六匹馬無疑是精華所在，牠承擔的任務是特殊而艱巨的，除了詹刺史和馴馬師，無人知曉，打聽也打聽不到，是機密。

萬事俱備，只欠東風了，可是從城樓上傳來的消息仍然令人沮喪，國王浩浩蕩蕩的人馬像一條巨龍擱淺在官道上了，而且城樓上的哨兵說，官道上升起了炊煙，國王的人馬竟然在野地裡自備膳食了！

詹刺史漸漸地渾身冒出虛汗，自備膳食是一個惡夢般的預兆，他開始憂慮國王對五穀城的看法，是否聽信了什麼讒言，對五穀城有了什麼不良印象？對五穀城印象不良也就是對他印象不良。他是否被哪個小人誣告而得罪了國王？那個小人會是誰？他用探究的眼神掃視著城門洞裡的同僚，他們也在看他，每個人的眼神都不一樣，有的昏庸，有的狡詐，有的欲言又止，有的賣弄聰明，針對國王野炊的消息大發議論道，國王偉大呀，過五穀城不入，不食百姓一粟！詹刺史看來看去，看不出誰有那麼大的本事，能告狀告到萬壽宮去，他要能把狀告到萬壽宮去，也不會在五穀城屈就下位嘛！詹刺史這麼一想，心裡就釋然了，區區一個五穀城刺史，國王肯定不知道他，對他也不會有什麼看法。

所有人都在等待國王。城門外已經戒備森嚴，連落葉都一片片地被人撿乾淨了。凡是閒人，高處不得停留，過家茶樓上的流民們和住在樓台上的達官貴人一律都被趕到了下面的街市。百姓們螞蟻般地堆在城門裡側，堆成了人山，幾座人山在城門外發出空洞的喧鬧聲。米倉附近人最密集，也最難管理。有人莫名其妙地暈倒，有人隨地便溺，引起周圍人的一片指責。由於爭搶位置，米倉附近發生了不少意外，偶爾有被踩踏者的哭叫傳到城門洞裡，踩死人了，出人命了！有官員一針見血地批評那些流民，這些窮鬼，哪兒是在歡迎國王？明明是在歡迎糧食！

米倉那裡的危險訊號引起了詹刺史的警覺，詹刺史深知他的百姓熱愛國王，更熱愛糧食。百姓等待國王是有耐心的，可他們等待糧食的時候不免急躁衝動，他有點擔心放米賑民的後果，但是那一垛米是必須要放的，取消領恩米不知道會引起什麼混亂呢，他不敢冒險。眼看守護米倉的士兵們已經無力招架，詹刺史只好打起城門洞裡大員隊伍的主意，他挑了幾個官位卑微但身體強壯的官員，讓他們暫時加入守護米倉的士兵隊列，那幾個官員很不情願地出了城門洞，去是去了，可去得屈辱。詹刺史派了個心腹跟住他們，偷聽他們說什麼，心腹回來說，他們不敢罵你，罵柴火罵黃金呢，他們嘴裡一直嘟囔，笨蛋黃金笨蛋柴！詹刺史說，你才是個笨蛋，他們是說半擔黃金半擔柴，那就是在罵我呢！心腹糊塗，詹刺史不糊塗，他知道那幾個人是氣得口不擇言了，他們在揭他當年送柴夾金去京城買官的老底，詹刺史無暇跟他們計較，對身邊的心腹苦笑道，這有什麼好說的，過去是半擔柴火半擔金，現在早就是半擔柴火三擔金了！

終於有馬蹄聲敲響了寂寞的官道，整個五穀城都側耳傾聽，三個龍騎兵策馬飛馳而來的時候，有人注意到他們手裡舉著的不是九龍旗，而是一面粗糙的白幡，然後一個驚天之聲在空中炸響，跪下，都跪下，國王薨了，國王薨了！

城門口先是一片死寂，繼而慌亂的人山一座座地傾塌，國王薨了，薨了！人山邊緣的都順利地跪下來，苦了人山中間的那些人，他們逼仄的空間哪裡容得下兩個膝蓋落地？只好跪到別人的腿上別人的後背上去了，誰也不敢開口，衝突在沉默中爆發，也在沉默中解決，人群中響起了一陣壓抑的喘息聲和咒罵聲，也有人在默默地撕打，跪著不方便，都用手抓用手撓。一個被抓到眼睛的再也忍受不了痛苦，突然尖叫了一聲，國王薨了，我的眼睛也瞎了！

也不知道那眼睛的主人是誰，一個人破壞了肅靜，茫茫人海很快變成了喧囂的海洋，人們忘了應有的肅靜，針對國王的死因，一個個激動地各抒己見。人群裡一個尖銳嘶啞的聲音喊出了好多人的心聲，特別引人注意，他說，是大臣們騙死了國王呀，他們謊報喜訊，讓國王南下看運河，可是運河在哪裡？碼頭在哪裡？黃金樓船從哪裡下水？什麼國王薨了，他是被騙死的，是被氣死的！他帶了那麼大一條船南下，不知受了多少苦！大家說船能在葆麥地裡走嗎，船能在小水溝裡開嗎？那麼好那麼大一條黃金樓船，落得個在路上拖的下場！國王能不氣嗎？他一定是被氣死的！是氣死的！

共同的悲愴使人們不顧密探的耳朵，勇敢地站到了反對官府的立場上，好多人衝著城門口的官員們怒吼起來，哪個當官的氣死了國王？把他拉出來，拉出來，砍了他的狗頭！有人憤怒歸憤怒，卻喜歡在憤怒中修正別人的觀點，來顯示自己的高明，拉誰出來也不合適！運河那麼大個工程，要一段一段地挖，喜訊傳到萬壽宮，也是一級一級地傳，要騙國王不是一個兩個大臣去騙，從朝廷到地方，一大堆狗官串通好了騙，你要砍人家的頭，砍三天也砍不完！有個遊鄉郎中在人堆裡質疑國王的死因，引起了眾人關注。郎中習慣於從陰陽元氣角度出發分析問題，說，國王金剛不敗之身，再累再氣最多是傷點元氣，怎麼會一下就薨了呢？國王不比一般人，美食女色應有盡有，不會貪婪無度，也就不易患急病，不患急病何以一下薨了？一定是積恙成疾呀，我看國王身邊的御醫是個大庸醫，他才該殺，害國王龍體陰陽不調，才薨逝在出巡路上！旁邊的人聽他說多了，也聽出了破綻，譏諷道，國王身邊的御醫不行，你個遊鄉郎中倒行？你有本事跟那幾個龍騎兵去，去給國王調陰陽，讓國王活過來，我們也好見他一面！

人們跪得都不安分，缺乏見識的婦人也在對國王的死因妄加評論。有個女傭說國王會不會被豆子噎死嗆死呢，還舉例說哪兒哪兒的一個有錢人就是被一粒黃豆嗆死的，哪個高台人家的孩子是被一把蠶豆噎死的。這種可笑的猜測自然引來一片嘲笑，國王從不吃豆子，即使吃豆子也是做成豆腐磨成豆汁，絕不會噎死嗆死！那婦人腦子裡起初只有黃豆蠶豆，後來就只有豆腐了，說，那麼會不會有人給豆腐點鹵點了毒？國王會不會是讓鹽鹵毒死的？人們不堪忍受她的饒舌，禁止她插嘴，說，什麼豆腐什麼毒鹵，那是妳們婦人謀害親夫幹的事！就是國王的廚子也毒不死國王，他的所有食物都有宮監試嚐，你毒死了宮監，也毒不死國王！

有一部分衣著光鮮的人跪得很文雅，很明顯他們有官宦家庭的背景，聽見流民們執拗地把國王的死因歸咎於運河的謊言，這些人非常反感。國王的胸懷比天還寬闊，能為一個謊話氣死？他們質問著那些情緒衝動的人，你們不是愛戴國王，是給他臉上抹黑！那邊的聲音憤憤地傳過來，不是氣死是怎麼死的？這邊的聲音整齊地頂過去了，刺客呀，你們沒看見那鐵籠子裡還關了一個，還是女刺客！衣著光鮮的人們堅信國王一定是死於刺客之手，說五穀城的捕吏火眼金睛，能抓住那一男一女兩個刺客，別的地方不一定能抓住刺客呢，總有唯恐天下不亂的人，國王一路上經過那麼多城市，誰知道刺客藏在什麼地方！那邊的流民叫起來，別的地方比五穀城抓得更凶呀，闖到官道上的三歲娃娃都抓起來了，刺客還怕抓不住？五穀城抓人還查凶器呢，雲登城那邊不用查凶器的，有個商販在客棧裡說夢話要刺國王，就被客棧主人告了官，投到死牢裡去啦，誰敢去刺殺國王？夢裡都刺不成，光天化日的怎麼刺呀？

米倉那邊的流民跪得心神不安，騷亂在悄無聲息地醞釀，國王的噩耗傳來，領恩米是否發放已成懸念，饑餓的流民們人跪在地上，心卻爬進了芬芳的米倉裡。終於有個大膽之徒藉口膝蓋跪在別人腿上，大家跪得不舒服，要跪到米倉上去。他把笸籮頂在頭上偷偷朝米倉上爬，有人提醒他，不可以跪得那麼高的，小心把你當刺客抓了！那男子並不掩飾他的心機，說，高處低處都是跪，國王都薨了，還防什麼刺客？要防的倒是官府，領恩米一取消，大家就抱個空笸籮回去吧。

一句話說出了人群最大的憂患，好多人都應聲站起來，嘴裡說，我這邊也跪不下，我也跪到米倉上去！看守米倉的郡兵和官員們來不及懲罰誰，臨時米倉的蘆席牆就在多人的攀登下傾倒了，新打下的一倉白米像洪水一樣奪路而奔，湧向四周的人群。有人去抱米，抱不住多少米，就順勢一躺，把湧來的米牢牢地壓在身下，更多的是貪婪的人，他們笸籮已滿，仍然奔向米山中心。有人是從別人肩膀上跳過去的，有人靠兩隻手無法豐收，腳也開始刨米，讓米貯藏在鞋子裡，有人高聲叫喚失散的孩子，讓他們把米存在袍子裡，吃虧的是一些老婦老翁，他們急躁地搖著笸籮，尖聲呼籲官府來維持秩序，可是以詹刺史爲首的官府大員，已經被另一個沉重的消息弄暈了頭腦，他們再也無法顧及那個米倉了。

三個報喪的騎兵，兩個無精打采，另一個神情不安地東張西望，就是那個自稱幼時在五穀城長大的騎兵，他下馬跪在詹刺史身邊，輕聲打聽他家遺留在五穀城的房產。詹刺史說，你在萬壽宮國王身邊，怎麼還惦記著五穀城裡的一間破房？騎兵說，萬壽宮我恐怕回不去了，只有五穀城的這間破房可以爲我遮風避雨了。詹刺史聽他的話音蹊蹺，疑惑之下不顧禁忌，向他追問國王的死因。那騎兵不鳴則已，一鳴驚人，他說國王三天前就死於途中，臭魚爛蝦再也掩蓋不了他的屍臭，國王的死訊已經洩漏出去，天下大亂。萬壽宮內的九龍旗，已經換了玄武白虎旗，江山易主，是國王的胞兄成親王坐上了金鑾椅！

碧奴

萬眾下跪，無數人的膝蓋訇然落地，儘管滿地泥濘，人們的膝蓋並不忌諱，跪得都很快。儘管跪下來不難，還是有許多膝蓋和別的膝蓋撞在一起，許多屁股和別的屁股發生了摩擦，所有膝蓋和屁股的主人們都在無聲地爭奪地皮。只有幾個不知天高地厚的五穀城女孩愛惜自己的新花袍，跪得不情願，跪下來後還埋怨，擠死了擠死了！有個女孩還指著鐵籠子嚷嚷道，大家都跪，那個女刺客怎麼不跪？女孩的母親打了她一巴掌，威脅她說，小祖宗妳眼紅誰都好，怎麼眼紅起她來？妳要不情願跪，妳要嫌跪得不舒服，要不要站到鐵籠子裡，和那女刺客站一起去？

萬眾下跪的時候，只有碧奴還站著，站在鐵籠子裡。碧奴被遺忘了。她的腿腳被五花大綁捆在鐵柵上，跪不下來。城牆下的士兵們把各自的武器平擺在身前，跪下來了，鐵籠邊的劊子手也把鬼頭刀插在刀鞘裡，跪下來了。人們忘記了鐵籠裡的碧奴，讓她獨自站在那裡。國王薨了，那麼多人跪下來，連雞鴨都應該跪下的，她卻站著。碧奴就那麼站在鐵籠子裡，等待別人發現這個錯誤，可是除了那個小女孩，人們都沒發現這個錯誤。也許有人發現了，發現了不敢說，萬民跪是不讓抬頭的，只能盯著地，也許那些人害怕追究：你是怎麼跪的，你不抬頭，怎麼看得見人家是站是跪？

駕崩的國王靈輦停留在官道上，城門口的民眾朝官道方向跪伏，官道的方向恰好也是鐵籠的方向，看上去五穀城的人們都向一只鐵籠子跪伏著。一隻烏鴉從五穀塔那裡飛過來，飛過跪伏的人群上空。烏鴉有眼無珠，以爲那麼多民眾是向碧奴跪著，就飛到碧奴頭上盤旋了一圈，口齒不清地向這個女囚表達著敬意。碧奴不懂鳥語，卻能從鳥鳴中分辨鳥的悲喜，她分辨出那是烏鴉仰慕的叫聲，烏鴉仰慕她有這麼多的請罪者：碧奴碧奴，那麼多人向妳下跪，他們在向妳請罪呢！這個念頭不知道是烏鴉的，還是她自己的，碧奴嚇了一跳。她想轉過臉，看天也好，看城牆也好，不去看那麼多的膝蓋，但是木枷妨礙了她的自由，她的脖頸無法轉動，碧奴就強迫自己閉上眼睛，閉上眼睛，淚水便流了出來，她想想自己的身分，也許流淚流得不是時候，別人跪，她站著，別人流淚，也許她是不准許流淚的。她又睜開了眼，強迫自己不看人們跪地的膝蓋，也不看他們下垂的腦袋，看什麼呢，就看人們的衣袍吧，她怎麼也忘不了那件新染的喪袍，辛辛苦苦把一件喪袍染了靛藍，也不知道誰把它撿去穿在身上了。

黑壓壓的人群，像一片石頭的叢林。她看不清人們的臉，但大人孩子都把節日的盛裝穿出來了，那些衣袍，碧奴看得仔細，五穀城的孩子披紅戴綠，髮髻上纏著避邪的紅線。女人穿得鮮豔，大朵的花鑲嵌在襟邊袖下，姑娘家胸口也繡花，身上打扮得像個花園。男人穿的多為流行的滾了青邊的褐色夾袍，也有一些穿藍袍的，在人堆裡賣弄關子，吸引碧奴的目光。碧奴怎麼瞇眼打量，也看不清那幾件藍袍是不是新染的，是不是喪袍改的。碧奴不知道自己是怎麼了，也許是中邪了，死到臨頭，她怎麼還在惦記那件袍子！她責怪自己不該再想袍子的事情了，柴村的女巫預言她會死在路上，那預言遺漏了多少細節呀，她們沒有告訴她，妳死時兩手空空，冬袍永遠送不到豈梁的手上，妳家豈梁除非會用北方的黃沙做線，會用大燕嶺的石頭織布，否則他將永遠光著脊梁！碧奴站在鐵籠子裡，對豈梁的思念也讓她害怕，五穀塔下的一個大燕嶺寡婦勸她說，別天天念著他，苦命的女子，思念也是苦的，妳天天念著他，他天天受苦！詹府裡那幾個抱罈哭泣的淚人也警告她，千萬小心妳的夢，千萬別夢見妳丈夫，苦命的女子，夢見誰最多，誰就要跟著妳倒楣！碧奴不敢思念豈梁，她逼著自己去想國王富貴的遺體，他是睡在棺材裡還是睡在黃金樓船上？他的壽衣是金子做的還是銀子做的？國王的手腕上刻著國王的標記嗎？很快她發現自己把國王想像成芹素的模樣了，小眼睛，老鼠鬍鬚，手腕上刻著自己的身分。她不敢想國王的手腕了，怎麼可以把芹素和國王混起來？國王什麼模樣，手腕上有沒有國王兩個字，她永遠也不會知道的。碧奴覺得心裡有一種說不出來的遺憾，無關她自己的生死，而是國王。普天之下的良民百姓，誰不想親眼見到國王呢，她也想親眼看見國王，看見他的模樣，還有他的手腕，可是國王死了，她什麼也見不到了！

兩個劊子手跪在鐵籠邊，跪得怒氣沖沖。起初他們低聲埋怨國王死得不是時候，千年難逢的籠邊好戲，排演了這麼多次，一下就成了泡影。刀敲鐵籠的技藝不能展示，本來殺人有賞錢，放人也有賞錢，現在一樣都拿不到。城門口一亂，兩個劊子手的心也亂了，亂成這樣了，誰還有心思看我們砍人頭？米倉那裡騷動的時候，一個劊子手在地上惡狠狠地磨起刀來，另一個的膝蓋抬了一下，又重新跪下，說，我們不管趁火打劫的事，該捕吏去管，我們跪我們的。起初他們還堅持守在鐵籠邊，後來城門洞裡的官員們魚貫而出，不知什麼人在人群裡喊，當官的怎麼跑了？我們還跪在這兒呢，老實受欺負，我們沒有搶到領恩米呀！另一些男子的聲音則帶有強烈的煽動性，不跪了不跪了，當官的都跑了，我們還跪個屁，大家都站起來，領恩米搶光了，米鋪裡有的是，我們去搶米鋪呀！兩個劊子手這時再也跪不住了，站起來向奔跑的官員厲聲質問，今天這刀到底還用不用了？快給個說法，再沒說法，我們也搶米去了！他們的牢騷得不到回應，一氣之下就提刀走了。兩個紅色的人影離開了鐵籠子，一個隨人群朝米鋪湧進去，另一個卻被幾個神色激憤的老人和婦女追打著，老人說，你還我兒子，還我兒子！幾個婦人去拉他拽他，抓他手裡的刀，嘴裡哭罵著，你會砍人的頭，今天不放你走，看你敢不敢砍我們的頭！那被襲擊的劊子手不敢造次，就把那雪亮的刀高高地舉在空中，一邊奪路而跑一邊叫喊，你們別以爲翻天了，老國王死了新國王登基，明天我就替新國王砍你們的頭！

碧奴看見劊子手消失在人潮裡。劊子手走了，她還站在鐵籠裡。暴亂的人群淹沒了官吏和士卒們的身影，沒人管這個鐵籠子了，他們把鐵籠扔給了碧奴。碧奴不知道誰會記起這個籠子。她想喊，黑巾還堵著她的嘴，她想鑽出籠子，但木枷還是緊緊地鎖著她的身體。她看見人群從米鋪出來，又湧進了旁邊的布莊和鐵鋪。有人抱著農具出來，臉上鮮血直流，是爭搶鐵鍬鋤頭留下的傷口；有人扛出來的綢布很快被人撕成條條縷縷的，等他突出重圍的時候，肩上只扛著一個光禿禿的布軸了。碧奴看見一些身有殘疾免於徭役的青壯年男子奇蹟般地恢復健康，迸發出令人羨慕的體力，扛布出來的三個流民中有一個是瘸子，他不知什麼時候多出來一條腿，跑得比風還快；另一個綽號叫羅鍋的男子突然直起腰背，風風火火地往坡上的過家茶樓跑。過家茶樓已有準備，主人手持打狗棍居高臨下地守在坡上，上來一個打一個。羅鍋被他們從坡上打下來，靈活地翻了個身，又起來了，誰稀罕搶你們的破茶樓？他一邊奚落茶樓的人，一邊高舉著手號召人們，城門口沒什麼可搶的了，去城裡搶吧！

去搶，搶，搶！人群裡的那片聲音讓碧奴的血也沸騰起來，遠遠的碧奴看見羅鍋帶著一批流民衝進了城門，她聽見自己在指點他們的路線，羅鍋快去估衣街呀，去搶冬衣！替我去搶一套豈梁的冬衣！那聲音從心裡情不自禁地跳出來，估衣街那個婦人的臉也跳出來，橫眉立目地瞪著她。碧奴膽怯地閉上了眼睛，眼角上滾下了新的淚珠，她知道，那是一滴羞愧的淚水。

碧奴羞愧地站在鐵籠子裡，等待著暴亂的人群記起她來。她想再多的東西總有搶完的時候，也輪不到她去搶，她也不敢搶，只好耐心地等待來搶鐵籠子的人了。碧奴終於等來了幾個少年，平日裡是在五穀塔下遊蕩的，這時候他們向鐵籠子跑來，有人手裡拿著石頭，有人拿了把鐵鋪裡搶來的鐮刀，少年們眼睛裡燃燒的是掠奪的火焰，她聽見一個少年說，木枷歸我，我拿回家做椅子！另一個說，鐵籠子歸我，我拖去賣給鐵匠鋪！

少年們對著籠鎖又砍又敲，終於打開了籠子。看中木枷的少年一把拉住碧奴，用鐮刀在木枷上不停地砍著，看碧奴一點也不配合，少年掏掉了她嘴裡的黑巾，塞在懷裡，說，妳怎麼一動不動，我來救妳的命，妳怎麼像一個死人！

於是碧奴尖叫起來，木枷敲一下她便叫一聲。直到木枷離身，碧奴還在鐵籠裡尖叫。少年們強行把她拽出了籠子：妳這女子是傻的？還不快出來？我們要把這籠子賣了，妳趕緊出籠子，該去哪兒就去哪兒吧！

碧奴想坐下，但她的腰彎不下來了，也許在狹窄的鐵籠裡站得太久太累，不知道該怎麼坐下了。她拉著鐵籠，環顧城門四周，看得出來她想往城牆那邊走，走了幾步走不動，又蹣跚地退回來，扶住了鐵籠，好像找到了一個靠山。

少年們看碧奴妨礙他們推拉鐵籠子，過去把她的手扒開了：妳這女子，還捨不下這籠子嗎？站籠子把妳站傻了！他們一人架起一隻胳膊，把碧奴往城門那邊推了幾步，大聲提醒她：大家都在搶，妳爲什麼不搶？妳也去搶呀！

碧奴被少年們從坡上推下來，推到了城門口混亂的人群裡，不知道踩了誰的腳，有人從後面推她，有人用胳膊在前面捅她，倒把碧奴結實地夯在人堆裡了。都是準備進城搶劫的人，男女老少的臉都被掠奪的熱情燒得通紅，呼吸急促，眼睛放光，有人泣不成聲地發誓，搶光五穀城，搶完了再燒，燒完了再殺，大家都別過了！那羅鍋被幾個人抬起來，浮在人群上空，聲嘶力竭地指揮暴民進城後的分流：搶糧食的往西邊走，搶富人家的去東邊，搶錢的去錢莊，要搶用的穿的直走，往南門走，別慌，五穀城富庶之地，搶三天三夜也搶不光！碧奴被人流挾裹著穿越了城門，人流是帶著碧奴往西邊的糧市去的，但她不顧一切地校正了方向，撲到了向南的隊伍裡。

去估衣街的大多是衣不蔽體的流民。碧奴後來尾隨著幾個流民家的男孩，出現在估衣街上，看上去有別於其他情緒激憤的哄搶者，碧奴步履踉蹌，如同夢遊，她站在角落裡盯著一個舊衣攤，眼睛裡充滿期待，也充滿了羞愧。她又看見了那個賣舊冬袍的婦人，平時那麼潑辣能幹的婦人，現在被突如其來的災難嚇傻了，拚命地揮舞一根衣叉，一邊哭嚎一邊保護著她的舊衣。幾個男孩在一群婦女老頭的幫助下奪了那根衣叉，把那婦人按在一個舊麻袋包上，不准她抵抗。反正都是些舊衣服，沒值錢貨，快來拿吧！一個男孩大公無私地招呼著別人，天馬上就冷了，什麼暖和拿什麼！攤開的舊衣和堆著的鞋履帽幘一眨眼就被哄搶一空，只有一件玄色滾青邊的舊冬袍掉在麻袋包後面，無人注意。碧奴幾乎是在一瞬間跨出了哄搶者的腳步，她彎腰弓背地衝過去，撿起那件冬袍抱在懷裡，然而碧奴動手還是遲了，她自己的袍角被一隻手抓住了，是那個販衣婦的手。那婦人不知怎麼掙脫了男孩們的束縛，騰出一隻手抓住了碧奴，她的眼睛憤怒地瞪著碧奴，也不知道她是否認出了曾經在估衣街徘徊的碧奴，是否認出碧奴是鐵籠子裡的女囚，但她至少認出碧奴是個窮人。反天了，舊袍子也要搶！販衣婦尖叫起來，窮人搶窮人，大家下輩子還是窮呀！那婦人滿面是淚，呼天搶地，她的一隻手緊緊地抓住碧奴，似乎要與碧奴同歸於盡，她的臉努力地抬起來，抬起來朝碧奴的臉上吐了口唾沫。

碧奴的臉上被那婦人啐到了，手一摸那口唾沫是紅色的，有淡淡的血腥氣，那婦人的嘴和牙齒一定被男孩們打出了血。碧奴不敢看那婦人的嘴唇，她在袍子上擦了擦手指上的血沫，眼睛一下就濕了：大姊妳別拉著我一個人，快放開我！那婦人尖叫道，就是不放妳，死也不放，妳放下袍子我就放開妳。碧奴被販衣婦死死拽住，六神無主，聽見那兩個男孩一邊擒緊了婦人，一邊叫，妳怎麼這麼笨？衣叉就在妳腳下，拿它打，不怕打不掉她的手！碧奴抱緊了那件冬袍，看著地上的衣叉，猶豫了一下，她還是把衣叉拿起來了。她用衣叉在那婦人手上打了一下，婦人不鬆手，嘴裡罵起來，妳是那個死女囚呀，剛從鐵籠子裡逃出來，不敢去打官老爺，倒打起我來了，沒本事去搶富人，跑來搶我的舊衣攤，你們豬狗不如！碧奴被她罵得發愣，後面有人捅她，愣什麼，打呀！碧奴對著那頑固的手又打了一記，這次打重了，那婦人嚎叫起來，還是不放手，也許她完全想起碧奴來了，妳搶我的冬袍給妳男人穿！她尖聲說，搶去也沒用，妳男人死在大燕嶺了，死了，死了！他不要穿冬袍了！那婦人的詛咒讓碧奴變得瘋狂，碧奴揮起手裡的衣叉朝婦人的手狠狠地打去，打得那手縮回去了，她還在打，旁邊的男孩提醒她：別打了，她鬆手了，趕緊帶著袍子跑吧。碧奴扔掉了衣叉，終於哭出來了，她抱著那件冬袍往街上跑，跑了幾步回過頭，朝販衣婦看了一眼，誰都看得出來碧奴的淚眼裡充滿了歉疚，她跑到街對面，又回頭朝五穀塔男孩們看了看，大概是要表示一點謝意，但那樣的謝意難以啓齒，碧奴最後還是誰也沒謝，一溜煙地跑了。

五穀塔的男孩們看見碧奴的背影消失在估衣街街角。他們有幸聽見碧奴留在估衣街的最後的哭聲，在男孩們看來，那哭聲來得奇怪，被搶的人哭了，那搶人的也哭！五穀塔下的流民帶著驚喜談論過碧奴神奇的淚水，這些男孩不以爲然，他們從來都反對淚水。哭有個屁用？詹刺史家不用眼淚熬藥，以後眼淚就沒有用啦！男孩們說，雨水潤田，河水養人，溝裡的水肥了野草，池塘裡的水餵大了魚蝦，只有人的淚水沒有用，世上最不值錢的就是眼淚！

北方

多麼奇怪的天氣。雨過天晴，天晴了一半，風沙就來了。

官道上的人如同洪水漫溢，在五穀城外的路口分成了兩股支流，一股人流衣團錦簇趕馬驅車，朝明淨的南方奔湧而去；另一股人流看上去皆爲流民，他們呼兒喚女，黑壓壓的一片，像一群遷徙的烏鴉，頂著風沙向北方徒步走去。

風沙狂暴，有人頭上頂著鍋，鍋在黃沙的吹打下颯颯作響；有人拖著柴火走，柴火對北方的前程深表懷疑，掙脫了繩子，一片片地掉落在官道上；有人手裡牽著羊，牽羊的繩子被風沙吹走了，羊就不見了，於是人群中有人往回跑，一邊跑一邊慌亂地喊，我的羊呢，誰把我的羊藏起來了？

他們路過了擱淺在官道上的黃金樓船。那黃金樓船龐大的船體現在變成了一堆奇形怪狀的木板，散棄在官道下，國王的人馬最終帶走了國王的遺體和價値連城的九龍金棺，就像一條肥美的大魚，盛宴過後只留下了一堆魚骨魚刺。隨著黃金樓船的解體，所有人關於運河航行的想像也破碎了。路上的大多數流民從來沒有見過船，有人堅信船是有輪子的，他們四處搜尋那些輪子；有人則一口咬定船是模仿魚製成的，所以一定有嘴，有鰭，還有魚鱗，他們果眞看見了船上的魚鱗，路下有一堆人圍著船板，揮舞著鐵錘敲鑿那一片片的魚鱗，那是船板上殘留的七彩漆粉。鑿船人對他們的目的諱莫如深，但一個嘴快的孩子攔住官道上的人，動員他們也去鑿船，說那漆粉裡面含有金子。流民們因此在那裡停留了很久，有人毅然地加入了拆船的隊伍；幾個無家可歸的孩子跑下去，執著地拼湊著散架的船板，一心要體會坐船的滋味；一個瘋子則亢奮地跑到稍遠的蓧麥田裡，用一根樹枝指著田埂上的一堆糞便，向著官道上的人流大聲狂呼，快來看，國王拉的屎，國王的屎！

碧奴也在路上。五穀城暴亂給她添置了兩件財產，一件玄色滾青邊的男人的棉袍，還有一只半青半黃的葫蘆，不知道是從哪兒撿來的。碧奴把那件寬大的男人的冬袍套在身上，葫蘆則綁在腰帶上，她把頭髮束到頭頂，用一條藍布帶草草地綰起來，人像一根柳枝在風沙裡飄搖。好幾個人從後面追上了那個柳枝般的人影，走近一看是那個站過鐵籠的女囚，他們說，妳這女子命大呀，昨天還在鐵籠裡等殺頭，現在倒跟我們一起趕路了！有個小孩發現她腰上的葫蘆，要跟碧奴討水喝。碧奴搖了搖她的葫蘆，葫蘆是空的，她說，我這葫蘆不是盛水用的，是收魂用的，萬一我死在路上，葫蘆要把我的魂靈收進去的！

旁邊的大人不准小孩去碰她的收魂葫蘆，他們氣惱地拉走了孩子，苦口婆心地告誡不懂事的小孩：她是剛從鐵籠裡逃出來的！沒見她的面孔像草灰，走路走得像個鬼魂，就算她葫蘆裡有水，我們也不敢喝！

一個衣不遮體的婦人用一只鍋蓋蓋住了裸露的乳房，她一直居心叵測地跟著碧奴，一邊拽拉碧奴身上的那件舊冬袍，說，妳是個女的呀，都快瘦成影子了，怎麼穿了件男人的大冬袍？妳一個人裡面外面穿了兩件袍子，也不嫌累贅，一定是搶來的吧？

碧奴感覺到那婦人的用心，她躲不開那隻手，就站住了，把寬大的袍子捲了起來，不讓她拉，也不讓她碰。大姊，妳眼紅誰都行，不該眼紅我的袍子！碧奴怒視著那婦人，妳沒有袍子穿，可妳還有一只鍋蓋呢！這是我家豈梁的冬袍，他沒帶冬衣就上了大燕嶺，我拿在手上怕丟了，打成包裹怕別人偷了，穿在身上最放心，怎麼會嫌累贅？

那個假羅鍋現在挺直了腰，扛著一只大包裹在人流裡趕路，他認出了碧奴，嘴裡嘖嘖地叫著，衝過來推了碧奴一把：妳命大呀，砍頭刀都架脖子上了，也沒死，要不是大家起來鬧事，妳哪裡跑得出那大鐵籠子？妳也不知道謝謝別人的救命之恩，就知道悶著頭趕路，妳這是趕路去哪兒呀？

碧奴說，去大燕嶺，給我家豈梁送冬衣去，大哥你知道到大燕嶺還有多少路嗎？

路是不遠了，九十多里路，就怕妳搖搖擺擺趕路，趕不到那兒！假羅鍋打量著碧奴的臉，說，妳去水溝邊照照妳的臉，看看妳自己的氣色，妳病得不輕，還是找個村子歇下來吧，前面十里地，就是我家的村子！

碧奴說，歇不下來呀，大哥，天說冷就冷了，我得趕在下雪前把冬袍送到豈梁手裡。

還在惦記妳那個豈粱呢？他是人是鬼都難說了！假羅鍋說，上大燕嶺修長城的人，十個死七個，剩下三個都在吐血，天越冷吐得越凶，都快吐死了！

大哥你往地上吐三口，趕緊吐，你不能隨便咒人的！碧奴被假羅鍋的話嚇了一跳，她怒視著他，我家豈粱活得好好的，他幹活幹慣了，不怕累，不會累吐血的。

好好，妳家豈粱是鐵打的漢子，別人吐血他不吐！假羅鍋草草地往地上吐了三口，一隻手又來抓碧奴的肩膀，妳個不知好歹的女子，我是替妳想呢，這麼亂的世道，誰還管得了夫妻情分？多少大燕嶺的活寡婦都跟了別人，就妳個傻女子，還頂著風沙去送冬衣呢。

假羅鍋的花言巧語掩飾不了他的非分之想，碧奴閃開了他的手，站到路邊，讓那個男子訕訕地走到前面去了。前面有個老漢回過頭，面露讚許的微笑對碧奴說，幸虧妳沒跟他走呀，那羅鍋暗地裡是拐賣婦女的，前面是有個村子，是瘋人村，他是要把妳賣給瘋人做媳婦去！

碧奴說不出話來，跟著那老漢走了幾步，想起什麼，就問他，大伯你知不知道國王死了，那長城還修不修了？

老漢說，怎麼不修？老國王死了，新國王登基嘛，是國王都要修長城的！

大伯，我還要問你呢，怎麼那麼多人都說吐血吐血的？我就不相信了，大家要是都吐血吐垮了身子，誰來修長城？

還是他們吐血的人修呀。我年輕時修過龍壺關的，吐了多少血在龍壺山上，妳沒見過龍壺關吧？妳要是到過龍壺關就知道了，太陽一照，關牆上的石頭都是紅的，血紅血紅的顏色，我們都叫它血壺關的！老漢只顧說，看看碧奴的臉色很蒼白，就打住話頭安慰了她幾句：吐點血也沒那麼可怕，窮人血旺，我不就活著下了龍壺山嗎？幹苦力也有學問的，看妳男人他會不會幹活了，會幹的藏了力氣，監工的還看不出來，不會幹活的不惜力，吐血吐死的都是那些不惜力的老實人，妳男人是個老實人嗎？

是老實人呀，我家豈梁是北山下最老實的老實人！碧奴幾乎是絕望地蹲了下來。趁她蹲下來，老漢像擺脫累贅一樣埋頭向前趕了幾步，嘴裡嘀咕道，誰讓妳嫁了個老實人？是老實人一定凶多吉少！

上過血壺嶺的老漢雖然腿腳不好，卻比碧奴走得快，很快就消失在風沙中，碧奴被他拋到一個惡夢裡去了，站在路上，一動也不動。官道上的最後一支人流也從風沙裡鑽出來，都是女子，頭上蒙著綠色或桃紅色的頭巾，她們很整齊地排成了一支縱隊，年輕的女子在前面，幾個年紀稍大的婦人在後面，令人不解的是，每個女子的懷裡都抱著一塊石頭。她們看見碧奴彎著腰站在路上，動也不動，就對她喊，妳別站在路上呀，這麼大的風沙，妳要麼趕路，要麼躲到路下去，別在路上擋我們的道！碧奴往旁邊挪了一步，差點把一個婦人懷裡的石頭撞在地上，那婦人正要罵人，隔著風沙認出了碧奴的臉，驚叫起來，妳不是那鐵籠裡的女子嗎？都說妳千里迢迢去大燕嶺送冬衣呢，怎麼站在路上不走了？妳丈夫讓石頭砸到了嗎？碧奴啜泣起來，說，不是石頭，我家豈梁老實，幹活不惜力，他一定吐血了！那婦人說，是他吐血又不是妳吐，妳傻站在路上幹什麼？碧奴說，他一吐血我的五臟六腑也疼得厲害，走不動路了！那婦人豁達地說，吐血算什麼？男人上了大燕嶺不能心疼血，保住一條命就行，我們江莊的男人也都在大燕嶺呀，你看我們聚了多少人去大燕嶺！碧奴的眼睛在風沙中亮了起來，又黯淡下去，她說，你們江莊多好，我們桃村那麼多女子呢，都不肯出來，就我一個人！她的手情不自禁地拉住了人家的袍帶，大姊妳告訴我，怎麼能保住我家豈梁的命？那婦人將懷裡的石頭抱到碧奴面前，妳趕緊去搬塊石頭呀！她說，空著手去怎麼行？路人知道妳的心，山神不知道妳的心！搬塊石頭走上六十六里路，去獻給大燕嶺的山神，山神看得見妳，看得見妳就會保佑妳丈夫，山崩地裂也不怕了，石頭不會往妳家男人頭上飛！

從桃村到江莊，碧奴還是頭一次遇見去大燕嶺的同伴，可是江莊的婦人們不肯帶上碧奴一起走，也不知道她們是嫌棄碧奴站過鐵籠子，還是怕她走不動做了她們的累贅。碧奴去地裡抱了一塊石頭，再來到官道上，江莊婦人的隊伍已經消失在風沙中了。碧奴抱著石頭追趕了一陣，明明知道她們跑出去沒多遠，就是看不見她們頭上的紅頭巾和綠頭巾。風沙送走了最後幾個北去的身影，官道上除了遍地飛沙，就剩下碧奴一個人了。碧奴看見衰弱的太陽光穿過沙塵，把她的身影投在路上，薄薄的一小片，像水一樣，卻無法流淌，那似乎是世界上最後一個人影了。

碧奴抱著一塊石頭獨自向北方跋涉，石頭越來越重，她覺得懷裡抱著一座沉重的山。官道下遍布著大大小小的石頭，也許該換一塊小一點輕一點的，可是碧奴不敢換石頭，她記得那江莊婦人說，大燕嶺的山神看得見她懷裡的石頭。北方的風沙像一匹奔馬，突然之間那馬的繮繩脫落了，被陽光抓到，勒了一下，然後風沙的呼嘯停止了。淡金色的陽光回歸官道，平原顯現了它野蠻而空曠的輪廓，很遠的地方，有一片灰濛濛的山影遮住了半邊天空。碧奴看見了那片山影，她抱著石頭站在路上，欣喜地眺望大燕嶺，山神也一定躲在山巒深處看著她。碧奴知道見山跑死馬的道理，還沒有到大燕嶺呢，她不知道懷裡的那塊石頭為什麼突然按捺不住了，那塊被她捂熱的石頭，突然性急地俯衝下來，砸到了她的腳背上。

碧奴不覺得疼。她用手指戳了戳她的右腳，沒有知覺，又撿了根樹枝用勁戳，還是不疼。碧奴知道她的右腳已經背叛了她，石頭沒有壓著左腳，可那隻左腳也不聽使喚了，碧奴用樹枝打她的左腳，怎麼打也喚不醒左腳行走的熱情。無論她怎麼堅持向前邁步，兩隻腳始終頑強地滯留在原地。碧奴放棄了她的腳，但石頭是不能放棄的。她坐在地上思考了一會兒，把石頭用腰帶綁到了背上，人匍匐下來，將兩隻手平攤在路上，她準備爬，她決定要爬了。

陽光回到了官道上空，散漫地俯視著下面一個女子匍匐的身影。碧奴開始在空無一人的官道上爬。她看見自己的手在沙土裡顫抖著前進，也許承擔了突如其來的重任，兩隻手看上去都有點緊張，有點慌亂。碧奴也緊張，她的手比腳靈巧，可再靈巧的手也不是用來走路的。她不知道怎樣把她的手變成腳，牲口和貓狗才在地上爬，蛇和蜥蜴才在地上爬，她不會爬，她爬得還不如一隻蜥蜴快。

碧奴背著石頭在官道上爬。她腦子非常清醒，怕路上的沙石磨壞了豈梁的冬袍下襬，就把它挽起來堆在背上，墊著那塊石頭。碧奴在官道上爬，向著遠處的山影爬。附近的村莊裡升起了炊煙，荒涼的農田裡偶爾可見幾個人影，沒有人到路上來，但有一隻青蛙不知道從哪兒上了官道。她看見那隻青蛙奇蹟般地降臨在路上，在她的前方跳，跳幾步停下來，等著她。她認不出那是不是與她結伴離開桃村的盲眼青蛙，牠不應該在路上了。她記得青蛙先於她放棄了尋子之旅，還占了她辛辛苦苦挖好的墓坑。她定神凝視，看不見青蛙的眼睛，她不知道那是青雲郡的盲眼青蛙，還是一隻平羊郡的陌生青蛙，但她知道，那隻青蛙是給她領路來了！

碧奴跟隨一隻青蛙在官道上爬，她聽見青蛙輕盈地指點著她的爬行路線，這裡有個坑，往那邊爬，那邊有糞便，往這裡爬，爬，快點爬！碧奴聽從青蛙的命令在官道上爬，爬，爬。遠處大燕嶺的山影忽遠忽近，只有青蛙始終在她的前方跳躍，牠的暗綠色的花紋在宮道上非常醒目，看上去是一堆綠色的火苗。

十三里鋪

十三里鋪的農婦們在地裡拾穗，她們驚訝地發現了在路上爬行的碧奴，農婦們不知道那女子爲什麼在路上爬，爲什麼把一塊石頭馱在背上。她們湧上官道圍著她，吵吵嚷嚷地提出了好多問題。碧奴說不出話來，指了指大燕嶺的山影，農婦們說，知道妳是去大燕嶺，妳男人肯定是修長城的嘛，我們問妳爲什麼要爬著去，走不了就歇口氣再走，妳這麼爬什麼時候才爬得到大燕嶺？妳還把石頭馱在背上，我們都給妳嚇壞了，以爲是隻大烏龜在路上爬呢！

碧奴伏在地上，她的半邊臉已經是泥土的顏色，眼睛盯著農婦們的一雙雙大腳，羨慕地打量了一會兒，她的手突然伸過來，在一個農婦裸露的腳上摸了一下。

羨慕我的大腳丫子呢？可我的大腳丫子沒法換給妳呀！那農婦閃掉碧奴的手，跳到另一邊，手腳麻利地解下了碧奴背上的石頭，扔到一邊。糊塗的女子呀，別人抱石頭，妳抱不了就別抱，怎麼還馱背上了？也不怕石頭壓死妳！那農婦氣呼呼地說，一定是讓江莊那幫婦人的鬼話騙了，我也信過那套鬼話的，三天去大燕嶺獻一塊石頭，有什麼用？孩子他爹還是得紅臉病死了。山神不看窮人手裡的石頭，山神的眼睛也盯著有錢有勢的人！

碧奴說不出話來，也沒有力氣阻止那個農婦，石頭扔到她身後去，碧奴就往後退，要退到那塊石頭旁邊去。那農婦懷著對石頭的憤怒，正要把石頭踢下官道，其他的農婦攔住了她，說，妳對石頭撒氣可以，別爲難她，她非要獻石頭給山神，妳就讓她獻去，烈馬攔得住，癡心的女子攔不住，爲別人吃苦，吃多少苦都心甘情願呢。

農婦們把碧奴和她的石頭一起抬到了草垛上，她們給她餵了幾口水，順便把她的臉也洗乾淨了。幾個農婦一起動手，把碧奴的亂髮擼順了，綰成了一個草把髻，和她們自己的髮髻一樣。碧奴梳洗過後坐在草垛上，泥塵褪去，一張年輕的臉秀麗得讓農婦們嫉妒，她側臉眺望著大燕嶺的山影，恍惚的眼睛一下亮了起來。農婦們注意到她的手已經血肉模糊，手過留痕，草垛上留下了一串紅色的血星星，她們說，沒見過妳這麼癡情的女子呀，我們十三里鋪的男人也都上了大燕嶺，這麼近的路，也沒人像妳一樣尋夫的，妳家男人就是個下凡的神仙，也犯不上這樣爬，看看妳的手，妳的膝蓋，妳自己在流血呀，妳偏偏還要帶著這石頭，爬到大燕嶺就怕石頭還在，妳人不在了！還是坐在草垛上等吧，看看有沒有去大燕嶺的驢車，捎妳一段路！

碧奴坐在草垛上等，等了沒多久就下來了，她沒有耐心等待。農婦們從來沒遇見過這麼倔犟的女子，她情願爬，還是要爬，爬，又往官道上爬過去了，有個農婦原本提著草鞋要追過去，勸她把草鞋套在手上再爬，追了幾步不知道是跟碧奴賭氣，還是不捨得草鞋，又退回來，忿忿地把草鞋穿回了腳上，說，隨她去，沒見過這麼傻的女子，好像天下的男子，只有她家丈夫上了大燕嶺！

路上一個跳躍的綠影引起了農婦們的注意，她們發現碧奴是跟著一隻青蛙爬，這麼冷的天，路上哪兒來的青蛙呢？農婦們嘴裡都驚歎起來，吔，看那青蛙跳得多歡，是給那女子引路呢！她們吵吵嚷嚷地議論起青蛙的來歷，說那青蛙來給人引路，怕人不是個凡人，青蛙也不是水田裡吃蟲的青蛙，也許是隻神蛙！在一種莫名的敬畏感中，農婦們回頭觀察碧奴坐過的草垛，風從西邊來，那草垛上有乾草娑娑地往北面飄落，人和石頭壓過的地方，乾草聳了起來，閃著一圈濕潤的金色光芒。針對一個人帶來的所有異常的景象，她們開始反思碧奴的來歷，不知怎麼幾個農婦都同時聯想起官道女鬼的傳說來，臉上的表情突然僵硬起來，都是欲言又止的樣子。平羊郡北部地方到處流傳著官道女鬼的故事，誰沒聽說過？十三里鋪也有村民聲稱在深夜的官道上看見過那些女鬼，她們頭頂包裹在月光的照耀下向大燕嶺跋涉，人一喊那些鬼影就不見了。

一個農婦先捣著胸口叫起來了：怕是官道女鬼呢，她們白天也出來趕路了！

那嘴快的農婦把別人的疑惑說出了口，自然引起一片恐慌而熱烈的回應。我一開始就納悶，一個大活人，怎麼不知道疼不知道痛呢？鬧不好是個鬼。一個農婦大聲地說，是個人怎麼肯受那麼大的苦？誰見過背著石頭爬去尋夫的女子呀，只有陰間的女鬼才這麼癡情！大家都回憶著碧奴平靜安詳的表情和冰冷的體溫，說，怪不得吃了那麼大的苦，也不知道訴苦，就知道爬，爬！等會兒回村裡問問張老三家的人，他們看見的官道女鬼，是爬還是走的？農婦中有個年紀大的，對鬼魂的瞭解比別人多一些，也就多了個心眼，她走到草垛邊去察看碧奴留下來的血跡，又叫起來，不對，她有血呀！鬼魂沒有血，這女子的血跡還留在乾草上呢！農婦們都圍過去瞪著草垛上的血痕，一個個陷入了更深的迷惘。後來還是一個農婦的話讓大家都釋然了，那農婦說，管她是人是鬼呢，這女子做鬼也可憐，不是鬼就更可憐！

十三里鋪善良的農婦們站在地裡，目送碧奴的身影遠去。從春天到秋天，官道上經過多少去大燕嶺尋夫的女子，好多女子懷裡抱了石頭，她們從來沒見過馱著石頭爬到大燕嶺去的女子。從十三里鋪到大燕嶺，搭牛車要走一天，走路要兩三天的樣子，她們不知道那女子中途能不能遇上車馬，如果遇不上，她要爬幾天才能到大燕嶺呢？農婦們爲此各執一詞，去大燕嶺獻過石頭的兩個農婦自動成爲一派，她們比照自己的經歷，樂觀地說凡事都是個習慣，走路走慣了，走到大燕嶺也沒覺得有多遠，那女子一路爬過來，爬慣了，又有隻神蛙在引路，爬個三天，大燕嶺也就爬到了。她們輕鬆的語調引來了一片反對聲，什麼神蛙？再神也是隻青蛙，又不是神馬，幫不了她！人家是在路上爬，比烏龜走路也快不了多少，可烏龜長壽跑不死，那是個病歪歪的女子呀，哼，爬個三天就到了？就怕她爬到的地方不是大燕嶺，什麼地方？我不說，那麼可憐的人，我才不咒她，我不說妳們也知道！

她們的爭執突然停止了，官道上一道更奇異的風景引起了農婦們的一片驚呼，她們看見那女子所經之處，積沙向路下退去了，平地上流出一道細細的水流，那水流發亮，像一支銀箭射向北方。水流開道，無數來歷不明的青蛙排成一條灰綠色的隊伍，浩浩蕩蕩地向大燕嶺方向跳，跳。農婦們久居北方，她們從來沒見過這麼多的青蛙，這麼多青蛙明顯來自南部三郡的水鄉澤國，牠們帶著水的氣息，踩著一個女子的足跡，向著大燕嶺的方向跳，跳，跳。蛙群還沒有過去，一群白色的蝴蝶沿著官道飛過來了，平羊郡也盛產蝴蝶，但農婦們從來沒見過這麼碩大這麼密集的白蝴蝶，牠們飛得那麼低，翅膀上還殘留著南方溫暖的陽光，看過去是一條白色鑲金的花帶在向大燕嶺飄浮。

十三里鋪的農婦們一聲聲地驚呼，她們遙望遠方大燕嶺的山影，猜測那是青蛙和蝴蝶奔赴的目的地。奇景背後隱藏了災難，每個人都看見了災難絢爛的光環，那光環也在一步步向大燕嶺逼近。一個農婦首先返身往村子裡跑，一邊跑一邊叫，快去套車，快把孩子他爹喊回家來，國王一死，南邊的人都反了，青蛙和蝴蝶也都反了，大燕嶺那邊不知道會出什麼事！

簡羊將軍

飛鳥不識長城，一群南遷的候鳥在大燕嶺上空迷失了方向，牠們在北風中哀鳴了一夜。直到早晨，一隻灰色的小鳥撞進七丈台簡羊將軍的帳篷裡，鳥為信使，宣告鄉愁的風暴將要席捲大燕嶺。

簡羊將軍每天夜裡戴著國王獎賜的九龍金盔入睡，早晨金盔收攏了民工們的築城號子聲，準時地把將軍驚醒。這一天早晨不同，他聽見金盔內迴盪著草原之聲，是風和牛羊的聲音，還有久違的草原長調如泣如訴的旋律。簡羊將軍醒來時發現自己在睡夢中流了淚，然後他看見了那隻小鳥，小鳥死在他的枕邊。

侍衛端了一盆水來伺候盥洗，令他不解的是將軍反常的舉動，將軍懷裡抱著那隻死鳥，像一個受驚的孩子坐在黑暗中。侍衛替將軍洗好了臉，要洗手的時候遇到了困難，將軍握著死鳥不肯鬆手。將軍說，水是溫的。侍衛說，天冷了，將軍你已經用了好多天溫水了。將軍說，把溫水潑掉，救鳥要用冷水，去山泉邊打一盆冷水來！

侍衛奉命去取泉水，他不知道鐵石心腸的將軍為什麼要憐惜一隻小鳥，去得遲疑。將軍看出侍衛心裡的疑問，他反問侍衛是否記得他來自北部草原，是否記得他說過的一句話，長城竣工之日草原上會有貴客騎馬而來，來向他奉獻祝賀的哈達。侍衛囁嚅道，將軍，今天還在築城，也沒有人騎馬從草原來呀！將軍怒視著侍衛說，我告訴過你多少次了，你個蠢材就是記不住，草原上來人，鳥是報喜的信使！這灰嘴鳥身上有草原的氣味，有我家氈包的氣味，不信你來聞一聞，鳥身上還有酥油的香味！

簡羊將軍來到七丈台上，他親手把死去的小鳥放在銅盆裡，侍衛把銅盆放在堞牆上，被將軍制止了，將軍讓他端著銅盆，讓早晨的陽光照著銅盆裡的泉水，他說，如果是從草原上飛來的鳥，等陽光把冷水曬暖了，鳥就復活了。將軍在七丈台上瞭望長城外面連綿的山巒，蒼老的臉上有一種罕見的脆弱表情，他說，長城該竣工了，這鳥一定會在竣工日復活，牠會引我回到草原。我該回一趟家了，看看我的父母，看看我的妻子，還有四個孩子！

侍衛端著銅盆站在風中，他想告訴將軍，即使死鳥復活，大燕嶺長城與月牙關長城仍然相隔百里，隔著一片荒涼的沙漠，兩段長城的合龍竣工仍然遙遙無期，所有還鄉的願望都是水中撈月。將軍呀，也許你會老死在大燕嶺。可是他不敢說，將軍近來思鄉心切，喜怒無常，他天天幻想大燕嶺長城在一夜之間封台竣工，自己可以策馬回返家鄉。他每天睜開眼睛都問，今天能竣工嗎？侍衛起初用各種措辭向他說明一個道理，長城不是一日之功，每次都引來將軍的咆哮，還挨了好幾個耳光。侍衛學聰明了，後來每次回答將軍的問題時，總是說，快竣工了，快了。

簡羊將軍撫摸著頭上的九龍金盔，抬眼看了看台下的工地，對侍衛說，今天能竣工嗎？

侍衛躲開他熱切的目光，看著水裡的小鳥，說，快了，今天不行就明天，將軍，快竣工了。

鳥在水中等待重生，而一個意外的悲傷的早晨還是來臨了。太陽升起來，簡羊將軍發現大燕嶺的悲傷也在噴薄而出。往日高亢嘹亮的號子聲在這個早晨沉寂下去，挑夫的籮筐在山路上發出孤獨的呻吟，砌工的瓦刀和石匠們鑿釺的聲音聽起來是那麼沉悶。簡羊將軍聽得焦躁不安，從勞動的聲音中，他感受不到長城竣工前的喜悅。他來到瞭望台上，看見山上山下湧動著築城的人群，磚窯裡火光熊熊，挑土抬石的人遍布山梁，石匠們在遠處的石場上揮舞著鐵鎚和釺棒。簡羊將軍第一次從他們勞動的身影中發現了疲憊，發現了憂傷。他摘下頭上的那頂九龍金盔，更悉心地傾聽，聽見盔中有風聲，風中有隱隱約約的哭泣聲。他眺望磚窯，那哭泣聲在窯火的火光裡飄蕩，他轉向石場，那哭泣聲便在石頭叢中輕輕地迴響。將軍在七丈台上焦躁不安，他對侍衛說，今天我怎麼聽不見築城號子？倒像有人在哪兒哭，哭個不停。侍衛說，將軍，這麼大的風呀，是風把號子聲吹走了，你聽見的哭聲也是風，大燕嶺的工匠沒有誰敢哭，敢哭的一定是風。

將軍在疑慮中敲響了烽火台上的銅鐘，監吏們都戰戰兢兢地上來了，上來就發出一片整齊的祝賀聲，快了，快竣工了！將軍說，築城號子都不喊了，快個狗屁！他問工地上昨天是不是死了好多人，大家不敢盲目應對，縮在後面的蘆席吏被人推到前面來了。那蘆席吏掌管大燕嶺所有的蘆席事務，由於職位特殊，他最清楚死人的數字。蘆席吏有點茫然地揣摩將軍的用意，說，昨天就拿出去五條蘆席呀，一共才死了五個人！看看將軍面孔鐵青，又多嘴道，前一陣鬧瘟疫時人死得多，一天死七八十，蘆席都不夠用了，白天死的有蘆席捲，夜裡死的就沒有蘆席捲了。將軍揮揮手不讓他說了，轉臉質問負責膳食的糧草官，工匠們一定吃不飽肚子，築城號子才喊不動了，你是不是又剋扣了灶上的糧食，背了麥子去窯子裡嫖妓了？糧草官嚇得面孔發白，連連擺手，賭咒發誓他拿了官糧去嫖妓的錯誤只犯了一次，民工們的伙食標準已經從每天一乾兩稀提高到兩乾一稀，稀粥可以喝五碗，乾飯可以盛兩大碗。將軍冷笑一聲，吼起來，既然吃了那麼多，怎麼號子都喊不動了？都像個啞巴一樣幹活，這大燕嶺長城什麼時候竣工？

眾官吏這時候才發現貌似粗獷的將軍對勞動的聲音那麼敏感。他們紛紛表態，要讓大燕嶺的築城號子重新喊起來，燒磚吏保證出磚時所有的磚工喊起《出磚謠》，搬運吏保證自己的挑夫運磚運石上山時要唱《上山謠》，採石吏說他分管的石匠們做的是細工，不宜歌唱，但他保證讓他們手裡的鐵釺和鎚子敲出最歡樂的節奏。

一個名叫上官青的捕吏垂手站在角落裡，他以爲將軍的憤怒與己無關，他只管抓捕逃跑的工匠，管不了工匠的喉嚨，正要偷偷地退下七丈台呢，將軍喝住了他，你往哪兒跑？

今天大燕嶺死氣沉沉，你也脫不了干係！將軍把上官青拉到堞牆邊，告訴他風聲中有人在哭，上官青說他聽見的是風聲，聽不見誰的哭聲。將軍讓他站到堞牆上聽，上官青不敢違抗，讓人扶著站到堞牆上，還是搖頭，說，將軍，是風太大，你把飛沙的聲音聽成人的哭聲啦。將軍揮起他的九龍金盔把他從牆上打了下來，你自己長了副豬耳朵，竟然敢不相信我的耳朵？將軍憤怒地說，國王都記得簡羊將軍從草原上來，你們這幫蠢材不記得，我聽得見帳篷外面敵人拉弓的聲音，聽得見十里外狼群的腳步，五十里外馬蹄的聲音，我聽得見百里外暴風雨的聲音。我說大燕嶺有人在哭，一定有人在哭！是誰在哭，你給我去把他找出來！

上官青沒有料到他上七丈台接受的是一個如此艱巨的使命，他從來都是追捕人的，這個倒楣的早晨，他不得不去追捕一個莫須有的聲音。

追捕

大燕嶺人海茫茫，上官青奉命帶著一群捕吏在勞動的人海裡追捕一個聲音。

誰在哭？

誰哭了？你們這裡誰哭了？你哭過嗎？

你們這裡有沒有人哭？誰哭過給我站出來！

大多數工匠們木然地瞪著上官青，他們的眼神在提出各種各樣的反詰，誰哭了？你們看看我們的臉，臉上只有汗，哪兒有淚？誰瘋了才哭，白白挨上七七四十九鞭，挨完了鞭子還要多抬七七四十九筐石頭，誰想死了才會哭呢！我們為什麼要哭？天生是窮人，抬石築城是我們的命，一把骨頭累散架了，睡一夜明天就拼好了，還是幹活，有什麼可哭的？病號棚子裡垂死的人們也坦然地面對這次追查，他們用劇烈的咳嗽和嘴角的血絲告訴上官青，我有痰，有血，有熱度，就是沒有眼淚！流眼淚幹什麼用？大燕嶺死人就那麼幾種死法，逃役的被你們捕吏抓回來，示眾吊死；身子單薄的人鬥不過石頭城磚，吐血吐死；運氣不好的人染了黑臉病，發燒燒死；幾個倔強而悲觀的人跑到懸崖上，跳崖摔死。就那麼幾種死法，死都不怕了，還有什麼可怕的，不知道害怕的人，哪兒有什麼眼淚！

有幾個工匠在上官青的盤問下承認自己面容悲戚，但拒不承認自己哭過。一個來自邊遠的蒼蘭郡的少年挑夫說他是想哭，但他摸索了一套方法，可以有效地制止眼淚。他還誠實地吐出舌頭給上官青看，說他一旦想哭就咬住自己的舌頭，把舌頭咬出血，疼了就不哭了。上官青檢查了少年挑夫的舌頭，發現那舌頭果然被咬得血肉模糊的。還有一對雙胞胎兄弟是上官青追查的重點，他們明明神情落寞，眼睛浮腫，別人卻作證，說兄弟倆的眼睛不是哭腫的，反而是笑腫的。上官青就讓那兄弟倆來笑給他看。兄弟倆來了，站在一起，像兩隻比翼之鳥向對方展開了雙臂，上官青叫起來，你們這是幹什麼？準備上絞頭架呢？旁邊有人對上官青說，別急，等一會兒他們就能笑了。捕吏們原以爲有什麼好戲看，等半天卻是一場孩子氣的鬧劇。原來兄弟倆是雙胞胎，想起老母親病在家裡無人照管，一個傷心，另一個一定會落淚。爲了避免這種局面，他們就互相胳肢撓癢，借助這個簡單的方法，每一次兄弟倆都能成功地破涕而笑。當著一群捕吏的面，那兄弟倆在互相胳肢之後，果然齊聲狂笑起來，笑得上官青他們毛骨悚然，上去強行把兄弟倆拉開，一人賞了一個耳光。

捕吏們怎麼也抓不到那哭聲，都有點消沉，有的人開始輕聲議論起簡羊將軍最近的精神狀態來，上官青很惱怒，說，下級不准議論上級！將軍說了，他聽見有人在哭就一定有人在哭，九龍金盔戴在將軍頭上，他的腦袋就比我們高明。別說要找哭聲，就是他要找風聲，我們也只好去找！

他們來到石場上，終於有監工報告，早晨有一個尋夫的女子在石場哭過，是運石頭的牛車從採石坑捎來的女子。那女子背著塊石頭在路上爬，車夫看她可憐，就讓她上了牛車。上官青看那監工說得呑呑吐吐的，就罵起來，這把年紀話也說不清，上了車以後呢，那女子怎麼了？

怎麼都不是我的責任，是採石坑那邊的責任！監工首先撇清了自己，才肯把話說下去，那女子奇怪，爬上了牛車還馱著那石頭，還有一隻青蛙，跟著她跳上了牛車，車夫讓她鬧懵了，說石頭可以帶上來，青蛙不能上車，那女子爲青蛙求情呢，說她們一個尋夫，一個尋子，青蛙是來尋子的！

什麼青蛙？青蛙尋什麼子？上官青大叫起來，說清楚呀，青蛙往哪兒去了？誰是那青蛙的兒子？

青蛙那麼小，我也不知道牠跳哪兒去了，我的眼睛主要管石工的，不管青蛙，青蛙的兒子是誰，我就更不知道了。監工看上官青滿面怒意，趕忙補充道，那女子是尋萬豈梁的，是他媳婦，我瞥見個背影，背著塊石頭爬，一邊爬一邊哭呢。

我看你就是那青蛙的兒子，否則不會這麼笨！上官青尖銳地打擊著監工的自尊心，自己笑起來，他的眼睛開始向石場四周的草棚和石頭掃射，那女子呢，她從哪兒來？

從青雲郡來，是萬豈梁的媳婦，說是走了一個秋天，走了一千里路才到了大燕嶺。

那萬豈梁呢，把萬豈梁叫過來！

叫不過來了，萬豈梁死啦！監工說，夏天山崩死在斷腸岩的，不是死了十六個青雲郡的人嗎，萬豈梁也在裡面，讓石頭活埋了！

監工從腰後的布袋裡找出一塊竹片來，給上官青看，那竹片上草草地刻著幾個字：青雲郡，萬豈梁，採石場，兩乾兩稀。人的籍貫、姓名、勞役地點和每日的定糧都標示得清清楚楚，但那姓名上已經畫了個紅叉。捕吏們看見那紅叉，都皺起了眉頭，七嘴八舌地說，已經死了嘛，還跑來幹什麼？把她領到野墳去，挖根骨頭給她，再給七個刀幣，打發走！監工收起布袋，面露難色，說，是按規矩打發她走的，她拿了這人牌可以去領七個刀幣，可她不要牌子，只要人。我哪兒有人給她，連骨頭也沒有，這萬豈梁的屍骨不在野墳裡，他死在斷腸岩嘛，屍骨現在都埋在城牆下面了，除非把城牆拆了，否則我哪兒有骨頭挖給她？她在石場上哭，哪能讓她在石場哭，讓上面聽到是我的責任嘛，我就把她攆到別處去哭了！

你個自私自利的東西，別處也是大燕嶺，都不讓哭的！上官青憤怒地叫起來。

上官青帶人在石場附近搜尋那個青雲郡女子的時候，聽見石匠們的鑿石聲有一種陰鬱而悲傷的音調。他無意中發現好多石匠們的鐵釬下飛濺出來的不是石屑，而是晶瑩的水滴。幾顆水滴濺到了上官青的臉上，手一摸是滾燙的。上官青疑惑地上去察看，先看他們手裡的鐵釺和鎚子，再看他們的臉和眼睛，石匠們指著滿地濕漉漉的石頭說，你還是看看石頭吧，這石頭上一夜之間凝了這麼多水，怎麼抹也抹不乾。

石頭果然像是從水裡撈起來的，閃著濕潤的光芒。上官青瞪著一塊石頭，說，夜裡一沒下霧二沒下雨，石頭上哪兒來的水？難道石頭會流淚嗎？石匠們說，我們也不知道石頭是怎麼回事，自從萬豈梁的媳婦來過之後，石頭都開始流淚。反正我們沒流淚，是石頭在流淚！

帶來了許多蹊蹺的水滴，那個青雲郡女子卻從石場上消失了。沒有人看見那女子往哪兒走，上官青向石場上的每一個人打聽過了，大多數石匠的眼神顯示他們是洞察祕密的，但他們都堅定地搖頭，說，我們在鑿石頭，我們不知道她去了哪兒。也有人膽大，對捕吏說話也敢陰陽怪氣，是青蛙給那女子帶路的，我們又不是青蛙，怎麼知道她去哪兒呢？

後來還是一個憨厚的老石工向上官青指點了迷津，他指著滿地的石頭說，你們順著滴水的石頭找她去吧，她爬過的地方，石頭都是濕的！

長城

北方的天空剪出一片連綿的山影，天空之下山巒之上，就是透迤千里的大燕嶺長城了。長城在初冬的陽光下閃出鋒利的白光，把天空襯托得委靡不振。長城其實是一堵漫長無際的牆，一堵牆翻山越嶺，順著群山的曲線向遠方蔓延，看起來像一條白色的盤龍，那白色的盤龍就是長城。長城其實就是一堵山上的牆，一堵牆見山便騎，騎在無數的山巒上，給山巒披戴上一排堅硬的峨冠博帶，那山巒上的峨冠博帶就是大燕嶺長城。

大燕嶺的民工們看見了萬豈梁的妻子，她像一個飛來的黑色首飾，小小薄薄的一片，鑲嵌在斷腸岩的峨冠上。

碧奴抱著一塊石頭，跪在斷腸岩上哭泣。那麼陡峭的山峰，那麼難走的羊腸小道，一個病歪歪的女子，懷裡還抱著一塊石頭，不知道她是怎麼上去的。有人說是一隻神蛙把她引到了斷腸岩上，其他民工都不相信，看見山鷹在那女子的頭上盤旋，說，斷腸岩那麼陡那麼高，青蛙都上不去，興許是山鷹把她叼上去的吧！

浮雲從斷腸岩上飄過，在山腰上築城的人有時能看見碧奴，一個小小的人影子，雲一退就浮了出來。他們聽不清她哭泣的聲音，聽見的是風聲呼嘯，從斷腸岩吹來的風，每一陣風都在嗚咽，那風吹到民工們的身上，是濕潤的，像南方的風，有點黏稠。

運石頭的挑夫還在往高處走，挑夫們像雲朵一樣向斷腸岩聚過來，很快又飄走了。他們在半山腰聽說一個青雲郡女子拖著一道奇怪的水跡上了山，這些來自青雲郡的挑夫追著山路上的水跡疾步如飛，很輕易地追到了碧奴。可是看見碧奴的淚臉，他們就搖搖頭走了，失望地說，不是我媳婦，我就知道我媳婦吃不了那個苦，不會是我媳婦！

有人在山下就聽說了，是萬豈梁的妻子上了斷腸岩，他們挑著石頭追那道水跡，像是追蹤自己的妻子，追到斷腸岩下他們都站住了，說，萬豈梁的媳婦，好可憐的女子！走了一千里路來送冬衣，哪裡還有穿冬衣的人？萬豈梁骨頭都沒給她留一根，看那冬袍呀，穿袍的人都沒了，她還把袍子捲在背上呢！

所有的挑夫都像雲一樣從碧奴身邊飄走，只有挑夫小滿從山下接受了一項特殊的使命，他挑著一對空籮筐，沿著路上的水痕一直追上斷腸岩，看見碧奴就停下來了，他匆匆地把路邊的石頭往一只籮筐裡放，另一只籮筐一腳踢到了碧奴身邊。妳是萬豈梁的媳婦吧，趕緊進這只籮筐來！小滿說，這麼高的山，上官青大人爬不上來，他讓我一只籮挑石頭一只籮裝人，讓我把妳挑下山去呢！

碧奴看了眼籮筐，她慢慢地把那件玄色滾青邊冬袍脫下來，放進了籮筐。

不是袍子！小滿說，讓妳人進筐呢！

碧奴抱起那塊石頭，對小滿說，報應，報應呀，從五穀城搶來的冬衣，老天不讓豈粱穿！

小滿聽不清她在嘀咕什麼，他把那冬袍拿起來抖了一下，說，很暖和的一件冬袍呀，妳怎麼丟掉袍子去抱石頭？抱石頭沒有用，人都死了，給山神獻多少石頭也沒用了！趕緊把袍子穿起來，進我的籮筐，我帶妳下山去拿萬豈粱的號籤，妳可以去領七個刀幣！

碧奴把小滿扔回來的袍子踢開了，她不肯再穿那件袍子，情願抱著一塊石頭，她抱著石頭跪在堞牆邊，朝山谷裡張望，她說，報應，報應呀，搶來的冬衣，豈粱怎麼穿得上？

妳別對著山谷說話，是我在跟妳說話！小滿惱怒地走到堞牆邊，看見山谷裡飄滿了淡藍色的嵐靄，他說，也就剩下這些藍煙了，自從斷腸岩出了事，這山谷裡白天黑夜地冒煙，說是死人的魂，妳跟煙說話有什麼用呢？死人的魂煙妳又帶不走！

碧奴指了指山谷，她開始張大嘴對小滿說著什麼，但小滿聽不見她的聲音，只看見她滿面是淚，手指上也墜下了亮晶晶的水珠，雨點般地落到城牆上。

怎麼流了那麼多眼淚？碧奴的淚臉把小滿嚇了一跳，他下意識地搗了搗眼睛，大叫道，我從北山的雙龍寨來呀，跟妳們桃村就隔一座山！北山下的人不可以流淚，死了丈夫，妳得用耳朵哭，用嘴唇哭，用頭髮哭！妳的淚水怎麼從眼睛裡出來了？不可以從眼睛裡出來呀！

淚水從碧奴的眼睛裡奔湧出來，就像泉水沖出山林一樣自然奔放，看起來桃村的女兒經已經被她遺忘了。碧奴盡情地哭泣著，一邊哭泣一邊手指山谷，她在向小滿訴說什麼，可除了刺耳的哭聲，驚慌的小滿什麼也聽不清。

墳？妳要個墳？小滿努力地從碧奴的嘴唇上分辨她的語言，他說，山谷裡哪來的墳？這是長城呀，妳以爲是在妳們桃村呢，隨便就給死人壘墳？西邊坡上有一個大野墳，大燕嶺的死人都埋那裡，妳趕緊進這只籮筐，我帶妳去大野墳，妳到那裡給萬豈粱壘個墳。

碧奴枯裂的嘴唇上也淌滿了淚水，她哭得更淒厲了，說話的聲音也急促起來，聽上去像惡夢中的囈語，小滿突然聽清了兩個字，骨頭，骨頭。骨頭在哪裡？

哪來什麼骨頭？妳要去撿萬豈粱的骨頭？沒地方撿的！他們十幾個人是山崩死的，人都埋在石頭裡了，上面的城牆一修好，人骨頭也做了牆基啦！小滿有點煩躁了，突然從懷裡掏出一團麻線，說，不准哭了，看看這是什麼？上官大人讓我堵住妳的嘴！妳不知道大燕嶺的規矩呀，再傷心也不准哭出來，住在北山不准哭，上了大燕嶺也不讓哭的！簡羊將軍最聽不得哭聲，怕把大燕嶺的人心哭亂了，耽誤了工程！小滿用手把籮筐掃了一下，然後將籮筐橫倒在地上，筐口對準了碧奴，進來吧，再不進來我要遭殃的。他說，大姊妳別連累我呀，妳是個女子，又是萬豈粱的媳婦，我跟妳鄉里鄉親的，不好動手把妳當石頭搬，自己爬進來吧。

碧奴推開了籮筐，掉轉身，看見小滿抓起籮筐跑到另一端對準了她，小滿的另一隻手摸了摸別在腰上的扁擔，看起來扁擔也快要派上用場了。小滿怒叫道，都是苦命人呀，不是妳一個人死了丈夫，不是妳一個人會哭，我們四兄弟一起上的大燕嶺，現在就剩我一個啦！妳一個人流淚，不知道多少人跟妳遭殃，妳別逼我，我數一二三，妳不進籮筐，我就動手了！

小滿抽出扁擔對準碧奴，嘴裡數了起來，他數到一的時候碧奴的哭聲停止了，數到二的時候碧奴歪斜著站了起來，數到三的時候小滿發現碧奴是要跳崖，他扔下扁擔衝過去抱住她，抱到籮筐裡，他覺得碧奴的身體像一片羽毛一樣輕，而她身上豐饒的水滴濺在他的臉上，他的眼睛被一層淚霧蒙住，突然睜不開了。小滿抹眼睛的時候，聽見他的籮筐在咯咯地響，所有的柳條在淚水的腐蝕中發出了破碎的響聲。妳別哭了，妳把我的籮筐哭爛了，我們下不了山，下不了山妳跳崖，我怎麼辦？只好跟妳跳！小滿抹不掉她的淚水，很快他發現那淚水是從自己的眼睛裡流出來的，他努力地睜開淚眼，用扁擔穿進籮筐的耳把，扁擔一挑，那耳把就斷了。讓妳別哭妳偏哭，妳把籮筐的耳把哭爛了，我怎麼挑妳下山？小滿怒吼著朝碧奴舉起扁擔，扁擔舉到半空中就掉在地上了。小滿看見一張世界上最熟悉的淚臉，像他母親那麼蒼老，像他妹妹那麼悲傷，那女子就像他母親和妹妹坐在筐裡，對著他哭泣。她的眼睛裡鋪開了一片濕潤的天空，那天空裡下起了滂沱的淚雨。

於是小滿也坐在他的扁擔上哭泣起來。俯瞰斷腸岩的山谷深處，那些傳說中死人的魂煙大霧般地瀰漫上來，整個山谷沐浴著一片淚水的白光，雲和風在半空裡嗚咽，樹和草在山坡上飲泣，石頭、青磚和黃土在城牆上垂淚不止。一隻山鷹低低地掠過小滿的頭頂，幾滴冰冷的水珠打在他額頭上，小滿懷疑那是山鷹的眼淚。小滿聽見兩只籮筐相對而泣，一只籮筐牽領著三塊石頭，另一只籮筐卻被一個女子牽領著，柳條、石頭和人一起哭泣，一時分不出哪一只籮筐哭得更響亮，哪一只籮筐哭得更哀傷。太陽突然晃了一下，小滿正要搜尋太陽的眼淚，聽見北方風聲乍起，一陣黃沙飛捲著翻山越嶺而來，漫天飛沙中，小滿看見豈粱的妻子爬出了籮筐，她把繫在腰上的葫蘆解下來了。他看見豈粱的妻子在給一只葫蘆安排歸宿，那只葫蘆躍過城牆，沿著陡峭的山坡滾落下去。小滿分不清碧奴是把葫蘆獻給山谷，還是獻給山谷裡豈粱的幽魂。他有生以來頭一次聽見了葫蘆的爆裂聲，那只葫蘆發出一聲沉悶的巨響碎裂了，一注晶亮的淚水飛濺開來，像一道奇異的閃電。小滿看見那道淚泉發出寶石般刺眼的光芒墜向山谷，整個大燕嶺似乎都抽搐起來，長城在微微地顫動。莫名的恐懼讓小滿伏在坡上一動不動，他感覺到山崩地裂的種種預兆，於是小滿對著城牆邊的碧奴喊起來，要山崩了，妳別站在崖上，快回到籮筐裡來！

碧奴跪在風沙裡拍打城牆，她終於喊出了聲音，豈粱豈粱，你出來！碧奴終於喊出了聲音，她跪在風沙裡拍城牆，拍牆，拍，她說，豈粱豈粱，你不出來就讓我進去！

斷腸岩上的堞牆、箭垛和烽火台都被一個女子的手拍響了，石頭和泥土在城下發出了壓抑的轟鳴，風從四面八方吹來，黃沙打在小滿的臉上，比刀子還鋒利。小滿在驚恐中提起籮筐往山下跑，發現碧奴坐過的籮筐裡，轉眼間蹲滿了一群濕漉漉的青蛙，青蛙發出了沙啞而整齊的鳴叫。小滿認出那是青雲郡水塘田邊的青蛙，他扔下了籮筐，對碧奴喊了一聲，姊姊妳別哭，妳不可以哭，青蛙來替妳哭了！小滿搶了扁擔往山下跑，看見滿地黃沙拾階而下，一大群金龜蟲頂著黃沙爬上山來了。小滿認出來那是會流淚的蟲子，春天牠們在青雲郡的桑樹地裡偷食桑葉，吃一口便流出一滴懺悔的淚。小滿給金龜蟲閃開一條道，回頭對著城上的方向高喊，姊姊妳別流淚了，妳的淚要流光了，妳不可以流淚，金龜蟲替妳來流淚啦！小滿往山下跑，很快遇見了滿天飛舞的那群白蝴蝶，白蝴蝶翅翼上勾著美麗的金線，他認得出來，那是北山上特有的金線蝴蝶，傳說是三百個哭靈祖先的冤魂。小滿仰臉看那群蝴蝶飛過的時候，臉上滴到了蝴蝶溫暖的淚珠。小滿擦了擦臉，他橫過扁擔迎接祖先之魂的到訪，但蝴蝶沒有撲到他的扁擔上來。他知道金線蝴蝶不認識他了，祖先們的冤魂已經不記得一個離家多年的子孫，牠們千里迢迢飛到大燕嶺，是爲了飛上斷腸岩，跟隨豈梁的妻子一起哭泣。

小滿拿著扁擔一路飛奔下山，在一個烽火台上，他遇見了上官青和幾個失魂落魄的捕吏，他們手裡拿著繩子，都爬在高處向斷腸岩的方向張望。看見小滿他們大聲地質問他，讓你去挑的人呢？那女子怎麼還在斷腸岩上哭，哭得山都在顫！小滿甩脫了他們的手和繩子，一路飛奔下山，在一個箭垛前他看見一群工匠都丟下手裡的活計，站在一起議論著什麼，他們看見小滿就向他揮手，別跑了，別幹了，簡羊將軍都不幹了，他騎著馬跟著一隻鳥回草原去啦！

要幹也幹不了啦，萬豈梁的妻子把長城哭斷了！小滿回頭指著斷腸岩說，你們聽見了嗎？聽啊，是山崩地裂的聲音，斷腸岩那邊的長城都塌了，萬豈梁他們要從地下跑出來啦！

國家圖書館出版品預行編目資料

碧奴／蘇童.-- 初版.--
臺北市：大塊文化，2007.10
面；公分.-- (MYTH ; 6)
ISBN 978-986-213-009-4(平裝)

857.7 96016983

10550 台北市南京東路四段25號11樓

廣 告 回 信
台灣北區郵政管理局登記證
北台字第10227號

大塊文化出版股份有限公司 收

地址：□□□□□ ＿＿＿＿＿市／縣＿＿＿＿＿鄉／鎮／市／區

＿＿＿＿＿＿＿路／街＿＿＿段＿＿＿巷＿＿＿弄＿＿＿號＿＿＿樓

大塊 LOCUS 文化

編號：MH006 書名：碧奴

大塊文化 讀者服務卡

謝謝您購買本書！

如果您願意收到大塊最新書訊及特惠電子報：

- 請直接上大塊網站 **locus**publishing.com 加入會員，免去郵寄的麻煩！
- 如果您不方便上網，請填寫下表，亦可不定期收到大塊書訊及特價優惠！請郵寄或傳眞 +886-2-2545-3927。
- 如果您已是大塊會員，除了變更會員資料外，即不需回函。
- 讀者服務專線：0800-322220；email: locus@locuspublishing.com

姓名：＿＿＿＿＿＿＿＿＿＿＿＿ **性別：**□男 □女

出生日期：＿＿＿年＿＿＿月＿＿＿日 **聯絡電話：**＿＿＿＿＿＿＿＿＿＿

E-mail：＿＿＿＿＿＿＿＿＿＿＿＿＿＿＿＿＿＿＿＿

從何處得知本書： 1.□書店 2.□網路 3.□大塊電子報 4.□報紙 5.□雜誌 6.□電視 7.□他人推薦 8.□廣播 9.□其他

您對本書的評價：

（請填代號 1.非常滿意 2.滿意 3.普通 4.不滿意 5.非常不滿意）

書名＿＿＿ 內容＿＿＿ 封面設計＿＿＿ 版面編排＿＿＿ 紙張質感＿＿＿

對我們的建議：＿＿＿＿＿＿＿＿＿＿＿＿＿＿＿＿＿＿＿＿

LOCUS

LOCUS